Diana Palmer
Secretos

Editado por Harlequin Ibérica.
Una división de HarperCollins Ibérica, S.A.
Núñez de Balboa, 56
28001 Madrid

© 2006 Diana Palmer. Todos los derechos reservados.
SECRETOS, N° 43
Título original: Outsider
Publicada originalmente por HQN Books.
Traducido por Sonia Figueroa Martínez

Todos los derechos están reservados incluidos los de reproducción, total o parcial. Esta edición ha sido publicada con permiso de Harlequin Enterprises II BV.
Todos los personajes de este libro son ficticios. Cualquier parecido con alguna persona, viva o muerta, es pura coincidencia.
™TOP NOVEL es marca registrada por Harlequin Enterprises Ltd.

®™ son marcas registradas por Harlequin Enterprises Limited y sus filiales, utilizadas con licencia. Las marcas que lleven ™ están registradas en la Oficina Española de Patentes y Marcas y en otros países.

I.S.B.N.: 978-84-671-5100-8

1

Era una mañana inusualmente cálida de octubre en Houston, Texas, y a Colby Lane le dolía el brazo izquierdo. No le quedaba demasiado de aquella extremidad, gracias a una misión secreta en la que había participado, en África; había estado demasiado borracho para tomar las precauciones necesarias, así que le había volado el brazo por los aires y habían tenido que amputárselo justo por debajo del codo. La prótesis de última generación que llevaba estaba hecha con una tecnología muy avanzada, y parecía tan real que engañaba a casi todo el mundo. Incluso tenía sensación en ella, gracias a los microchips que tenía implantados.

Colby pensó con ironía que no era más que una rata de laboratorio sobre dos patas, capaz de hablar y de moverse con sigilo, y no pudo evitar sonreír ante la imagen que se formó en su mente; sin embargo, la sonrisa se desvaneció de inmediato, porque estaba de muy mal humor.

Era su segundo día como jefe adjunto de seguridad en la sucursal de Houston de la empresa petrolera Ritter Oil Corporation. Había aceptado el trabajo para hacerle un favor a un viejo amigo, Phillip Hunter, que estaba pensando en mudarse con su familia a Tucson y le estaba preparando para que llegara a ocupar su puesto con el tiempo.

Mientras tanto, Colby estaba intentando aclimatarse a su nuevo entorno, mientras lidiaba con dos jefes de departamento que creían poder hacer su trabajo mejor que él. Anteriormente, había trabajado como jefe adjunto de seguridad para otro amigo en una compañía internacional, la Hutton Corporation, pero cuando se había anunciado que la empresa iba a trasladar las oficinas al extranjero, él no había querido irse. Había sido entonces cuando Hunter le había ofrecido aquel trabajo; ambos tenían sangre apache, y se habían conocido de niños en la reserva.

A Colby nunca le habían gustado los horarios estrictos, las políticas corporativas o los trajes formales; había sido mercenario en misiones encubiertas, e incluso había trabajado brevemente para el gobierno en operaciones ultrasecretas, así que el carácter rutinario de su nuevo trabajo le parecía un poco opresivo. Arreglárselas con asuntos de despacho era muy diferente a perseguir armado a un enemigo.

La amputación del brazo le había costado el trabajo que había desempeñado durante toda su vida, y se sentía resentido por ello; de hecho, se sentía resentido por un montón de cosas. La vida le había fallado. Un viejo amigo suyo había comentado que el hecho de que fuera recibiendo cada vez más heridas se debía a un deseo subyacente de morir, y la acusación le había llegado hondo, aunque se había negado a reconocerlo. Estaba cansado de heridas dolorosas, de sueños rotos y de ilusiones destrozadas, estaba cansado de la vida en sí misma.

Después de dos matrimonios fracasados, y con un historial de alcoholismo a las espaldas, había decidido ir a trabajar a Houston para intentar encontrar la estabilidad y poder asentarse por primera vez en su vida. Esos días permanecía completamente sobrio, pero físicamente ya no podía seguir interviniendo en misiones especiales en el extranjero. Se sentía amargado y furioso por haber tenido que retirarse forzosamente de la línea de trabajo que había elegido por vocación, y el dolor de su brazo le recordaba constantemente todo a lo que había tenido que renunciar.

Había intentado con todas sus fuerzas olvidarse del pasado, porque ya tenía bastantes preocupaciones en ese momento con su nuevo trabajo. Su experiencia previa había hecho que se decidiera por un empleo en el campo de la seguridad. Era un experto en artes marciales, en armamento ligero y en contraterrorismo; dominaba las técnicas de interrogación y había estado a punto de aprender diplomacia. Incluso Hunter se había sentido impresionado por sus credenciales... por no hablar de Eugene Ritter, el director de la compañía. En su nuevo trabajo, tenía que ejercer diplomacia con las palabras en vez de con las armas, y no le resultaba nada fácil.

Entró en el moderno y enorme edificio, que estaba en un complejo industrial a las afueras de Houston, y al pasar junto al guarda de seguridad que estaba en el mostrador le enseñó distraídamente la tarjeta identificativa que llevaba en la solapa. Pensó que era irónico que tuviera que enseñar su acreditación a pesar de ser el jefe se seguridad, y a juzgar por la sonrisa que le dirigió el guarda, el tipo debía de pensar lo mismo. Colby le devolvió la sonrisa, y siguió adelante.

Vestido con un traje azul marino, Colby presentaba

una imagen imponente. Era alto, guapo, musculoso y con un físico espectacular; tenía el pelo negro ligeramente ondulado y bastante corto, ojos negros y una complexión atlética. Nunca hablaba de sus raíces apaches, y de todos modos no se evidenciaban de forma inmediata, ya que su linaje también contenía buenas dosis de sangre blanca.

En ese momento, llevaba su última prótesis, que estaba ligada a su cerebro además de a los restos de músculo de su brazo izquierdo. Parecía bastante real, incluso de cerca, y podía hacer casi cualquier cosa con ella... menos levantar peso; incluso podía «sentir» el calor y el frío, porque los sensores eran realmente increíbles.

Al volver la esquina en dirección a las oficinas, vio a dos niñas de pelo y ojos oscuros jugando en el pasillo, y se acordó de que era el día de puertas abiertas para los hijos de los empleados. Justo lo que necesitaba, tener que controlar a un montón de niños hiperactivos cuando estaba empezando un nuevo trabajo. El problema no era que le disgustaran los niños, sino que le habría gustado muchísimo tener hijos propios, y se sentía frustrado porque no podía.

Maureen, su ex mujer, se había burlado de su esterilidad antes de abandonarlo, y además le había dicho que se alegraba de que no pudiera tener hijos, porque no quería niños mestizos. Ella no sabía que tenía raíces apaches cuando se habían casado; de haber sido así, él se habría ahorrado mucho sufrimiento.

Maureen había sido una obsesión para él en aquellos días, y cuando lo había abandonado tras dos años de matrimonio, él se había sentido morir. Tres años después, ella había obtenido el divorcio, y él se había refugiado en el alcohol; había tardado meses en conseguir superar su adicción y en recuperar su vida, con la ayuda de sus amigos y de una psicóloga. Había logrado conquistar sus demonios, pero los niños aún le recordaban todo el dolor que había sufrido.

Una de las niñas echó a correr riendo por el pasillo, pero la otra, que debía de tener unos seis años, se detuvo y se lo quedó mirando. Era una pequeña muy bonita, con unos ojos marrones que revelaban una mente despierta e inteligente, y una cabellera castaña que le llegaba hasta la cintura; parecía hispana, o quizás tenía ascendencia amerindia. Sabía que la hija de Hunter debía de estar por la oficina, y pensó que quizás era ella.

La niña se acercó a él, alargó una mano y le tocó la manga de la chaqueta, por donde salía la prótesis del brazo.

—Siento que te hayas hecho daño en el brazo, no tendrías que haber bebido. No fuiste lo bastante rápido, así que no pudiste escapar a tiempo. Pero esta mano parece de verdad, ¿a que sí?

La niña le tocó la mano, y Colby se apartó de golpe.

—¿Aún te duele? —le preguntó ella con naturalidad, mientras lo miraba atentamente.

Colby sintió una extraña sensación de familiaridad al observar aquellos ojos, pero la súbita explosión de furia que lo invadió al oír las palabras de la niña borró todo lo demás. ¿Por qué le había contado Hunter a su hija información tan personal sobre él?, ¿cómo se atrevía aquella mocosa a criticarlo por no haber sido lo suficientemente rápido para salvar su brazo? Ya se sentía bastante mal sin medio brazo, no necesitaba que nadie se lo recordara. Ni siquiera sus amigos se atrevían a hacer ese tipo de comentarios, y le enfurecía que una simple niña se atreviera a ser tan descarada.

—¿A ti qué te importa? —le preguntó en un tono suave, pero cortante como un látigo. Sumado a su actitud ceñuda, lo hacía parecer muy intimidatorio—. No tengo por qué darle explicaciones a una niña, y además, ¡es mi brazo!

—Lo... lo siento —tartamudeó la pequeña.

—¿Quién te ha contado lo que pasó?, ¡contéstame!

Ella negó con la cabeza y apretó los dientes, mientras sus ojos se llenaban de lágrimas.

Colby masculló una maldición, y le dijo con brusquedad:

—Vuelve con quien te ha traído, y mantente apartada de los pasillos. ¡Esto es una empresa, no una guardería!

La niña retrocedió unos pasos sin dejar de mirarlo con los ojos abiertos como platos y una expresión dolida; de repente, se volvió y se fue corriendo por donde había llegado, sollozando.

Colby apretó los dientes con fuerza, ya que no había sido su intención ser tan duro con ella. Se había sentido tanto sorprendido como ofendido ante lo personales y críticas que habían sido sus palabras, porque no le gustaba que le recordaran su minusvalía, pero no debería haber sido tan agresivo con ella. La niña parecía realmente afectada por su reacción.

Echó a andar por el pasillo tras ella, pero en ese momento Hunter salió por una de las puertas laterales, y enarcó las cejas al ver la expresión de su cara.

—¿Qué te pasa? —le preguntó.

Colby se volvió hacia su amigo. Ambos tenían una altura y una constitución similares, aunque a Hunter le habían salido ya algunas canas.

—¿Ha venido hoy tu hija? —le preguntó.

—Sí, ¿por qué?

Colby se sintió peor que nunca.

—Se ha puesto a llorar por mi culpa. Ha hecho un comentario sobre mi brazo, y yo he reaccionado mal —fulminó a Hunter con la mirada, y le preguntó—: ¿Por qué demonios le has contado que lo perdí?

—No le he dicho a Nikki nada sobre tu brazo —contestó él, obviamente perplejo.

—A lo mejor no era tu hija. Tenía el pelo y los ojos oscuros, y parecía hispana.

—Ah, puede que sea la hija de Marie Gómez. ¿Llevaba un vestido bordado?

—No.

Hunter vaciló por un segundo, y Colby hizo una mueca. Aquélla no era la mejor forma de empezar un trabajo nuevo.

—No fue mi intención hacerla llorar —refunfuñó, apartando la mirada—. No estoy acostumbrado a tratar con niños, y lo que dijo me sentó mal... pero, ¿cómo es posible que supiera algo tan personal sobre mí? —se preguntó en voz alta. Miró a Hunter con el ceño fruncido, y le dijo—: No soy una niñera.

—Es sólo por hoy, mañana no habrá ningún niño en las instalaciones —le dijo su amigo.

—Será mejor que la busque y me disculpe con ella, se fue por ahí —comentó Colby entre dientes, antes de seguir reacio su camino por el pasillo.

Hunter se quedó quieto al recordar lo que Sarina Carrington, una amiga y compañera de trabajo, le había contado una vez sobre Colby Lane. Su hija y ella conocían a su familia en Tucson, y se había mudado recientemente desde Arizona para trabajar con él en un proyecto que Colby desconocía por completo. Su amigo estaba a punto de llevarse una sorpresa muy desagradable, porque existía una conexión oculta... y era posible que la niña formara parte de ella. Se preguntó si debía detenerlo, pero se dio cuenta de que ya era demasiado tarde para ello.

Colby vio que la puerta de uno de los despachos estaba abierta, y al oír el llanto de la niña, se preparó para disculparse. No se le daba nada bien tratar con niños, y odiaba a las mujeres; seguramente, la madre querría arrancarle los ojos por tratar mal a su hija. Sabía que al viejo Ritter no le haría ninguna gracia que empezara a granjearse enemigos nada más llegar, así que decidió que lo mejor sería intentar calmar las aguas; sin embargo, sabía que la cosa no iba a ser nada fácil, y además, tenía algunas preguntas sobre la fuente de información de la pequeña.

Entró en el despacho, y vio que una mujer esbelta abrazaba a la niña y la besaba. Tenía el cabello rubio claro recogido en la nuca, y su voz era tierna mientras consolaba a la pequeña y la apretaba contra sí. Aquella voz le resultaba extrañamente familiar...

La niña se apartó de la mujer, como si hubiera notado su presencia, y lo miró con ojos rojos y llenos de enfado.

—¡Malvado! —exclamó teatralmente—. ¡Hijo del Diablo!

—¡Lengua viperina! —le contestó él bruscamente, con ojos centelleantes.

Mientras él intentaba recuperarse de la sorpresa que sentía al ver que una mocosa lo insultaba, la mujer se incorporó y se volvió hacia él, y una visión de pesadilla tensó el cuerpo de Colby como si hubiera caído a un precipicio colgado de una soga. Era Sarina Carrington, la mujer a la que había herido y rechazado, la primera esposa que nadie sabía que había tenido... su ex esposa, se apresuró a corregirse, aún sin habla.

Obviamente, la sorpresa era mutua, porque ella se lo quedó mirando en silencio, con los ojos muy abiertos y llenos de asombro; tras varios segundos, su boca se tensó en una firme línea, tomó a su hija en sus brazos y la apretó con fuerza contra su pecho, y sus ojos se inundaron con sus propias pesadillas.

¡Colby Lane! Por un instante, Sarina pensó que iba a desmayarse, y le dio un vuelco el corazón. Los años se desvanecieron, y volvió a ser la adolescente de antaño, deslumbrada por el hombre más guapo y sexy que había conocido jamás. Su mera presencia bastaba para dejarla sin aliento, y la primera vez que la había besado, el placer extasiado en su rostro había hecho que él se echara a reír, divertido. Lo había amado más que a su propia vida, pero habían pasado siete años desde la última vez que lo había visto. Ni siquiera había sabido dónde estaba, y de repente aparecía allí...

Se obligó a recordar que tenía veinticuatro años, y que ocupaba un puesto de responsabilidad. En los últimos siete años, había madurado y se había convertido en alguien muy distinto a la sensible y enamorada adolescente que había arruinado sin querer la vida de Colby... y la suya propia.

Él se había visto obligado a casarse con ella por las circunstancias, y la había forzado a pagar un precio terrible en el único día que había durado su matrimonio; quizás las acciones de Colby habían estado justificadas, pero no tenía derecho a descargar en su hija su rabia por las heridas del pasado. Sus ojos oscuros se entornaron, y lo miró con verdadero odio.

—¿Qué haces aquí?, ¿qué le has dicho a mi hija? –le preguntó con frialdad.

Aunque él era consciente de que pisaba terreno peligroso, la miró con una expresión idénticamente gélida y contestó:

—Deberías enseñar a tu hija a no ser tan atrevida con los extraños; me ha insultado.

Sarina frunció el ceño, y se volvió a mirar a su hija.

—Bernadette, ¿es eso verdad? —le preguntó con voz suave.

La pequeña tensó los brazos alrededor del cuello de su madre, y miró a Colby con enfado.

—No, mamá —dijo.

—Ha hecho un comentario muy personal, mi vida no le interesa —dijo él en un tono gélido.

—No creo que su vida le interese a nadie excepto a su mujer y a usted, señor Lane —dijo Sarina—. Desde luego, a mí me trae sin cuidado.

Colby ignoró aquel comentario. Ella no sabía que Maureen y él se habían divorciado, y su orgullo le impedía admitirlo. En cuanto había conseguido la anulación de su matrimonio con Sarina, había ido a toda prisa a casarse con Maureen en una ceremonia civil. Maureen había sido el amor de su vida, y le había hecho vivir un infierno.

En ese momento, aún estaba intentando encajar la imagen de siete años atrás con la mujer que tenía delante. Sarina tenía una hija, así que debía de haberse casado, y se preguntó cómo habría logrado superar la pesadilla de su noche de bodas. No había sido su intención hacerle tanto daño, aunque seguía culpándola a ella por todo lo que había pasado.

—¿Tu marido también trabaja aquí? —le preguntó, aunque se reprendió a sí mismo por formular la cuestión.

—No estoy casada —dijo ella tras un segundo, mientras

volvía a dejar a la niña en el suelo–. Bernadette, ¿por qué no buscas a Nikki, y os vais un rato a la cafetería? –le dijo, con voz llena de ternura. Esbozó una sonrisa bastante forzada, y añadió–: ¿Estás bien ahora, cielo?

–Sí, mamá. No te preocupes.

Después de darle un gran abrazo a su madre, la niña le lanzó a Colby una mirada gélida y salió del despacho sin añadir nada más. Su respiración sonaba algo rara, y él se sintió aún más culpable al pensar que probablemente se había quedado un poco ronca de tanto llorar.

Colby se volvió de nuevo hacia aquella mujer que formaba parte de su pasado, y dijo con sequedad:

–No pretendía alterarla tanto.

Con un aspecto maduro y formal, Sarina volvió tras su mesa, se sentó y lo contempló como si fuera algo expuesto en un museo.

–¿Qué haces aquí? –le preguntó–. Según recuerdo, la anulación se hizo efectiva hace siete años, aunque nunca recibí los documentos.

Hasta ese momento, Colby no se había dado cuenta de que no había recibido una copia final de los papeles de la anulación. No se había interesado por comprobar cómo iba el proceso, y nunca había tenido que probar que su primer matrimonio había sido anulado. De repente, se dio cuenta de que tampoco tenía una copia de los documentos del divorcio de su segundo matrimonio, pero estaba seguro de que Maureen debía de tenerlos por alguna parte. Al darse cuenta de que estaba divagando, volvió su atención a la pregunta que ella le había hecho.

–Hunter quiere volver a Tucson, y yo soy su sustituto.

Sarina enarcó una ceja, ya que no había oído nada al respecto; de hecho, Jennifer, la mujer de Hunter, era su mejor amiga, y le había comentado en más de una ocasión que a ambos les encantaba vivir en Houston.

Colby la contempló disimuladamente. Sus mejores rasgos eran sus suaves y sensuales labios y sus ojos oscuros como la noche. No era una mujer guapa, pero tenía una complexión perfecta, y el pelo rubio y sedoso. Sus pechos eran pequeños, como su cintura, pero tenía unas caderas curvilíneas y unas piernas largas y torneadas. La había visto desnuda una sola vez, pero nunca había conseguido borrar aquella imagen de su mente. La recordaba riendo con él mientras paseaban por el parque; en sus brazos, ardiente de deseo por él; gritando de dolor cuando él no había podido detenerse, o estremeciéndose cuando se había calmado la pasión que él no había podido controlar...

Colby se obligó a apartar su mente del pasado. Ella ignoraba lo torturado que se había sentido después, o hasta qué punto había llegado a hundirse intentando olvidar lo que le había hecho. Ella no lo sabía, y él seguía siendo incapaz de contárselo.

—¿Cuánto tiempo llevas trabajando para Ritter? —le preguntó con tono brusco.

—Siete años —respondió ella, sin levantar la mirada—. Pero estoy en Houston de forma temporal, trabajando en un proyecto especial. Bernadette y yo vivimos en Tucson.

Colby se dio cuenta de que el nombre de la niña le resultaba familiar, y recordó los meses cargados de felicidad que había pasado con Sarina; su padre tenía minas secretas de un metal con un valor estratégico incalculable, y un grupo organizado planeaba secuestrarlo para obligarle a revelar su localización; en aquellos tiempos, él trabajaba para los servicios de inteligencia, y le habían asignado la misión de protegerlo. Sarina vivía en el hogar familiar, y se habían hecho buenos amigos desde el principio. Como iba a la universidad, él había dado por supuesto que debía de tener unos veinte años.

Lo que Colby seguía ignorando era que Sarina se había graduado en el instituto un año antes de lo normal, y que había cursado dos años universitarios en uno; y tampoco era consciente de que ella sólo tenía diecisiete años cuando los habían obligado a casarse.

Su padre, junto a dos de sus colegas de negocios y sus respectivas esposas, los había pillado en una situación comprometida, y para salvar las apariencias, Carrington lo había obligado a casarse amenazándolo con dejarlo sin empleo. Por aquel entonces, él estaba en la CIA, y le encantaba su trabajo; había sido consciente de que el viejo podía costarle su carrera profesional, así que había cedido a regañadientes. Carrington había dado por hecho que Sarina y él habían tenido relaciones íntimas antes de la boda, aunque en realidad no había sido así.

Había utilizado la noche de bodas para vengarse de ella, y aún seguía arrepintiéndose de su comportamiento; un día después, se habían rellenado los papeles de la anulación... en cuanto el millonario se había enterado por medio de un detective privado de que tenía sangre apache, y de que no tenía tanto dinero como podía parecer por su ropa de marca.

Colby no sabía cómo había reaccionado Sarina cuando su padre le había exigido que mintiera sobre la noche de bodas, y que firmara los documentos de la anulación. La había dejado llorando a primera hora de la mañana, tan furioso y asqueado de sí mismo que ni siquiera la había mirado al salir de la habitación.

Antes de aquel último día, durante los meses que había durado su amistad, habían hablado de niños con naturalidad, y ella le había dicho que quería tener una hija y llamarla Bernadette; al parecer, era el nombre de la protagonista de una película antigua que había visto, y pensaba que era precioso.

—Habíamos oído que Hunter necesitaba un poco de ayuda —comentó Sarina. Levantó los ojos hacia él, pero se apresuró a apartar la mirada y añadió—: Al parecer, ayer por la noche hubo una redada antidroga y un arresto, y se comenta que él tuvo algo que ver.

—Sí, yo también participé —dijo él.

Aquello la sorprendió, pero era muy buena ocultando sus emociones.

—¿Estuvo involucrado alguno de los empleados? —le preguntó.

Colby se cerró en banda.

—No hablo con civiles de los casos abiertos —le dijo con firmeza.

Sarina lo miró durante unos largos segundos, y finalmente comentó:

—No has cambiado nada, sigues tan reservado y frío como siempre.

—Tú sí que has cambiado, no te habría reconocido —dijo él, sin inflexión alguna en la voz.

—He crecido, es lo que hacen los niños —contestó ella.

—No eras ninguna niña cuando me seguías como un cachorrillo perdido —dijo él, intentando herirla.

Ella dudó por un segundo, pero se negó a admitir lo joven y estúpida que había sido.

—Sólo fue un caso grave de adoración por alguien idealizado —contestó con sarcasmo. Con voz que rezumaba veneno, añadió—: pero recibí el antídoto, ¿te acuerdas?

Colby no contestó, pero evitó mirarla a los ojos.

—La vida sigue adelante —se limitó a decir.

—Eso dicen —Sarina sacó un CD de un cajón, y lo metió en el lector del ordenador—. Tengo trabajo que hacer, supongo que tú también.

Colby vaciló por un segundo.

—Sobre la niña...

Ella levantó la mirada.

—Bernadette no está acostumbrada a que la gente la trate con brusquedad, aunque tenga sangre mestiza.

—Hispana, ¿no? —comentó él, convencido de que ella había querido decir que su hija tenía ascendencia hispana. No notó la extraña expresión que relampagueó en los ojos de Sarina, y dijo con enfado—: No sé si te acordarás, pero yo también tengo sangre mestiza.

—Creo recordar que te esforzabas al máximo por esconder tu ascendencia apache, pero la verdad es que procuro pensar en ti lo menos posible —dijo ella con una sonrisita fría—. Y ahora, si me disculpas, tengo bastante trabajo —volvió su atención al ordenador, e ignoró a Colby por completo.

Él se giró y salió del despacho hecho una furia.

Sarina dejó escapar por fin el aliento que había estado conteniendo desde que Colby había aparecido en la puerta. Se sentía sin vida, exhausta, completamente apagada. Había estado enamorada de Colby Lane, pero la relación que había tenido con él le había destruido la vida, y al mirar aquellos ojos negros habían resurgido recuerdos que estaban mejor enterrados.

Se preguntó lo que le había dicho Bernadette para hacerlo reaccionar así. La niña tenía pequeños relampagueos de una agudeza extrema, casi precognitivos, y a veces asustaba a otros niños con sus predicciones; de hecho, también la asustaba a ella. El abuelo de Bernadette había tenido aquella misma capacidad clarividente, igual que un tío comanche que vivía en Oklahoma. Esperaba que su hija no tuviera problemas por culpa de aquella facultad, conforme se fuera haciendo mayor.

Pero en aquel momento, la mayor preocupación que tenía era cómo podría hacer su trabajo con Colby Lane tan cerca. Él no sabía nada de ella, por no hablar de la razón por la que estaba allí, y no podía descubrirla; además, esperaba que a Bernadette no se le ocurriera decirle algo en apache. Decidió que tendría que hablar con Hunter; sabía que Jenny y él echaban de menos Tucson, pero le había tomado por sorpresa enterarse de que planeaban volver, sobre todo teniendo en cuenta que Jenny estaba embarazada por segunda vez y la atendía un pediatra de la zona.

Bernadette y Nikki, la hija de los Hunter, eran muy buenas amigas, y ambas familias tenían una relación muy estrecha, así que eso iba a dificultar aún más la situación. Había cosas que no quería que Colby supiera, así que tendría que avisarlos para que mantuvieran silencio sobre ella... y sobre el don especial de Bernadette. Lo último que quería era que Colby Lane se enterara de quién era el padre de la niña.

Entonces recordó lo ansiosa que se había puesto Bernadette con la presencia de Colby, y supo que estaba ante otro problema en potencia. Cuando la había distraído para que fuera a buscar a Nikki, la pequeña había parecido estar bien, pero a menudo pasaban varias horas hasta la aparición de los primeros síntomas, y su voz había sonado bastante ronca al salir del despacho.

Sarina se volvió con resolución hacia el ordenador, ya que se negaba a pensar siquiera en ello hasta que no tuviera otro remedio. A lo mejor no pasaba nada... ¡maldito Colby, y su maldito mal genio!

Colby entró en el despacho de Hunter con ojos centelleantes, y cuando cerró la puerta bruscamente, su amigo levantó la mirada hacia él, sobresaltado.

—¿Qué bicho te ha picado? —le preguntó.

—Aquella niña, la que sabía lo de mi brazo... su madre es Sarina Carrington —dijo Colby con sequedad.

Hunter lo miró con expresión cauta.

—¿Y qué?

Colby lo fulminó con la mirada, pero vaciló por un segundo antes de admitir:

—Sarina es mi ex mujer.

Hunter dejó caer el bolígrafo que tenía en la mano. Su mujer y él conocían a Sarina desde hacía siete años, y sabían que Colby Lane no era un desconocido para ella, pero nunca había mencionado un matrimonio previo.

Sin notar apenas la reacción de su amigo, Colby se acercó a la ventana y miró hacia fuera, con las manos metidas en los bolsillos.

—Fue hace mucho tiempo —dijo—. Sólo llevábamos un día casados cuando ella pidió la anulación.

—Qué mujer tan lista —murmuró Hunter con sequedad.

Colby sintió como si un cuchillo le rasgara las entrañas al recordar aquel breve matrimonio, y permaneció en silencio durante un momento.

—Ella iba a la universidad cuando me fui, siempre

pensé que trabajaría como profesora o algo así. Es oficinista, ¿no?

Hunter apartó la mirada de los sagaces ojos de su amigo, intentó adoptar una expresión totalmente hermética y dijo:

—Trabaja en los archivos; según tengo entendido, dejó la universidad porque quería tener un trabajo menos estresante, que le dejara más tiempo para su hija.

Colby no podía culparla por intentar conseguir algo tan encomiable, pero no podía evitar sentirse aturdido. Jamás había esperado volver a ver a Sarina, y mucho menos encontrársela trabajando en la misma empresa que él. El contacto entre ellos en aquellas circunstancias era inevitable, y él no quería vivir con el recordatorio diario de su propia crueldad.

—¿Por qué no está en Tucson? Sé que tenéis oficinas en la ciudad, y que tú estuviste trabajando allí.

Hunter intentó encontrar alguna explicación que tuviera sentido.

—Eh... la asignaron temporalmente aquí para cubrir la baja de otro empleado, probablemente vuelva pronto a Tucson.

Colby se relajó un poco, y comentó:

—Supongo que será lo mejor.

—Bueno, tengo una reunión con Eugene. ¿Quieres venir?

—¿Es necesario?

Hunter sabía que la presencia de Colby en la reunión supondría un problema, ya que le estaba ocultando algunos secretos a su amigo.

—No, la verdad es que no, ya te haré un resumen. Es una reunión de rutina, puedes saltártela —le dijo con una sonrisa—. Si quieres, puedes ir a presentarte a los jefes de cada departamento. Ya sabes... practica tu vena diplomática.

—Me he dejado la pistola en la mesa de mi despacho —bromeó Colby.

Hunter lo miró con una expresión inflexible, hasta que Colby finalmente se rindió.

—Vale, practicaré mi don de gentes —dijo, con resignación.

—Buena idea —dijo Hunter—. ¿Has hecho las paces con Bernadette?

Colby movió ligeramente el brazo en un gesto de incomodidad.

—Por lo que he visto, su idea de hacer las paces incluye un cuchillo para despellejarme vivo.

Hunter tuvo que morderse la lengua para no resaltar las similitudes que existían entre su amigo y la niña.

—Normalmente, se lleva bien con todo el mundo.

—Pues a mí me odia —dijo Colby con voz cortante—. Y no me entusiasman los mocosos que hacen comentarios personales sobre perfectos desconocidos —frunció el ceño, y dijo con voz furiosa—: pero, ¿cómo demonios se ha enterado de lo de mi brazo? Hace siete años que no veo a Sarina, así que no puede habérselo dicho ella, y si tú no se lo has contado a Nikki... —dejó la frase sin acabar, aunque el significado de sus palabras estaba claro.

—Bernadette sabe cosas —dijo Hunter—. No sé cómo, a lo mejor es descendiente de algún chamán.

—Pensaba que era hispana —comentó Colby.

—Sarina no habla de sus raíces —contestó Hunter. No quería revelar nada sobre la niña, porque sabía que Sarina lo mataría si lo hacía.

—¿Sabes quién es su padre?

—No —se apresuró a decir Hunter, antes de volverse hacia la puerta.

Era cierto que no lo había sabido, y nunca se lo había planteado siquiera... hasta ese momento. Se había metido en terreno peligroso, ya que la nación apache era lo bastante pequeña para encontrar los posibles parientes de una persona en las reservas. No le podía decir a Colby que Bernadette tenía sangre apache, y casi se le había escapado con la referencia a un chamán. No quería que Colby empezara a hacer preguntas, porque sabía que aún tenía primos en una reserva de Arizona.

—Volveré de aquí a una hora, más o menos. Guarda el fuerte mientras tanto.

Colby le dio una palmadita al teléfono móvil que llevaba colgado del cinturón.

—Te llamaré si hay algún ataque.

Hunter hizo una mueca al salir de su despacho.

Colby hizo la ronda de visitas a los ejecutivos, y de inmediato sintió aversión por uno de ellos. Era el director adjunto de Recursos Humanos, un verdadero idiota llamado Brody Vance, que tenía delirios de grandeza. El tipo tenía una asistente administrativa muy agradable, que, según Hunter, salía con el agente Cobb del departamento antidroga del país, la DEA. Él la había conocido en la redada de la noche anterior en el almacén de la empresa, cuando había conducido un coche en medio de disparos de ametralladora para salvarles la vida a Cobb, a Hunter y a él mismo. Era una mujer con agallas.

Al doblar una esquina, vio a Sarina hablando con un latino alto, moreno y guapo que debía de tener una edad parecida a la de él. El hombre estaba apoyado cómodamente contra la pared con los brazos cruzados, y ambos parecían enfrascados en una animada conversación. Estaban tan absortos en lo que decían, y él tan centrado en ellos, que ninguno se dio cuenta de la niña que corría hacia la pareja hasta que la pequeña exclamó entusiasmada:

—¡Rodrigo!, ¿vendrás a mi fiesta de cumpleaños?

—¡Claro que sí! —respondió el hombre. Alargó los brazos, y cuando la niña llegó a su lado, la levantó y la hizo girar mientras se echaba a reír—. ¿Cómo iba a perderme el helado y el pastel?

—Y si no vinieras, no estarías conmigo —lo reprendió la niña. Le dio un beso, y le rodeó el cuello con los brazos—. ¿Qué haríamos mi mamá y yo sin ti?

—¡Me aseguraré de que nunca tengáis que descubrirlo! —bromeó él, mientras le devolvía el abrazo.

Sarina le echó una ojeada a su reloj de pulsera, y comentó:

—Será mejor que nos vayamos, aún tenemos que pararnos en el supermercado de camino a casa. ¿Vienes a cenar?

—Gracias, pero no puedo. Tengo una reunión.

—Es verdad, se me había olvidado.

Él se encogió de hombros.

—Otra vez será.

La sonrisa que ella le dedicó al otro hombre no le sentó nada bien a Colby.

—Sí, otra vez será —dijo Sarina.

El tal Rodrigo se inclinó y la besó con naturalidad en la mejilla.

—Cuida de mi mejor chica —le dijo a Sarina, antes de guiñarle el ojo a la niña.

—Siempre lo hago —contestó ella con calidez.

Cuando el hombre se alejó por el pasillo, Sarina y

Bernadette se volvieron y se encontraron a Colby bloqueando el paso, mirándolas con expresión de enfado.

—Ahí está ese hombre tan malo —comentó la niña, mientras lo miraba con expresión gélida.

—Bernadette, no hay que hacer comentarios de mala educación sobre la gente a la que no se conoce —le dijo Sarina con suavidad. «Ni siquiera cuando se tiene toda la razón», añadió para sus adentros.

—Perdona, mamá —refunfuñó la niña, aunque no dejó de mirar a Colby con disgusto.

Sarina la tomó de la mano y caminaron hacia él, pero tuvieron que detenerse cuando Colby no se apartó de su camino.

—¿Quién es ese tipo? —le preguntó él.

—Un amigo —contestó ella, antes de darse cuenta de que aquello no era de su incumbencia—. Es Rodrigo Ramírez, también trabaja aquí. Por favor, ¿puedes apartarte?

—¿Es el padre de la niña?

Sarina enarcó las cejas, pero admitió:

—Lo conocí hace sólo tres años.

Colby miró a Bernadette con los ojos entrecerrados.

—Espero que no intentes endosármela a mí —soltó sin más, sin saber por qué había hecho un comentario tan grosero—. Preferiría que me pegaran un tiro antes de tener que aceptar la paternidad de una mocosa tan maleducada.

Sarina no era una mujer violenta, pero sus crueles palabras dieron de lleno en un punto débil. Había tenido que soportar años llenos de angustia debido al difícil embarazo, al peligroso parto y a los problemas de salud posteriores, así que el comentario la enfureció. Sin pararse a pensar en las consecuencias, le dio una patada en la espinilla con todas sus fuerzas.

Colby soltó un gemido y se inclinó para frotarse la pierna con una maldición ahogada.

—¡Bien hecho, mamá! —dijo Bernadette con entusiasmo—. ¡Además, es la pierna en la que le dieron con el bate de béisbol!

Colby se la quedó mirando con la boca abierta. Hacía un mes, mientras trabajaba para Pierce Hutton, había tenido que detener a un individuo que tenía un bate, y el hombre le había golpeado en la pierna. ¿Cómo demonios sabía la niña algo así?

—Vamos, Bernadette —dijo Sarina, antes de llevarse a la pequeña casi a rastras.

Colby dio varios pasos tras ellas, cojeando un poco.

—¡Esa niña es una bruja! —exclamó en apache.

Sarina no respondió al insulto, pero la niña se volvió a mirarlo con expresión de enfado. Si no hubiera estado tan distraído por el dolor de la pierna, quizás Colby se hubiera dado cuenta de que la pequeña había entendido lo que había dicho de ella.

Colby entró en la pequeña cafetería para los empleados que había a un lado del pasillo, donde Alexander Cobb estaba comprándole un café a la mujer del tiroteo. Cuando el hombre lo miró con una sonrisa divertida, no pudo evitar hacer una mueca; al parecer, no había empezado con buen pie en su nuevo trabajo.

Sarina no podía dejar de pensar en la advertencia que le había hecho Colby, para que no lo acusara de ser el padre de Bernadette. Era obvio que él no tenía razón alguna para creer que podía ser cierto, y que sólo había hecho el comentario para herirla. Colby ni siquiera se había molestado en mencionar la vez en que ella le había llamado por teléfono, frenética, y él se había asegurado de que recibiera una respuesta escalofriante. Había sido muchos años atrás, cuando estaba embarazada de Bernadette, y él le había encargado a Maureen que le dijera que era estéril, y que era imposible que el bebé fuera suyo. Vaya broma.

Para ella, aquello no había tenido ninguna gracia. Lo había llamado en el noveno mes de embarazo, desesperada por conseguir ayuda; estaba completamente sola, sin dinero, y a merced de los acreedores y del ginecólogo que estaba intentando salvar la vida de su hija. Colby le había encargado a Maureen, su mujer, que le dijera que sabía que estaba mintiendo, que no podía ser su bebé, y que no quería volver a saber nada de ella. Según Maureen, Colby le había dicho textualmente que era «una sucia mentirosa», y que la odiaba por intentar causar problemas en su matrimonio. Según la mujer, Colby pensaba llevarla a juicio si lo acusaba de ser el padre biológico.

Después de todos aquellos años, aún le resultaba doloroso recordar su rechazo. Colby creía que no podía tener hijos, y se había asegurado de que ella lo supiera. Eso era un alivio a esas alturas, pero la inquietaba que él hubiera sacado el tema. Ella adoraba a su hija, y no quería arriesgarse a perderla.

Sarina se dijo que lo más probable era que se estuviera preocupando sin razón alguna; seguramente, Colby aún seguía casado con aquella mujer detestable, y estaba claro que no le gustaban los niños. Además, si de verdad creía que era estéril, posiblemente su cruel comentario sobre la paternidad de Bernadette había sido sólo un gesto defensivo para proteger su orgullo.

Era desafortunado que sus caminos hubieran vuelto a cruzarse, sobre todo en ese momento, en el que ya estaba corriendo un peligro considerable. Su trabajo conllevaba unos riesgos que se estaban volviendo cada vez más inaceptables, ya que Bernadette estaba en plena línea de fuego. Ella era una patriota, capaz de hacer un trabajo que pocas personas querrían asumir, pero se preguntó si era justo poner también a Bernadette en peligro. Si algo le pasaba, su hija sólo tendría un familiar vivo al que acudir, y él ni siquiera sabía de su existencia; además, a causa de los problemas de salud de la pequeña, era poco probable que alguien aceptara adoptarla. Cada vez se arrepentía más de haber escogido aquella profesión.

Varios días después, mientras fregaba los platos en la cocina de su casa, oyó un disparo. Bernadette, que había estado sentada en una sillita en el porche, entró corriendo.

—¡Mamá, hay un niño con una pistola! —exclamó.

Sarina tomó a la pequeña en brazos, y le preguntó:

—¿Estás bien?, ¿te ha dado?

—No, mamá. Estoy bien.

—¡Quédate aquí agachada! —le dijo, mientras la sentaba junto a la nevera.

Sarina agarró la llave que guardaba encima de la puerta, y que servía para abrir un cajón que había junto a la puerta principal, por si necesitaba lo que había dentro. Fue sigilosamente hacia la parte delantera de su pequeña casa, y miró por una rendija de la cortina de la ventana. La señora Martínez estaba en el porche de su casa, con ambas manos sobre la boca y la mirada fija en tres jóvenes que tenían las cabezas cubiertas con pañuelos, y que se alejaban a toda velocidad hacia un coche mientras un cuarto hombre les gritaba palabrotas. Sarina se dio cuenta de que era Raúl, el nieto de la señora Martínez, y vio que le sangraba el brazo; finalmente, el muchacho se volvió hacia su abuela y la besó en la frente mientras intentaba tranquilizarla, y la anciana lo tomó del brazo sano, lo hizo entrar en la casa y cerró la puerta.

Sarina supuso que el tirador era el sobrino de la mujer, Tito. El chico tenía catorce años, y estaba claro que iba a ir derecho a la cárcel; tomaba drogas, y se ponía violento cuando estaba colocado. Aunque Raúl, el que había defendido a la mujer, tampoco era ninguna joya... de hecho, era el líder de una de las bandas más peligrosas de la zona.

La señora Martínez era una buena mujer, y Sarina no quería que el idiota de su sobrino la matara en uno de sus arrebatos, así que decidió que hablaría con un amigo del departamento antidroga. No se atrevía a llamar a la policía en ese momento, porque no quería que su nombre apareciera en ningún informe; al menos, no había tenido que intervenir. Volvió a cerrar el cajón y colocó la llave encima de la puerta, como siempre.

—¿Se ha acabado, mamá? —le preguntó Bernadette desde la cocina.

—Por ahora —le contestó. Alargó los brazos, y cuando la pequeña se acercó a ella, la abrazó con fuerza—. Tienes que estar siempre alerta. No deberías sentarte sola en el porche, cielo.

—Ya lo sé, lo siento.

—Vivimos en un mal sitio —comentó Sarina, con preocupación.

No le había gustado tener que conformarse con una casa en aquella zona de la ciudad, pero las facturas médicas no le habían dejado otra opción. Observó a su hija con atención, rogando que el susto no desencadenara un ataque, tal y como había pasado por culpa de la actitud brusca de Colby, pero Bernadette no estaba nada preocupada; de hecho, estaba sonriendo.

—A mí me gusta vivir aquí —dijo la niña—. Los otros niños juegan conmigo, y no se ríen de mí. Mamá, ¿soy una persona de color?

Sarina se echó a reír, y admitió:

—Sí, cielo. Tienes sangre apache. ¿Te acuerdas de lo que te contó tu abuelo sobre las guerreras apaches?, ¡procedes de un pueblo muy valiente!

—¿Mi papá era valiente?

Sarina tuvo que morderse la lengua.

—Claro que sí —dijo, con una sonrisa forzada.

—¿Por qué no me quiso? —le preguntó la pequeña.

—Bernadette...

—Ya lo sé, no hay que hablar de él. Pero mi abuelo lo quería mucho, me dijo que mi papá estaba confuso, y que no sabía quién era.

—Eso es algo muy serio y profundo, cielo.

—Vi cómo le disparaban al hombre malo —dijo la niña de repente—, pero cuando le pregunté si le dolía el brazo, fue muy antipático conmigo.

Sarina frunció el ceño.

—¿A quién le dispararon?

—A aquel hombre horrible al que le diste una patada. No le caigo bien, así que él tampoco me gusta. ¡Es un hombre muy malo!

Sarina apartó la mirada. La pequeña había hecho extraños comentarios sobre un hombre moreno de vez en cuando, y ella sabía que su hija tenía visiones que solían ser muy precisas. Era un don que también había tenido su abuelo paterno, ya que el hombre podía ver cosas antes de que sucedieran; sin embargo, hasta ese momento no se había dado cuenta de que la niña tenía una especie de conexión mental con Colby Lane, y la idea la inquietó bastante.

Se sentó pesadamente en el sofá, y le preguntó con expresión seria:

—¿Qué más has visto?

—Que bebía de una botella algo que olía muy mal, y su jefe le dio una buena paliza —dijo la niña—. Entonces le disparó a alguien, pero también le dispararon a él, y le empezó a salir mucha sangre del brazo. Era en un sitio que se llama «África».

Sarina se quedó de piedra.

—¿Has visto todo eso?

Bernadette asintió, y se apartó un mechón de su largo pelo de la cara.

—Sí, y también había una mujer. Cuando ella se fue, él se quedó muy triste.

Sarina sintió que le daba un vuelco el corazón. ¿Maureen lo había dejado? Se odió por la alegría que sintió por un segundo. Colby nunca olvidaría a la otra mujer, ése era un hecho que tenía que aceptar; nunca la había querido a ella, y nunca lo haría.

—¿Qué te parece si cenamos una pizza? —le preguntó a la niña.

—¿De verdad?, ¿con champiñones?

—¡Pues claro! —Sarina se levantó y miró por la ventana con preocupación—. Supongo que es seguro pedirle a un pobre e indefenso repartidor que venga hasta aquí.

—Es muy seguro —afirmó Bernadette con una gran sonrisa—. Yo te protegeré, mami. El abuelo me dijo que su padre era un chamán, y que un hermano suyo podía ver cosas antes de que pasaran, igual que el abuelo y yo.

—Bueno... —Sarina dudó por un momento, sin saber cómo sacar un tema que la inquietaba—. Bernadette, quiero que me prometas algo.

—¿Qué?

Sarina se mordisqueó el labio inferior.

—El hombre... al que viste que le disparaban. Quiero que me prometas que nunca, nunca hablarás en apache delante de él.

—Pero, ¿por qué? —le preguntó la pequeña.

Sarina respiró hondo, y contestó con suavidad:

—No puedo explicártelo, pero quiero que me lo prometas. Sé que cumplirás con tu palabra.

La niña asintió.

—Mi abuelo me enseñó que siempre tengo que hacerlo —miró a su madre con obvia curiosidad, pero finalmente asintió de nuevo y dijo—: Vale, mamá. Te lo prometo.

Sarina sonrió, y abrazó a su hija.

—Te quiero.

—Yo también te quiero —Bernadette se echó un poco hacia atrás, y le preguntó—: ¿Crees que Papá Noel me traerá un microscopio en Navidad?

Sarina se echó a reír.

—Faltan dos meses, así que supongo que no es demasiado pronto para empezar a pensar en eso. Pero el microscopio que quieres es muy caro, cielo —le dijo con ternura.

Bernadette posó una mano en el hombro de su madre, y al mirarla pareció toda una adulta.

—Ya sé que mi medicina cuesta mucho, a lo mejor podría pasar sin ella...

—¡No! —dijo Sarina de inmediato.

—Pero cuesta demasiado...

Sarina apretó a su hija contra sí, y cerró los ojos al recordar cómo había sido la vida antes de que aparecieran los nuevos medicamentos.

—No me importa lo que cueste.

Bernadette apoyó la cabeza en el hombro de su madre, y murmuró:

—Me gustaría ser como Nikki, ella nunca se pone mala.

Sarina deseó por enésima vez haber podido cuidar mejor de la niña al principio. Los médicos le habían dicho que no habría supuesto ninguna diferencia, pero ella no acababa de creérselo. Si algo le pasaba a Bernadette, se moriría.

La niña se echó ligeramente hacia atrás, y observó los ojos llenos de preocupación de su madre.

—Mamá, no pasa nada, de verdad —la pequeña sonrió, y añadió—: Un día seré detective y trabajaré en una gran ciudad, y un hombre muy guapo se casará conmigo. Lo he soñado.

Sarina volvió a cerrar los ojos, y se estremeció. Sabía que la niña podía ver lo que estaba por llegar, y en cierto modo, se sintió reconfortada y llena de esperanza.

—Así que no tienes que preocuparte —añadió Bernadette. Se mordió el labio, y dijo—: No me va a pasar nada —no se atrevió a admitir la preocupación que sentía por su madre, así que esbozó una sonrisa—. A lo mejor Papá Noel me trae el telescopio... ¡estoy casi segura de que lo hará!

—No lo sé.

—Nunca está de más pedir las cosas por si acaso, ¿no? Sarina soltó una carcajada, y se levantó.

—Ya veremos. Ahora, ¡vamos a pedir la pizza!

Colby Lane volvió a su pequeño apartamento alquilado, y sacó algo de comida del congelador para cenar. Sin saber por qué, sentía unas ganas repentinas de comerse una pizza.

Mientras el microondas calentaba la comida, comprobó el contestador del teléfono, pero no se sorprendió al ver que no tenía ningún mensaje. Las únicas personas a las que conocía en la ciudad eran los Hunter. No tenía ninguna vida social, y su único amigo de verdad era Tate Winthrop, que vivía en Washington, DC con Cecily y el hijo de ambos; Tate estaba trabajando de nuevo para el gobierno, aunque nunca en operaciones peligrosas.

El padre de Colby había muerto hacía dos años, aunque él no se había enterado hasta que había ido a la reserva el año anterior; aún tenía a varios primos allí, pero se habían mostrado extrañamente reacios a hablar de su padre, y sólo le habían dicho que había vivido en Tucson hasta su muerte. Su cuerpo había sido enterrado en una pequeña ceremonia privada, en el antiguo cementerio apache cercano a la casa donde habían vivido años atrás, pero sus primos también se habían mostrado reticentes a hablar del tema.

Colby no había vuelto a hablar con su padre desde que se había casado con Maureen. Al viejo no le había gustado su nueva mujer, y él había reaccionado exageradamente ante la crítica, aunque lo cierto era que su padre y él nunca habían estado demasiado unidos. Había querido mucho a su madre, pero ella había muerto cuando él era muy joven, y su padre había empezado a beber y a comportarse de forma violenta. Él había acabado culpando al viejo por todo, pero con el paso de los años, y después de experimentar en sus propias carnes lo que era estar obsesionado con una mujer, había empezado a entender el comportamiento de su padre. Deseaba haber hecho el esfuerzo de ir a verlo cuando aún estaba a tiempo, pero se había quedado completamente solo en el mundo. No tenía ni mujer, ni hijos ni padres, y aunque le quedaban un tío en Oklahoma y unos cuantos primos, no los reconocería si los viera por la calle. Llevaba una vida muy solitaria.

Cuando se había casado con Maureen, había creído que estarían juntos toda la vida, y que tendrían un hogar lleno de niños; sin embargo, ella no había querido tener hijos mestizos. Se dijo con amargura que había sido toda una suerte, porque él era estéril. En ese momento, se acordó de Bernadette, la hija hispana de Sarina, y se preguntó quién sería su padre, y cómo se las habría arreglado ella para concebir una hija después de la pesadilla de dolor que él le había hecho vivir en su noche de bodas.

Se había bebido varios vasos de whisky con la esperanza de que lo incapacitaran, pero no había sido así. Horas después, la había dejado temblando bajo las mantas en la habitación del hotel, después de dejarle claro lo que sentía por aquel matrimonio que le habían obligado a aceptar.

Después había conseguido una habitación separada, había pedido una botella de Cutty Sark y se había emborrachado hasta perder el conocimiento. Al día siguiente, al despertarse, había ido a verla con cierto cargo de conciencia, pero ella ya se había marchado; poco después, había recibido la carta de un abogado, que contenía una escueta nota del padre de Sarina. Carrington le había informado de que se le iban a enviar los papeles de la anulación en cuanto estuvieran listos, y querían saber dónde había que enviárselos.

Él les había dado la dirección de Maureen. Era obvio que Sarina les había mentido sobre la consumación del matrimonio, y a él le había dado lo mismo, así que había decidido firmar los papeles de la anulación. Lo cierto era que Maureen lo había llamado el día de la boda con Sarina para decirle que quería casarse con él de inmediato, pero él había tenido que inventarse una excusa, y había acabado pagándolo con Sarina. Aún le remordía la conciencia.

Antes de poder casarse con Maureen, había tenido una misión de última hora en el extranjero, y a su vuelta, ella le había dicho que había falsificado su firma en los documentos y que la anulación ya era oficial, así que podían casarse de inmediato. Maureen tenía un amigo que podía casarlos, incluso había conseguido la licencia y todo lo necesario, y le había dicho que lo único que él tenía que hacer era decir las palabras adecuadas. La ceremonia había sido un poco extraña, y después Maureen se había quedado con el certificado de matrimonio, y él no había llegado a verlo. Suponía que ella lo había usado después para conseguir el divorcio, pero sólo recordaba haber firmado unos papeles, ya que por aquel entonces ya bebía bastante.

Maureen y él habían pasado una febril noche de bodas después de la rápida ceremonia. Lo había mantenido a distancia durante todo el tiempo que habían estado saliendo juntos, y recordó avergonzado que la abstinencia había sido una de las razones que habían hecho que se abalanzara sobre Sarina como un lobo hambriento. Pero Maureen había sido una obsesión. Cuando la había conseguido, había tenido que dejarla durante unos meses en Washington a causa de otra misión en el extranjero, ya que el padre de Sarina había movido algunos hilos para lograr que se fuera de la ciudad. Después, había dejado los servicios de inteligencia y había empezado a trabajar con un grupo de mercenarios; había ganado mucho dinero y le encantaban los subidones de adrenalina, pero todo aquello había quedado atrás.

Sentía remordimientos por lo que había pasado con Sarina, y pensó que ella tenía que haber necesitado mucho valor para volver a arriesgarse a mantener relaciones íntimas con un hombre. No le gustaba nada pensar en lo que le había hecho a aquella dulce muchacha cuyo único crimen había sido enamorarse de él, y a pesar de que la había culpado de todo lo sucedido, en el fondo sabía que ella había sido inocente. La culpa había sido suya, por beber demasiado en aquella fiesta a la que ambos habían asistido, y por dejar que los descubrieran en una situación comprometida. Le había echado a ella la culpa, pero no debería haberlo hecho.

Seguía siendo tan atractiva como siempre, aunque era más madura, más independiente, más segura de sí misma que la chica dependiente de un padre rico a la que había conocido en el pasado. Le sorprendía que estuviera trabajando para mantenerse, porque la fortuna de su padre había ascendido a unos veinte millones de dólares, y ella era la única heredera. Se había enterado de que Carrington había muerto seis años atrás, y aunque no había sentido ninguna pena, había pensado en el hecho de que Sarina se había liberado por fin de su tiranía y había heredado una fortuna.

Colby frunció el ceño al recordar cómo vestían su hija y ella. Si le quedaba dinero, no se reflejaba en su ropa modesta, ni en el empleo que tenía.

En ese momento, sonó la alarma del microondas y sacó la cena. Se había llevado unos cuantos platos y cubiertos desde Washington, pero seguía viviendo como un espartano, porque era difícil deshacerse de las viejas costumbres. No tenía demasiadas posesiones materiales; al fin y al cabo, un hombre que viajaba constantemente no podía permitirse el lujo de llevar a cuestas un montón de cosas.

Hunter también había trabajado en la CIA, y después como agente libre en misiones encubiertas, antes de asentarse en el sector de la seguridad privada. Le había sorprendido mucho encontrárselo casado y con una hija; Jennifer, su mujer, era una geóloga rubia despampanante, prima de la esposa de Gabe, el hijo del viejo Ritter. Era obvio lo mucho que Jennifer y Hunter se querían, y aunque llevaban años casados, la pasión no se había desvanecido ni de lejos. A lo mejor algunos matrimonios sí que funcionaban.

Colby hizo una mueca al pensar en sus dos matrimonios fracasados; obviamente, no había sabido elegir. Maureen no había tenido nada en común con él, y no le había amado. Lo único que le interesaba de él era lo que podía darle desde un punto de vista material. Habían tenido una relación puramente física y obsesiva, que se había apagado en menos de un año, y aunque él había intentado aferrarse a ella, al final había tenido que dejarla ir. Tener que admitir su fracaso había sido un duro golpe para su orgullo. Maureen había sido una obsesión, pero él había aprendido que el deseo obsesivo no podía sustituir el amor. Sarina lo había amado con todo su corazón, y él la había echado a un lado brutalmente, así que quizás se merecía todo lo que había sufrido. Desde luego, había pagado con creces el dolor que le había causado a su primera ex mujer.

Tras acabar de cenar, se duchó y se acostó temprano; de joven, podía aguantar noches enteras sin dormir, pero en ese momento, mientras sentía el escozor de sus heridas en la oscuridad, tenía que aprovechar cualquier momento de somnolencia que pudiera conseguir. Ninguno de sus camaradas habría reconocido a aquel soldado agotado que trabajaba protegiendo una empresa petrolera de los ladrones y los traficantes de drogas, y que se sentía mucho más viejo de lo que era en realidad. A lo mejor debería alegrarse de seguir con vida; después de todo, muchos de sus amigos no podían decir lo mismo.

Justo antes de comer, Colby pasó junto al despacho de Sarina y la vio hablando animadamente con Rodrigo Ramírez. Era extraño, pero aunque estaba claro que existía una gran familiaridad entre ellos, no parecían amantes. Ella no mostraba ningún tipo de atracción física, y su lenguaje corporal era bastante interesante... tenía los brazos cruzados y fuertemente apretados contra el pecho, y su expresión era muy formal. Si estaba involucrada con aquel hombre, se le daba muy bien llevar las cosas con discreción.

Rodrigo también era todo un enigma. Le había preguntado a Hunter por él, pero su amigo sólo le había dicho que el mexicano trabajaba como enlace entre Eugene y una empresa de equipamientos que pertenecía al hijo de éste, Cabe Ritter. Parecía una conexión muy tenue y un trabajo bastante raro, y por alguna razón, no acababa de imaginarse a Rodrigo en un empleo de despacho. Tenía la extraña sensación de que ya se había encontrado antes con aquel hombre.

Sarina le dio un archivo al tipo, y se levantó de la silla.

—Esto es todo lo que tengo de momento —dijo. Su voz se oyó claramente en la oficina, ya que era la hora de la comida y casi todo el mundo se había ido ya.

—Yo tengo más, te pasaré un CD —dijo Rodrigo—. Y hablando de algo más personal: creo que tendrías que mudarte, porque Bernadette está demasiado expuesta.

—Puedo cuidar perfectamente bien de ella —respondió Sarina con voz queda—. No puedo mudarme, y sabes por qué.

—Podría ayudarte... —empezó a decir él.

Sarina lo interrumpió alzando una mano.

—Bernadette y yo nos las arreglaremos. Es mejor así.

—¿Por qué no puedo convencerte nunca de hacer lo más seguro? —le preguntó el latino, con un acento más acentuado.

—Sólo las mujeres viejas van a lo seguro —contestó ella con una carcajada—. Además, este trabajo es el más importante que he hecho hasta ahora.

—Es verdad, pero no me gusta tenerte en la línea de fuego.

—Nunca te ha gustado, pero es mi elección.

—Tú y tu independencia... —Rodrigo se interrumpió cuando vio a Colby acercándose a la puerta, y se levantó de su silla. Enarcó una ceja, y le preguntó con formalidad—: ¿Puedo ayudarle en algo, señor Lane?

Colby miró a Sarina, y contestó:

—Quería preguntarle algo a la señorita Carrington, pero no es urgente. Puedo esperar.

—Tengo que irme —dijo Rodrigo, al darse cuenta de la hora que era. Se volvió de nuevo hacia Sarina, y le dijo—: Te llamaré.

Ella asintió, y cuando el hombre se fue, miró a Colby con expresión gélida.

—¿Qué quieres?

—¿Por qué ha insinuado que tu hija corre algún riesgo? —le preguntó Colby.

Ella enarcó las cejas.

—¿Acaso el bienestar de mi hija es de su incumbencia, señor Lane?

—Déjate de formalidades —contestó él con frialdad—. Estuvimos casados.

Sarina soltó una carcajada carente de humor.

—He tenido dolores de cabeza que duraron más que nuestro matrimonio.

Él se metió las manos en los bolsillos de los pantalones, y la miró con expresión seria.

—¿Qué riesgo corre tu hija? —insistió.

—Vivimos en un mal barrio. Hay varias bandas, y anoche hubo un tiroteo mientras Bernadette estaba sentada en el porche. Un vecino resultó herido.

—¿Por qué vives en un sitio así? —le preguntó él, con el ceño fruncido.

Sarina no hablaba de los problemas de Bernadette con desconocidos, y se negó a pensar en la noche anterior, y en cómo se había despertado de golpe y había tenido que llevarse corriendo a su hija a Urgencias. Colby era el culpable, pero él no lo sabía y ella no pensaba decírselo.

—Mi hija no se integra en un vecindario de blancos —se limitó a decir.

Colby entornó los ojos y la miró con una expresión cargada de furia.

—¿Por qué vives en un sitio así? —repitió—. Tu padre tenía millones cuando murió hace seis años, y eras hija única.

—Yo no tengo millones —le dijo ella.

—Tuvo que dejarte algo.

Sarina se lo quedó mirando, sin decir palabra.

—El padre de tu hija debería pagarle la manutención —dijo él, cambiando de táctica.

—Eso sí que sería una novedad.

—Hunter me dijo que es hispano —insistió él—. Tiene que tener parientes o amigos, no puede ser tan difícil localizarlo.

Sarina le dio las gracias en silencio a Hunter por su mentirijilla.

—¿Por qué no te limitas a hacer tu trabajo, y me dejas ocuparme del mío? —le dijo, antes de volver a sentarse.

—¿Cómo supo la niña lo de mi brazo? —le preguntó él de repente. Quería pillarla desprevenida para ver si le decía la verdad, porque lo que le había contado Hunter no tenía sentido.

Ella frunció el ceño y le preguntó con tono desconcertado:

—¿Qué pasa con tu brazo?

Colby se dio cuenta de que ella no sabía nada, y dijo con ambigüedad:

—Ella sabía que me hirieron.

—Ah —Sarina lo observó con curiosidad, pero su rostro no reveló nada—. Pues no lo sé —mintió—. A lo mejor se lo dijo alguien.

Colby se preguntó quién podía saber lo de sus heridas aparte de Hunter, pero decidió dejar el tema.

—¿Por qué no puedes mudarte a una zona mejor?

—La comunidad chicana acepta a la niña sin problemas.

—¿Y a ti?

—Supongo que sabes que los chicanos pueden ser tanto rubios como morenos —dijo ella con tono ligeramente burlón—. Además, encajo perfectamente bien, porque domino el español.

—¿Puedes leerlo y escribirlo, además de hablarlo? —le preguntó Colby.

Cuando Sarina asintió, él pensó en lo que ella había dicho, y en todos los prejuicios que existían. Durante la mayor parte de su vida, había ocultado su ascendencia apache para intentar evitarlos, mientras que Sarina no intentaba esconder las raíces de Bernadette, a pesar de lo protectora que se mostraba con la niña y de lo mucho que obviamente la quería. ¿Por qué había elegido vivir en una zona peligrosa?

—Estoy seguro de que Hunter puede ayudarte a encontrar un sitio mejor donde vivir —comentó.

—Estamos bien. ¿Vas a decirme que sólo hay pistolas en las zonas donde viven las minorías?

—Es menos probable que se usen en un barrio mejor.
—¡Ja! —soltó ella con sorna, antes de volverse hacia su ordenador.
—Estás evitando el problema.

Sarina levantó la cabeza para mirarlo, mientras intentaba no recordar tiempos más felices.

—No tienes ni voz ni voto en el tema —le dijo con suavidad.

Colby respiró hondo, y finalmente dijo:
—Tienes razón.

Ella se volvió de nuevo hacia el ordenador.

—¿Por qué te enviaron desde Tucson, en vez de hacer que alguien de aquí ocupara el puesto?

—¿Qué es esto?, ¿un interrogatorio? —le preguntó ella, con exasperación.

—A tu hija le cae bien el mexicano... ¿cómo se llamaba?, ¿Ramírez?

Ella esbozó una sonrisa deliberada, y admitió:
—A mí también me gusta Rodrigo. Somos amigos desde hace unos tres años, y se ha portado muy bien con nosotras.

A Colby no le gustó nada oír aquello, aunque no habría sabido explicar por qué. A lo mejor aún se sentía un poco posesivo con ella; al fin y al cabo, habían estado casados, aunque sólo hubiera sido durante un día y una noche.

—Ibas a la universidad, ¿es que no acabaste los estudios?

Sí que los había acabado, pero no pensaba decírselo.
—Los dejé —mintió.
—Así que supongo que éste fue el único trabajo que pudiste conseguir, ¿no?

Sarina asintió, agradecida de que él no pudiera leer mentes.

—Eras hija única —añadió Colby, con el ceño fruncido—. Sigo sin entender por qué vives en estas condiciones.

—Mi padre tenía muy claro lo que quería hacer con su dinero —dijo ella, sin resentimiento alguno. Hacía mucho tiempo que había aceptado lo que le había deparado el destino—. No me importa trabajar para mantenerme.

Él se cruzó de brazos.

—Supongo que sabías que Maureen y yo nos divorciamos hace dos años.

Ella lo miró con una expresión hermética, y le preguntó:

—¿Por qué iba a saberlo?

—Hunter lo sabía —dijo él, notando el rubor que teñía las mejillas femeninas—. Es un amigo mío de la infancia, no puedo creerme que nunca te mencionara mi nombre.

A Sarina no le gustaba nada recordar lo impactada que se había sentido la primera vez que Phillip había mencionado a su viejo amigo Colby, un día que Jennifer y ella habían ido a clase de parto natural. Ella había admitido que lo conocía, pero se las había arreglado para mantener en secreto la conexión que los unía, y sólo le había contado que habían salido juntos hacía años, y que Colby había ido a proteger a su padre. Le había pedido a Jennifer que le advirtiera que era mejor no mencionar la ascendencia de Bernadette delante de Colby, sin decirle por qué, pero Hunter era un hombre inteligente y probablemente había adivinado la verdad.

—Lo mencionó una vez —admitió ella con frialdad—.

Pero los Hunter se dieron cuenta de inmediato que no quería oír hablar de ti.

Colby parpadeó. Aquello lo había tomado por sorpresa, aunque no debería haber sido así.

—Punto para usted, señorita Carrington —dijo con voz queda.

—Me extraña que trabajes en un sitio como éste —comentó ella de repente—. Es muy diferente a lo que hacías antes, ¿verdad?

Él vio pasar los últimos años ante sus ojos. Vio sus heridas, sus conflictos con sus homólogos políticos, la desilusión que sentía con su vida, y optó por contestar con una verdad a medias.

—No me gustan los hospitales —dijo.

Cuando ella enarcó las cejas en un gesto interrogante, añadió con frialdad:

—Me pasé mucho tiempo ingresado en ellos entre misiones en el extranjero.

—No lo parece —dijo ella, mientras lo recorría con la mirada.

Estaba claro que, al contrario que su hija, no sabía que llevaba una prótesis, y Colby se sintió reacio a confesárselo.

—Creo recordar que querías ser una diplomática —le dijo.

Ella se encogió de hombros.

—Cada uno hace sus propias elecciones, pero la vida se cruza en el camino. Estoy satisfecha con mi trabajo.

Colby la contempló por unos segundos, mientras recordaba tiempos más felices, la camaradería que habían compartido, incluso su especial sentido del humor. Se había vuelto tan formal y seria, que le resultaba difícil relacionar a la mujer que tenía delante con aquélla a la que había conocido tan íntimamente en el pasado.

—Hazme una foto —le dijo ella, molesta por aquella mirada tan intensa.

—Hace siete años, eras como una hoguera —dijo él con actitud distraída—. Relucías, brillabas de vitalidad y alegría.

Sarina lo miró, y en sus ojos oscuros se reflejaron la angustia y el dolor de los últimos años.

—He crecido —dijo.

—¿Cuántos años tienes?

Ella soltó una carcajada vacía.

—¡Vaya una pregunta!

—Contéstame.

—Veinticuatro —dijo ella a regañadientes.

Él se quedó sin habla, y la miró con un brillo de verdadero dolor en los ojos. Se estremeció ligeramente, y le preguntó incrédulo:

—¿Tenías diecisiete años cuando nos casamos?

Su reacción la sorprendió mucho.

—Trabajabas en los servicios de inteligencia, así que di por supuesto que lo sabías todo sobre mí.

—¡Nunca te investigué!, ¡no había ninguna razón para hacerlo! —Colby se echó hacia atrás un mechón de pelo negro, y exclamó—: ¡Dios!, ¡diecisiete años! Pensé que eras mayor, experimentada...

Sarina borró toda expresión de su rostro. No podía soportar recordar el dolor y la humillación que había sufrido al perder la virginidad, y muy sonrojada, empezó a juguetear con los papeles que tenía sobre la mesa para mantener las manos ocupadas con algo.

—Sarina... —empezó a decir él, mientras buscaba las palabras adecuadas para disculparse—. Ibas a la universidad, creí que tenías unos veinte años. Teniendo en cuenta tu posición social, tu historial y la edad que creía que tenías... no se me ocurrió pensar que no tuvieras ninguna experiencia sexual.

—No te importaba lo que yo tuviera o dejara de tener —lo acusó ella—. Estabas furioso porque, según tú, lo había organizado todo para que nos pillaran en una situación comprometida y así poder obligarte a que te casaras conmigo. Como no podías hacerle nada a mi padre, decidiste vengarte conmigo.

Los ojos de Colby se oscurecieron de indignación.

—Admito que estaba muy enfadado, pero no te hice daño a propósito.

—¿De verdad? —Sarina se levantó de golpe, vibrando casi por la furia que sentía—. ¡Tuvieron que darme cuatro puntos de sutura! —añadió con una angustia impotente.

Colby no asimiló aquello de inmediato, pero entonces recordó vagamente haber visto sangre en las sábanas; había creído que había empezado su menstruación, pero si no había sido así...

Sintió que su rostro se ruborizaba. Los whiskys que se había tomado para no tocarla no habían funcionado, y su control había sido muy precario, ya que la culpaba por haber puesto a Maureen fuera de su alcance con aquella boda no deseada; sin embargo, no había sido su intención causarle un daño físico.

Respiró hondo para intentar calmarse. El alcohol había sido el responsable de muchas de las tragedias que había habido en su vida, pero no se había dado cuenta de ello hasta que se había sometido a terapia y una psicóloga le había hecho sacar a la luz todos sus pecados.

Sarina se sintió incómoda al ver la expresión torturada en sus ojos, y volvió a sentarse mientras evitaba mirarlo directamente.

—Fue hace mucho tiempo —dijo con tono firme—. No te preocupes.

Colby intentó encontrar las palabras adecuadas para explicarle lo que había pasado, para decirle que Maureen había dejado de hablarle durante semanas sin razón alguna, que se había sentido herido y que su presencia había sido balsámica para él. Entonces, el mismo día que se había casado con ella, Maureen había hablado con su amigo Tate Winthrop y había conseguido su teléfono, y lo había llamado para decirle que estaba lista para casarse con él. Se había puesto furioso, y había creído que Sarina lo había engañado. Había querido vengarse, pero no la había herido deliberadamente... al menos, eso era lo que había creído durante todos aquellos años.

La psicóloga le había dicho que la mayor parte de sus problemas se debían a que se sentía culpable, pero no por Maureen; bebía porque no podía olvidar cómo había tratado a Sarina. Su vergüenza era tan grande, que nunca le había hablado a nadie de ella, ni siquiera a Tate, su mejor amigo.

Incluso en ese momento, al mirarla, recordaba lo alegre y cautivadora que había sido en aquellos días. Por un momento de locura, en medio de unas caricias explosivamente deliciosas, se había sentido tentado de seguir adelante con el matrimonio y de dejar que Maureen siguiera su propio camino, pero no habrían podido superar los obstáculos a los que habrían tenido que enfrentarse.

Aunque no había sido consciente de la verdadera edad de Sarina, ella era la hija sobreprotegida de un multimillonario, mientras que él era un mestizo con raíces apaches y comanches, además de pobre; además, su profesión podía costarle la vida en cualquier momento. Ella pensaba que había estado en el ejército, pero no era cierto. Había trabajado para la CIA en calidad de paramilitar independiente, ya que era un agente libre que realizaba misiones como especialista en contraterrorismo y en el manejo de armas ligeras, al servicio de cualquier gobierno que estuviera dispuesto a pagar lo suficiente por sus servicios. Cuando había conocido a Sarina, estaba trabajando para el gobierno estadounidense. Hunter y él se llevaban tan bien porque tenían un historial similar, aunque Sarina no lo sabía.

—En aquella época, había ciertos obstáculos que tú desconocías —le dijo finalmente, mientras metía las manos en los bolsillos de los pantalones.

Ella no le contestó, ya que estaba recordando los días terribles después de que él saliera de su vida. Su padre había exigido una anulación, y ella se había sentido demasiado enfadada y herida para negarse, aunque había tenido que mentir sobre el encuentro sexual que habían mantenido. Colby no había planteado ni una sola objeción, y después de una única llamada, llena de recriminaciones y sin una sola disculpa, él la había dejado sin más.

—Debes de haberme odiado —dijo él con los ojos entornados.

Sarina no lo miró al contestar:

—Así sólo conseguía desperdiciar energía, y aprendí muy pronto a canalizarla hacia ámbitos más positivos.

—¿Como trabajar de oficinista en una compañía petrolera? —espetó él, irritado.

—Sirve para pagar las facturas.

—No del todo, a juzgar por ese trozo de chatarra que conduces.

Sarina lo fulminó con la mirada.
—¿No tienes nada que investigar?
—Supongo que sí.
Ella se volvió hacia su trabajo, y lo ignoró por completo.

Colby se la quedó mirando durante unos segundos, sintiendo unas dudas y una tristeza que no quería que ella viera. Sin añadir nada más, se dio la vuelta y se fue.

Al llegar a su despacho, se encontró a Hunter esperándolo con expresión de preocupación.
—¿Pasa algo? —le preguntó.
—Puede. Cobb acaba de enterarse de que hay dos agentes de la DEA infiltrados en la empresa.
—¿Quién?
—No tengo ni idea, y él se niega a decírmelo, pero está hecho una furia; según él, vienen de otro distrito, y están persiguiendo a un sospechoso que trabaja para nosotros. Nadie le había dicho nada, porque les dijo a los de narcóticos que tiene una filtración en su departamento.
—Si eso es verdad, probablemente no han dicho nada para no poner en peligro a los agentes —dijo Colby.
—Sí, pero hay algo más. Uno de los empleados está liado con la mujer que tomó las riendas de la organización de Manuel López.
—Ya lo sé, Brody Vance —dijo Colby. Sonrió al ver la sorpresa de Hunter, y añadió—: Recuerda que yo también fui a la redada del almacén con Cobb, y me enteré de que después Vance pagó la fianza de Cara Domínguez para sacarla de la cárcel.
—Sí —Hunter apretó los labios—. Debería haberle pe-

dido a Cobb que consiguiera una orden para pincharle el teléfono del despacho.

—Es un tipo listo, seguramente cree que ya se ha hecho.

—Puede. De todas formas, hay que tenerlo vigilado.

—Podría ponerle un micrófono en el coche —sugirió Colby—. No sospecharía nada, incluso podría ponerle un dispositivo de seguimiento para controlar todos sus movimientos.

—Dudo que un juez nos dé permiso —dijo Hunter.

Colby se metió las manos en los bolsillos, y dijo con calma:

—Podría hacerlo sin que tú te enteraras.

—Vaya, pensamiento creativo —dijo Hunter, con ojos chispeantes.

—¿Tiene una relación estrecha con alguien de la oficina?

—Intentó ligar con la novia de Cobb, pero acabó rindiéndose. Ah, eso me recuerda que Cobb me comentó que la mujer es experta en cibertecnología.

—Si es tan buena, es una lástima que esté desperdiciando sus conocimientos trabajando con Vance.

—Tienes razón. A lo mejor podríamos aprovechar esos conocimientos —dijo Hunter—. Puede que el señor Vance esté utilizando su correo electrónico para hacer algo indebido, y la compañía se reserva el derecho de comprobar todas los mensajes que se envían y se reciben desde las instalaciones, incluso los personales. No sería ilegal.

Colby sonrió.

—En ese caso, voy a hablar con Jodie —dijo, antes de volverse hacia la puerta.

—Yo comprobaré los informes de personal, para saber

quién es de fuera de la ciudad –murmuró Hunter para sí mismo, ya que Colby ya se había ido.

Cuando revisó los informes, se sorprendió al darse cuenta de que Sarina les estaba ocultando muchos secretos, pero como sabía que ella no quería que Colby conociera su pasado, decidió no decirle nada. De forma extremadamente eficiente, cambió los informes del ordenador principal para que Colby no descubriera ninguna conexión demasiado reveladora, y no sintió el más mínimo atisbo de culpabilidad al hacerlo.

3

Colby le encargó a Jody que empezara a buscar en el correo electrónico de Brody Vance cualquier prueba que pudiera incriminarlo, y le advirtió que no debía hablar con nadie del asunto. Ella aceptó de inmediato, y pareció ansiosa por asumir el reto.

A la hora de la comida, Colby esperó tras la ventana de una cafetería para ver qué coche usaba Vance; tal y como esperaba, el tipo había cambiado de vehículo, seguramente para despistar a cualquiera que lo estuviera vigilando, ya que su propio coche había sido visto la noche de la redada antidroga. En ese momento llevaba un Lincoln gris último modelo, y Colby pensó con nostalgia en los viejos tiempos, cuando aún tenía contactos en Tráfico y podía pedir información sobre cualquier vehículo que quisiera.

Trabajar en el sector privado limitaba sus opciones, sobre todo teniendo en cuenta que acababa de empezar en aquel empleo y que estaba en una ciudad nueva. Quizás habría podido pedirle a Hunter que lo hiciera por él, pero su orgullo se lo impedía; acababa de llegar a la empresa, así que tenía que cimentar su posición y probar su valía. Y eso significaba que tenía que llevar a cabo la investigación con sus propios medios.

A media tarde, fue a la cafetería para tomar un café y una pasta, y empezó a planear la mejor forma para colarse en el coche de Vance sin ser visto. Al menos no necesitaría la ayuda de nadie para eso, ya que ese tipo de acciones encubiertas eran su especialidad.

De pronto, notó un movimiento cerca, y levantó la mirada. Debía de ser la hora de la salida del colegio, porque Rodrigo entró con la hija de Sarina de la mano; el hombre sentó a la niña en una mesa, le dio un estuche de colores y una libreta, le susurró algo que la hizo sonreír y se fue.

La niña lo ponía muy incómodo, y se sintió culpable cuando ella levantó la mirada y lo contempló con una expresión enfurruñada. Ya se sentía bastante mal por haber hecho que llorara, no hacía falta que ella se lo restregara en la cara; además, no podía entender su propia actitud negativa hacia la pequeña, porque siempre le habían gustado los niños. A lo mejor lo que le afectaba tanto era saber que nunca podría ser padre.

Mientras acababa de comerse la pasta y apuraba la taza de café, la observó mientras ella dibujaba con los colores, y se preguntó si Eugene Ritter sabía que las instalaciones de la empresa servían de guardería para los hijos de sus empleados. Al menos, para uno de ellos. En realidad no era asunto suyo, pero tenía la sensación de que Sarina estaba mandando un mensaje velado a sus expensas, que le estaba diciendo que podía usar la cafetería como quisiera, y que él no podía hacer nada para impedírselo. La idea era muy irritante.

Se sumió en sus pensamientos durante unos minutos,

dándole vueltas a cómo podía acceder al coche de Vance y pensando en el equipamiento que tendría que comprar para hacerlo. Echaba de menos su antiguo trabajo. Había sido peligroso, pero nunca aburrido, y como tantas otras veces en los dos últimos años, volvió a preguntarse cómo iba a poder acostumbrarse a aquella rutina diaria. La temporada que había pasado como jefe de seguridad para Hutton había sido interesante, pero le había ofrecido pocos retos; al menos, poner los dispositivos de seguimiento en el coche de Vance le permitía rememorar en cierto modo su antigua vida.

Se acabó el café, que a esas alturas ya se había enfriado, y tiró el vaso de plástico en una papelera que había junto a la puerta. La niña seguía absorta en sus dibujos, y al ver que lo ignoraba por completo, Colby pensó con cierta amargura que lo irritaba casi tanto como Sarina, aunque no entendía por qué. Entonces vislumbró lo que estaba pintando, y su cuerpo entero se tensó; era obvio que realmente tenía talento, porque a pesar de su corta edad, las figuras sobre el papel eran claramente reconocibles. Había dibujado una jungla y un hombre con gafas oscuras, uniforme de camuflaje y una ametralladora, parado entre dos árboles enormes. Eran plataneros, plataneros africanos, y Colby sintió que lo recorría un escalofrío.

Se acercó hasta cernirse sobre ella con actitud amenazante. Al levantar la mirada hacia él, Bernadette se quedó muy quieta, y su actitud acusadora se desvaneció de golpe cuando vio su expresión de furia.

—¿Quién te ha hablado de este sitio y de este hombre? —le exigió Colby, mientras agarraba la hoja de papel. Volvió el dibujo hacia la niña, y añadió con brusquedad—: ¡Contéstame!

Bernadette pensó que aquel hombre daba mucho miedo cuando se ponía tan violento. Nadie la había tratado nunca con tanta aspereza, y el resentimiento y el enfado que había sentido antes se convirtieron en miedo bajo su furiosa mirada.

—Na... nadie me ha hablado de ellos —contestó en un susurro lleno de angustia. El hombre estaba muy enfadado, y ella no sabía qué decir.

—Eso es mentira —espetó Colby con brusquedad.

Al volver a mirar el dibujo, sintió una punzada de dolor y su cuerpo entero se tensó. Recordó que Sarina había mencionado que la niña tenía visiones, pero no la había creído; sin embargo, no podía encontrarle ninguna otra explicación a aquel dibujo. Su brazo le dolía sólo con mirarlo.

Bernadette lo estaba contemplando fijamente, mientras se mordía el labio inferior, y Colby cerró en un puño la mano en la que tenía el dibujo al darse cuenta de la atención de la niña.

—No tendrías que estar aquí. Esto es un negocio, no una guardería —le dijo con tono gélido.

Ella tragó con dificultad y siguió mirándolo con los ojos como platos, pero no contestó. Intentó inhalar para meter aire en sus pulmones, y sus ojos se abrieron aún más por el esfuerzo.

Eso avivó el enfado de Colby. Sus ojos oscuros se entornaron, y le dijo con voz firme y grave:

—Ve al despacho de tu madre, y quédate allí.

La niña se levantó rápidamente y empezó a agarrar a toda prisa las hojas y los colores, pero uno se le cayó al suelo. Se agachó para recogerlo, y cuando se volvió para marcharse, Colby se dio cuenta de que tenía los ojos llenos de lágrimas y de que su respiración era más que audible.

Soltó una palabrota para sus adentros, porque la niña parecía tener una sensibilidad delicada como el cristal. No había sido su intención parecer tan amenazador, pero no estaba acostumbrado a tratar con niños, y Bernadette lo ponía nervioso. ¿Cómo sabía dónde lo habían herido, o la apariencia del hombre que le había disparado? Volvió a dolerle el brazo cuando bajó la vista hacia el dibujo que despertaba tantos recuerdos dolorosos, y con el ceño fruncido, empezó a arrugarlo; sin embargo, de forma casi involuntaria, lo dobló y se lo metió en el bolsillo de la camisa. Aquella niña sabía más sobre él que nadie, exceptuando a Hunter y a Tate Winthrop, y había adquirido la información de una forma inquietante.

Cada vez que la veía, recordaba que no podía tener hijos y se sentía menos hombre; además, la presencia de Sarina le afectaba de verdad, ya que le recordaba sus propios fracasos. Aun así, sabía que no era justo que se lo hiciera pagar a la niña, ni que la culpara por su extraña habilidad de ver momentos de su vida privada. No debería haber sido tan brusco con ella, y volvió a sentirse culpable al ver que se frotaba los ojos con una de sus manitas. La imagen fue como una puñalada en el corazón, y le pareció que podía sentir el dolor de la pequeña...

Mascullando una maldición entre dientes, Colby fue hacia ella justo cuando Rodrigo Ramírez apareció en la puerta de la cafetería. El hombre se paró en seco al ver a Bernadette, y sus ojos centellearon de furia al relacionar su expresión severa con las lágrimas de la pequeña. La tomó en sus brazos y la abrazó con gesto protector, y los ásperos sollozos de la niña atravesaron el cuerpo de Colby como una bala.

Rodrigo la apretó con ternura contra sí, y fue directo hacia Colby con paso decidido y mirada asesina. De repente, el oficinista anodino al que había considerado bastante patético parecía haberse transformado en otra persona completamente diferente.

—Si tienes algo que decirle a Bernadette, es mejor que me lo digas a mí —dijo el hombre con tono gélido, con un pronunciado acento hispano.

—La cafetería no es el sitio adecuado para que venga a jugar —contestó Colby con sequedad.

—Eugene Ritter le dio permiso a Sarina para que trajera a la niña aquí por las tardes. No puede permitirse pagar a alguien que la cuide, le costaría su salario entero —aquélla no era toda la verdad, pero era lo único que Rodrigo estaba dispuesto a contarle a aquel forastero.

Colby frunció el ceño, ya que ignoraba que el cuidado de un niño fuera tan caro.

—Si tienes algún problema, se lo comentaré al señor Ritter —siguió diciendo Rodrigo, en un tono suave y amenazante—. Pero si vuelves a decirle una sola palabra a Bernadette sobre su presencia aquí, *poli de alquiler...* —añadió con deliberada insolencia—, te mandaré de un lado al otro del edificio de una patada en el trasero.

—Inténtalo, Ramírez —contestó Colby, con la misma frialdad. Él tampoco se echaba atrás lo más mínimo, ni siquiera cuando sabía que no tenía razón.

—Puede que ese día llegue antes de lo que crees —dijo Rodrigo con suavidad, en un tono que rezumaba peligro.

—¡Vaya, mira cómo tiemblo! —dijo Colby con ironía.

Rodrigo soltó una palabrota que hizo que Bernadette

enarcara las cejas, y cuando el hombre se dio cuenta de lo que había dicho, se ruborizó y apretó los labios antes de volverse bruscamente y de salir con la niña de la cafetería.

Colby los observó marcharse. No se había esperado una actitud tan amenazante en un empleado que era poco más que un oficinista, y volvió a preguntarse por qué aquel hombre le resultaba tan familiar. Por otra parte, Bernadette había dibujado un paisaje del sur de África que él recordaba muy bien, ya que allí había sido donde había perdido el brazo, pero era imposible que la niña conociera aquel lugar. ¿Cómo podía haberlo pintado?

No podía quitarse sus sollozos ásperos de la cabeza. El sonido no era natural y le resultaba muy familiar, porque él había padecido asma de pequeño; había llegado a superarlo con el tiempo, pero hasta entonces habían habido muchas visitas a Urgencias, sobre todo cuando se ponía nervioso.

Volvió a su despacho sintiéndose fatal, y cuando se sentó tras su mesa, se quedó mirando la pared con expresión ausente. El doctor que le había puesto la prótesis le había dicho que el dolor fantasma era incurable, y lo cierto era que podía seguir sintiendo su mano, a pesar de que ya no la tenía; según el médico, las terminaciones nerviosas del cerebro que controlaban la extremidad seguían intactas, así que el cerebro seguía controlando la mano. Había tenido que aprender a vivir con ello, aunque no había sido nada fácil.

En ese momento se abrió la puerta, y Hunter entró en el despacho.

—Ritter quiere verte —le dijo sin más.

Colby se levantó.

—No hace falta mucha imaginación para saber lo que quiere. No era mi intención volver a hacerla llorar.

—¿Qué quieres decir? —le preguntó Hunter.

—Me refiero a Bernadette —respondió Colby, mientras le parecía ver de nuevo la imagen de aquella carita bañada en lágrimas—. Le he dicho que la cafetería no es una guardería, y esta vez ni siquiera me ha contestado. Simplemente, se ha levantado y se ha ido —hizo una mueca, y admitió—: Rodrigo, el amigo de Sarina, me ha dicho que Ritter le había dado permiso.

—Sí, es verdad, y por más razones de las que puedo contarte en este momento. Deja que te dé un consejo: no te conviene enemistarte con Rodrigo, ese tipo no es lo que parece.

—Ya me he dado cuenta, no es el típico oficinista. ¿Quién es en realidad?

Hunter vaciló por un segundo, y finalmente admitió:

—No puedo decírtelo —cuando Colby hizo ademán de protestar, levantó una mano para detenerlo y añadió—: Ya lo sé, esto también es frustrante para mí. Confío en ti, pero Cobb y el señor Ritter no te conocen tan bien como yo.

—¿Cómo demonios voy a ocuparme de la seguridad, si no sé lo que está pasando?

—Tendrás que confiar en que yo te vaya señalando la dirección adecuada, hasta que pueda ponerte al corriente. En todo caso, si no dejas de meterte con Bernadette, ni siquiera yo podré salvarte el pellejo —le dijo con tono firme—. Antes eras capaz de reconocer un nido de avispas antes de lanzarte de cabeza.

—Antes también tenía un trabajo de verdad —respondió Colby con furia impotente—. Cuando era más rápido, más joven, más fuerte... ¡cuando tenía dos brazos!

—Al principio, tampoco fue nada fácil para mí —admitió Hunter con calma—. Me costó mucho adaptarme a un trabajo en el sector privado, pero al final lo conseguí porque no tuve otra opción, y tú también saldrás adelante. No tendrías que tomarte las cosas tan a pecho, una niña en la cafetería no va a destruir esta empresa, ¿no?

—Ella me desafía sin decir una sola palabra, sabe cosas que no debería. Creí que a lo mejor Sarina la había enviado a la cafetería a propósito, para molestarme.

—Sarina no es una persona mezquina; además, siempre lucha cara a cara y no ataca por la espalda. Ha tenido una vida muy difícil, así que déjala tranquila.

—¡Su vida no ha sido nada difícil!, su padre era un multimillonario...

—Su padre la echó a la calle cuando ella se negó a abortar —espetó Hunter, furioso—. El tipo no quería que un bebé mestizo ensuciara su perfecto pedigrí, y la dejó sin un penique. Después, cuando el embarazo se complicó y tuvo que dejar de trabajar, Carrington se negó a ayudarla aunque sabía que no tenía dinero para mantenerse ni a quién acudir. ¡Estuvo a punto de perder a Bernadette!, ¡fue un milagro que no muriera al dar a luz!

Colby se lo quedó mirando, atónito.

—Hay instituciones gubernamentales que ofrecen asistencia a gente con problemas —protestó.

—Sí, claro, cuando la conocida hija de un multimillonario va a pedir dinero a la oficina de Bienestar Social, allí le dan un cheque sin más —se burló Hunter—. Se rieron de ella hasta que se fue, pensaron que les estaba gastando una broma.

—¿Y qué pasa con el padre del niño? —insistió Colby.

Hunter dudó por un momento, y apartó la mirada.

—El padre no quiso saber nada. Negó que la niña fuera suya, y le dijo a Sarina que no volviera a llamarle jamás —en realidad, se suponía que él no sabía todo aquello, porque Sarina se lo había contado a Jennifer como una confidencia, pero su mujer no tenía secretos con él. Hunter tuvo ganas de morderse la lengua, consciente de que no debería haberle dicho nada a Colby.

—¡Vaya un malnacido insensible! —exclamó Colby—. ¿Por qué no lo llevó a juicio?, un simple análisis de sangre habría bastado para confirmar su paternidad, ¡al menos tendría que haber pagado la manutención de la niña!

—Nadie pudo encontrarlo.

—No me vengas con ésas —murmuró Colby—. ¡Cualquier detective de tres al cuarto habría podido localizarlo a través de sus familiares!

—El padre vivía fuera del estado —dijo Hunter con sequedad—, y Sarina no intentó volver a hablar con él después de aquella única intentona. Según parece, decidió que no importaba si el padre no quería a la niña, porque ella la adoraba. Bernadette es toda su vida —tras echarle un vistazo a su reloj de pulsera, comentó—: Será mejor que nos pongamos en marcha, a Ritter no le gusta que le hagan esperar.

Colby tuvo la extraña sospecha de que Hunter sabía más sobre el padre de Bernadette de lo que le había dicho.

—Rodrigo me suena de algo —murmuró, mientras iban por el pasillo.

—¿En serio? —le preguntó Hunter en un tono deliberadamente despreocupado.

—Quiere mucho a esa niña —comentó Colby—. Estuvo a punto de darme una paliza por lo que le dije.

—Se casaría con Sarina ahora mismo si ella quisiera, pero se niega porque no quiere saber nada de los hombres.

Las mejillas de Colby se ruborizaron a causa de la culpa y la vergüenza que sintió ante aquellas palabras, y se alegró de que su amigo estuviera mirando hacia el otro lado. Sabía perfectamente bien por qué Sarina no quería saber nada de los hombres, pero eso planteaba otra pregunta: ¿cómo se las había arreglado para involucrarse con el padre de Bernadette, después de todo el dolor que él le había causado?

Cuando llegaron al despacho de Ritter, lo encontraron hablando con Jodie, la novia de Alexander Cobb. La mujer parecía acalorada, y sus ojos brillaban con restos de furia.

Ritter le lanzó a Colby una mirada que prometía una retribución posterior, pero se abstuvo de mencionar a Bernadette por el momento.

—La señorita Clayburn acaba de renunciar a su puesto como asistente de Brody Vance, así que vamos a contratarla como experta en informática —dijo, con una sonrisa irónica—. Cobb dice que es una experta en crímenes cibernéticos, así que me gustaría que hiciera una investigación exhaustiva de los antecedentes de algunos empleados.

—Tenemos a un miembro de la banda de narcotraficantes trabajando aquí, ¿verdad? —le preguntó Colby.

—Eso creemos —contestó Ritter—. Después de lo que pasó en el almacén, estoy convencido de que aún hay algún alijo de droga escondido. Nos salvamos por los pelos.

—Colby y yo sí que nos salvamos por los pelos —comentó Hunter—. Si la señorita Clayburn no hubiera estampado su coche en el de los cómplices que esperaban a los traficantes, a estas horas estaríamos muertos, igual que el agente Cobb.

—Aún no me creo que fuera capaz de hacer algo así —admitió Jodie con una sonrisa—. Se me da mucho mejor luchar contra el crimen con un ordenador que con un coche.

—Eso es lo que hará a partir de ahora —dijo Ritter, antes de empezar a detallar su salario y sus responsabilidades.

Ella aceptó el nuevo trabajo de inmediato, y después de que le diera las gracias a Eugene, Hunter la acompañó hasta su coche. Jodie podía inculpar a la componente femenina de la banda de narcotraficantes, la novia de Brody Vance; de hecho, había sido ella quien había colocado un micrófono bajo la mesa de la mujer en una cafetería, y había conseguido las pruebas de sus actividades ilegales. Sus acciones la habían puesto en peligro, y Cobb iba a llevársela a su rancho de Jacobsville durante unos días para mantenerla a salvo. Brody Vance había dejado entrar a Cara en el aparcamiento del almacén, y después había pagado la fianza para sacarla de la cárcel mientras fingía ser completamente inocente; sin embargo, estaba claro que aquel hombre tenía que estar implicado de alguna forma.

Una vez solos, Ritter se sentó y miró a Colby con expresión muy seria.

—Ya lo sé, mi comportamiento con la niña ha sido poco razonable —admitió Colby con un suspiro—. Pero tengo una excusa, aunque no sea demasiado buena —se sacó el dibujo de Bernadette del bolsillo, lo desdobló y lo colocó en la mesa para que su jefe lo viera.

—¿Qué tiene de malo?, es un dibujo —dijo Ritter, confuso. Levantó la mirada, y sus ojos azules se encontraron con los oscuros de Colby—. La niña tiene talento, ¿por qué me enseñas esto?

El rostro de Colby se tensó.

—¡Éste es el malnacido que me destrozó el brazo en África! —dijo, señalando con el dedo el hombre del dibujo—. Y aquí es donde pasó todo —añadió, señalando el camino que atravesaba entre los dos enormes árboles.

—¿Se lo has contado? —le preguntó Ritter, perplejo.

—Claro que no, no se lo he contado a nadie —contestó Colby con voz cortante—. Sólo había ocho personas conmigo en África, contando a Hunter, y ninguna de ellas ha hablado del tema con nadie... ¡desde luego, no se lo han contado a una niña!

Ritter se recostó en su silla, sin saber qué decir.

—La primera vez que la vi, en el pasillo, se me acercó y me dijo de buenas a primeras que, si no hubiera sido tan lento, no habría perdido el brazo —añadió Colby.

—No... no lo entiendo —murmuró Ritter.

—Ni yo. Soy muy sensible en lo que respecta a mi incapacidad, y sólo hablo del tema con Hunter y con mis antiguos compañeros.

—A lo mejor su madre se lo contó...

—Llevaba siete años sin ver a Sarina —lo interrumpió Colby. Cerró la boca de inmediato, porque su jefe ignoraba que había habido una relación previa entre ellos.

Eugene enarcó las cejas, y le preguntó:

—¿Conocías a Sarina antes de venir a trabajar aquí?

Colby agarró el dibujo, y se tomó su tiempo volviendo a doblarlo.

—Estuvimos casados, muy brevemente.

—La niña... —empezó a decir Ritter.

—No es mía —dijo Colby con firmeza, en un tono que no invitaba a posibles especulaciones.

—¿Estás seguro? —insistió Eugene.

Colby bajó la mirada hacia la mesa, y dijo con voz atormentada:

—Soy estéril.

La fuerte inhalación de Ritter se oyó claramente en la habitación.

—Lo siento. Tengo dos hijos, y no puedo imaginarme lo que sería vivir sin ellos —se levantó de la silla, y añadió—: pero nada de esto justifica que le hagas la vida imposible a Bernadette. Ya tiene que soportar bastante de sus compañeros del colegio, no quiero que también lo pase mal donde trabaja su madre.

—¿Qué problema tiene con sus compañeros? —dijo Colby, antes de recordar lo que Sarina había mencionado sobre los prejuicios.

—¿No tuviste problemas en clase de gramática? —le preguntó Eugene con sagacidad.

—Fui a clase de gramática en la reserva, todos teníamos sangre apache.

—Bernadette no tiene tanta suerte y ha tenido problemas con los prejuicios, tanto en Arizona como aquí. Por eso Sarina eligió vivir en una zona principalmente hispana; de hecho, la hija de Hunter, Nikki, va a la misma escuela que ella, porque también han tenido problemas.

Colby volvió a meterse el dibujo en el bolsillo, y comentó:

—Eso no explica por qué tiene que estar en la cafetería por las tardes.

—Llevarla a clases extraescolares o contratar a alguien que la cuide le costaría el salario íntegro —le dijo Eugene con sequedad.

Colby se lo quedó mirando, más que sorprendido.
—¿Y qué pasa si una mujer tiene dos o tres hijos?
—Supongo que le costaría más de lo que podría ganar en la mayoría de puestos de trabajo en una oficina.
—¡Eso no es justo! —exclamó Colby.
Su jefe se limitó a encogerse de hombros.
—Díselo al gobierno. La cuestión es que dejo que Bernadette se quede en la cafetería, donde no causa ningún problema. Es mi empresa, así que puedo hacer lo que me dé la gana, dentro de unos límites razonables —entornó los ojos, y añadió—: y tú no vas a causarle más problemas, ¿verdad, Lane?
—No, claro que no —dijo Colby con calma—. No había entendido bien la situación.
—Ninguno de nosotros la entiende —rezongó Eugene—. Es increíble que un hombre sea capaz de darle la espalda a su propia hija.
—Es verdad.
—Bueno, vamos a echarle otro vistazo al almacén, a ver si encontramos algo.
—De acuerdo.

El guarda de seguridad que había dejado entrar a los narcotraficantes en el almacén estaba en la cárcel, hasta que tuviera que comparecer ante el juez. Tras hablar con sus dos compañeros, que afirmaron no haber visto nada sospechoso, Ritter y Colby hicieron una búsqueda rápida por el local, pero no encontraron ni rastro de droga.
Ritter planteó la posibilidad de llevar a cabo un registro en profundidad, pero Colby creía que la vigilancia constante daría mejores resultados, así que le reco-

mendó a su jefe que se colocaran cámaras y sistemas de escucha escondidos, sin avisar ni siquiera a los guardas de seguridad.

La sugerencia hizo que Eugene sonriera de oreja a oreja, y cuando le dio el visto bueno de inmediato, Colby se sintió algo mejor después de su metedura de pata anterior.

Cuando volvió a su despacho, aún se sentía un poco culpable por cómo había tratado a Bernadette.

Sacó su Glock automática del calibre cuarenta y comprobó la recámara, pero cuando estaba amartillando el arma, Sarina entró repentinamente sin llamar a la puerta; ella se paró de golpe, y él volvió a poner el seguro de la pistola y la metió de nuevo en la funda que llevaba en el cinturón.

Sarina se quedó mirando el arma. No se había dado cuenta de que Colby debía de llevar una en el trabajo, pero era una estupidez no haber anticipado algo así. La Glock era el arma preferida de muchos departamentos de seguridad, porque era capaz de disparar incluso después de haber caído en un charco de barro.

Como se suponía que eso era algo que ella no sabía, mantuvo la boca cerrada y se cruzó de brazos.

—Ya sé por qué has venido —le dijo Colby sin preámbulos—. Tu amigo Ramírez y el señor Ritter ya me han cantado las cuarenta, así que adelante.

Aquellas palabras hicieron que Sarina perdiera algo del empuje que la había impulsado a ir a verle; además, Colby ni siquiera parecía hostil.

—¿Por qué la has disgustado esta vez? —se limitó a preguntarle.

Él sacó el dibujo del bolsillo, lo desdobló y se lo enseñó.

Sarina parpadeó, lo miró perpleja y comentó:

—Es una jungla.

Después de quitarse la chaqueta, Colby se desabrochó la manga de la camisa y la levantó.

Sarina soltó una exclamación ahogada cuando vio el lugar donde se unía la prótesis a lo que le quedaba del brazo izquierdo, justo por debajo del codo, y su cara se quedó macilenta.

Su reacción lo incomodó. A Maureen también le había repugnado la prótesis, aunque aquello no había tenido la menor importancia, porque cuando había perdido el brazo ya estaban separados. A él no le había sentado nada bien su decisión de que vivieran separados, y se había refugiado aún más en el alcohol. Maureen se había ido a vivir con el hombre que más tarde se había convertido en su marido, y se había quedado embarazada para desafiarlo. Él había accedido a divorciarse de ella inmediatamente al enterarse, pero ella se había mostrado sorprendentemente indiferente al respecto, y nunca le había enviado los documentos finales de la separación; de hecho, se había comportado como si su matrimonio nunca hubiera existido.

Había perdido el brazo durante aquella separación, y no había tocado a una mujer desde el tiroteo. Estaba claro que a Sarina también le causaba repulsión, y aunque sabía que no debería importarle, porque no tenían nada que ver el uno con el otro, no podía evitar que su reacción le afectara.

Volvió a bajarse la manga bruscamente, y se la abrochó.

—Hace unos años, tuve una misión en África, y ahí es

donde pasó todo —dijo, mientras señalaba hacia el dibujo—. Fue justo después de que Maureen me abandonara. Tuve problemas con la bebida, y cuando mi unidad cayó en una emboscada, no fui lo bastante rápido para quitarme de en medio. Me volaron el brazo en pedazos, aunque uno de los componentes del equipo logró deshacerse del tirador que tenía la metralleta. Si no lo hubiera hecho, yo estaría muerto. No es un recuerdo precisamente alegre.

Sarina miró de nuevo el dibujo, y dijo con firmeza:

—Nadie se lo ha contado a Bernadette.

—Eso ya lo sé, no soy completamente estúpido —contestó Colby con brusquedad.

Ella se mordió el labio inferior con fuerza.

—Lo siento, estoy segura de que la niña no quería molestarte.

—¿En serio? —dijo Colby, con una carcajada seca—. No le caigo bien, me he ganado su antipatía a pulso. Me lanzó una mirada fulminante, y después se puso a dibujar esto.

—No es una persona rencorosa —protestó Sarina, sin verdadera convicción. Su hija tenía un carácter muy fuerte.

—A lo mejor no lo es de forma consciente —Colby la miró con curiosidad, mientras recordaba lo que Hunter le había contado sobre su vida, y de pronto dijo—: Podrías haber contratado a un detective privado para que localizara al padre de la niña, obligarle a que te pagara su manutención.

Sarina consiguió ocultar la sensación de intranquilidad que le provocaron aquellas palabras, y se cruzó de brazos.

—En aquellos tiempos no quería buscarme más problemas —dijo con voz queda.

—Pero las cosas han cambiado —Colby se sentó en el borde de la mesa, y la miró con ojos pensativos—. Si quieres, puedo encontrarle.

Sarina empalideció.

—No, no quiero que lo hagas —dijo con firmeza, sin mirarlo a los ojos—. Todo eso ya es agua pasada.

—Eso no es verdad, ni siquiera puedes permitirte pagarle a alguien para que cuide de la niña cuando sale del colegio —contestó él.

—¡Eso no es de tu incumbencia! —dijo Sarina, indignada.

—Todo el que entra en este edificio es de mi incumbencia, sobre todo ahora —Colby se levantó, y añadió—: Tenemos traficantes correteando por las instalaciones con armas automáticas.

—Sí, ya me he enterado de lo del tiroteo, Jodie te salvó la vida.

Sarina no añadió que había estado a punto de parársele el corazón al darse cuenta de que él podría haber muerto, antes siquiera de que ella supiera que estaba allí. Después de todos aquellos años de angustia y de dolor, seguía sin poder dejar de preocuparse por él.

—Sí, y también salvó a Hunter y a Cobb. Ese tipo de gente es capaz de cargarse a todo lo que se mueva... incluso a una niña.

Ella sabía más de lo que Colby creía.

—No creo que les dé por atacar la cafetería —dijo.

—Hace una semana, a lo mejor te habría dado la razón.

Cuando Colby se acercó a ella de repente, Sarina se lo quedó mirando, demasiado sobresaltada para reaccionar.

Él la contempló con un brillo de enfado en los ojos,

incapaz de olvidar su apariencia de aquella noche, años atrás. Recordó su largo cabello rubio suelto sobre la almohada, la expresión asombrada en sus ojos cuando él la tocó íntimamente, su jadeo de placer...

Colby gimió para sus adentros cuando vio la atracción impotente que se reflejaba en el rostro de ella, y pensó que era increíble, teniendo en cuenta lo que le había hecho.

Con un gesto vacilante, posó la mano derecha en su suave mejilla y la contempló con ojos llenos de sombras.

—He cometido un montón de errores en mi vida —dijo en voz baja—. Supongo que no pensé en el daño que estaba causando.

Sarina lo miró, un poco desconcertada al sentir aquel contacto de piel contra piel, pero estaba como atrapada en un hechizo y era incapaz de apartarse de él. Sus caricias aún tenían el poder de hacer que lo deseara.

—Maureen y tú dejasteis un reguero de vidas rotas a vuestro paso, y nunca os molestasteis en mirar atrás —le acusó con voz ronca—. Es un poco tarde para que empiece a remorderte la conciencia.

—¿A qué te refieres con lo de las vidas rotas? —le preguntó él con curiosidad.

El rostro de Sarina pareció cerrarse en banda.

—A lo mejor algún día llegues a entenderlo —le dijo, aunque su voz tembló ligeramente cuando él le acarició el labio inferior con el pulgar.

Colby observó su reacción con una curiosidad casi clínica.

—Bebía como un pez —le dijo de repente—. Me metía en peleas, perdía trabajos. Me hundí tan hondo como es posible sin llegar a morir. Entonces, la mujer de mi mejor amigo hizo que asistiera a terapia, y empecé a darme cuenta de que estaba en un camino autodestructivo; aun así, tardé mucho tiempo en lograr recuperar mi vida, porque estaba obsesionado con Maureen.

Sarina se apartó de la caricia de su mano. Otra vez Maureen, siempre había sido ella. ¿Por qué seguía doliéndole, después de tantos años?

—A lo mejor, no te habría abandonado si te hubieras mantenido sobrio.

—Ella no quería tener hijos conmigo, no quería tener un mestizo —admitió él, con una voz cargada de dolor.

Sarina estuvo a punto de morderse la lengua mientras intentaba no reaccionar ante aquellas palabras.

—Así que supongo que mi esterilidad fue una suerte; de todas maneras, mi estilo de vida no habría encajado con la paternidad.

—Muchos niños crecen sin problemas en un ambiente militar —protestó ella.

Colby dudó por un momento, y finalmente dijo:

—Sarina, yo no estuve en el ejército exactamente.

—Claro que sí, cuando estuviste protegiendo a mi padre trabajabas para los servicios de inteligencia del ejército...

—Ésa era mi tapadera —la interrumpió él—. La verdad es que estaba trabajando para la CIA como especialista en contraterrorismo, seguridad privada y negociación con rehenes. Hunter y yo trabajamos juntos para la Agencia durante unos años, justo después de que te conociera.

Sarina intentó reconciliar lo que le estaba diciendo con lo que creía haber sabido de él.

—¿Eras un... un espía?

—En cierta manera, sí. Tu padre tenía conexiones

clandestinas con un gobierno extranjero y había recibido algunas amenazas, así que nos llamaron para que interviniéramos.

Ella se quedó sin habla, porque no tenía ni idea de todo aquello.

–Posteriormente, estuve en un... conflicto en el extranjero, ayudando a proteger un pequeño gobierno africano de un posible golpe militar, pero me emborraché, me descuidé y perdí el brazo –no mencionó que había estado trabajando de mercenario en África, porque no quería que ella lo supiera todo sobre su pasado; aún no.

Sarina se apoyó contra la puerta, y dijo:
–Bernadette lo vio. En aquel momento no me di cuenta de que estaba hablando de ti, pero vio cómo sucedía. Me lo contó el día que te conoció.

–Sí, pero era la primera vez que me veía en toda su vida, así que la pregunta es la siguiente: ¿cómo pudo llegar a saber algo tan íntimo de un perfecto desconocido?

4

Sarina no pensaba responder a aquella pregunta. A Bernadette y a Colby los unía un lazo muy sólido, pero no quería que él sospechara nada.

—No lo sé —dijo.

—¿Ha hecho antes algo así? —insistió él.

Ella no supo qué decir, porque no quería que él supiera la gran capacidad que Bernadette tenía para leer el futuro. El padre de Colby había tenido el mismo don, así que se arriesgaba a que él empezara a atar cabos.

—Una vez, soñó que su abuelo iba a morir —admitió, minimizando la importancia del increíble don de su hija.

—¿Tu padre?

—No, el padre... de su padre.

—¿Lo conocías?

Sarina se volvió, y dijo con firmeza:

—Eso no es de tu incumbencia. Mi vida privada es exactamente eso... privada.

—Si lo conocías, ¿por qué no te ayudó a encontrar al padre de Bernadette? —le preguntó él.

—Porque su hijo lo odiaba —espetó ella. Lo miró por

encima del hombro con ojos centelleantes, y añadió–: No se hablaron durante años.

Colby entendió bien aquella situación, porque cuando su propio padre había muerto, llevaban años sin tener contacto alguno. Observó la cara de Sarina con atención, y vio las líneas y las profundas ojeras. Al darse cuenta de que parecía más vieja de lo que era en realidad, recordó lo que Hunter le había contado sobre lo dura que había sido su vida.

–Todo el mundo se volvió contra ti –dijo con suavidad–. Eras una mujer dulce y generosa, no merecías que te trataran así.

–Se dice que lo que no nos mata nos hace más fuertes, ¿no? Bueno, pues yo lo comprobé en carne propia.

Colby la recorrió con la mirada. Seguía siendo tan deseable como cuando la había conocido, pero la había tratado muy mal, así que no podía culparla por odiarle. Respiró hondo, y murmuró:

–De todos los errores que he cometido, tú fuiste el peor. Nunca debí tocarte.

–Jamás entendí por qué lo hiciste –comentó ella con frialdad.

Colby no podía admitir que la había deseado con locura, a pesar de que le habían obligado a casarse con ella a la fuerza. Ni siquiera su furia lo había detenido, pero no soportaba saber que le había hecho tanto daño. Su expresión se endureció.

–¿Sabes lo que me dijo la psicóloga?, que mi problema no era Maureen... sino tú. Lo que te hice me lanzó a una espiral de autodestrucción. Pensé que eras experimentada, y recuerdo en parte algunas de las cosas que te dije al marcharme.

Sarina también, y no pudo mirarlo a los ojos al pensar en ello.

—Maureen fue sólo la excusa que me di a mí mismo por mi alcoholismo —admitió él—, porque era demasiado doloroso escarbar más profundamente en el pasado.

Ella deseó poder creerle, pero fue incapaz, ya que la pasión de Colby por Maureen había tenido un peso demasiado grande en sus vidas. Y, al parecer, él aún no sabía lo que su mujer había hecho para conseguir que se quedara a su lado.

—No me crees, ¿verdad? —le dijo él.

—No. Nunca fui nada más que una breve nota a pie de página para ti, y ambos lo sabemos; de todas formas, ya no importa nada de todo eso. Supéralo de una vez y sigue con tu vida, Colby —dijo, sin rastro de humor en la voz—. Yo lo he hecho.

Colby sintió una punzada de dolor cuando ella se alejó.

Colby no pudo dejar de darle vueltas a la cuestión de cómo se había enterado Bernadette de lo de su brazo, ni al comportamiento que había tenido con la niña. La pequeña tenía agallas, y él era incapaz de olvidar aquellos ojos echando fuego mientras lo insultaba. Estaba claro que no era ninguna cobarde. Al día siguiente de su último enfrentamiento, había vuelto a verla en la cafetería, pero él se había mantenido cuidadosamente apartado de ella. No quería volver a ponerla nerviosa, y le dolía haberla hecho llorar. Parecía una niña dura e inteligente, y habría sido un crimen quebrantar su espíritu orgulloso. Él había sido muy parecido a ella a su edad.

Las cosas habían ido progresando en el caso del contrabando de droga. Hunter y él habían visto una grabación de Cara Rodríguez encontrándose con uno de sus compinches en una cafetería, cortesía de Jodie Clayburn, y aunque estaba claro que Cara sabía algo sobre el alijo perdido, había tenido la precaución de no irse demasiado de la lengua. Quizás había sospechado que la presencia de Jodie en la cafetería no era completamente inocente. Aunque estaba en libertad bajo fianza con cargos por narcotráfico, se había esfumado de repente de la ciudad, y Cobb había despedido a uno de sus agentes, un tipo llamado Kennedy, por filtrar información. Finalmente, el agente había sido arrestado.

Cy Parks les había avisado de que había varios traidores más entre las fuentes gubernamentales, y como Cobb pensaba que Cara aún tenía varios topos más en la oficina, seguía sin compartir toda su información con Hunter y con Colby.

Ellos seguían buscando el alijo que no habían conseguido localizar, convencidos de que aún estaba escondido en algún rincón del almacén de la empresa, pero habían sido incapaces de encontrarlo. Ni siquiera habían tenido éxito los perros adiestrados que un miembro del equipo de Cobb había llevado a escondidas. Los animales habían recorrido un pasillo tras otro lleno de cajas, pero no habían mostrado reacción alguna; uno de ellos había olisqueado la pared con cierto interés, pero Colby no había tardado en darse cuenta de la razón: al parecer, algún perro había entrado en el almacén y había marcado el terreno. Si un macho dejaba un rastro de orina, los que pasaban después por aquel sitio iban dejando también su rastro.

Las drogas tenían que estar en una de las cajas de la parte superior, así que haría falta mucho tiempo y esfuerzo para ir bajándolas y examinándolas una a una; teniendo en cuenta lo grande que era el almacén, varios empleados habrían tenido trabajo asegurado durante medio año al menos, pero Ritter no podía malgastar la mano de obra ni el tiempo que requeriría examinar todas y cada una de las cajas.

—¡Maldita sea, las drogas están aquí! —murmuró Hunter el viernes por la tarde.

—Las encontraremos —le aseguró Colby.

—¿De verdad lo crees? —refunfuñó su amigo. Tras mirar su reloj de pulsera, dijo—: Tengo que irme.

—Aún te queda media hora —le dijo Colby.

—Nikki y Bernadette actúan esta noche en el festival de la escuela.

—Ritter me dijo que estudian juntas.

—Sí, son muy amigas. A Nikki le gusta mucho su escuela, y a Sarina y a nosotros también.

Pasaron junto a la cafetería, donde Bernadette estaba pintando.

—La verdad es que se le da muy bien dibujar —admitió Colby.

—Pues deberías oírla cantar, tiene la voz de un ángel.

Colby se sorprendió al sentirse orgulloso, ya que había tratado a la niña con hostilidad desde que la había conocido; sin embargo, le inquietaba la conexión que parecía haber entre ellos. Él no hablaba de su vida privada con casi nadie, pero, de algún modo, la niña estaba dentro de ella.

—¿Va a cantar esta noche?

Hunter le lanzó una mirada cargada de curiosidad, y contestó:

—Sí, tiene un solo.

Colby se movió con cierto nerviosismo.

—¿Dónde está la escuela? ¿Puede ir todo el mundo a ver la función, o hay que ser un familiar?

Hunter sonrió para sus adentros.

—Si quieres, puedes venir con Jennifer y conmigo.

Colby dudó por un momento, ya que no sabía cómo reaccionarían Sarina y la niña ante su presencia, pero tenía mucha curiosidad.

—Sí, gracias.

—Tengo que irme a casa pronto, porque van a venir unos fontaneros. Jennifer tiene que llevar a Nikki a las cinco para que se vaya preparando, así que pásate por casa a eso de las seis, y nos vamos todos juntos. ¿Te va bien?

—Perfecto, allí estaré —se volvió para ir a su despacho, y dijo sin mirar a su amigo—: Gracias.

—De nada.

Al llegar a su despacho, Colby abrió uno de los cajones y sacó una bolsa de una tienda de manualidades que tenía allí guardada. Por alguna razón que no alcanzaba a entender, había sentido el impulso de entrar y hacer aquella compra. Sin darse tiempo a arrepentirse, volvió a la cafetería con la bolsa en ristre.

La niña levantó la mirada cuando él entró en el local, y la expresión de sus enormes ojos marrones fue más que elocuente. Se quedó inmóvil mientras lo observaba con aprensión, como si estuviera esperando otro ataque frontal.

Colby dejó la bolsa en la mesa, la empujó ligeramente hacia la pequeña y se quedó allí de pie.

Bernadette abrió la bolsa con curiosidad, y vio que dentro había una libreta de esbozos, varios carboncillos, una goma de borrar profesional, y un enorme estuche metálico con colores pastel. Incluso había un libro para aprender a dibujar.

—Caray... —dijo con suavidad. Lo miró con expresión interrogante, y le preguntó—: ¿Todo esto es para mí?

Colby asintió.

La niña sonrió con timidez, y el gesto pareció iluminar toda su cara. Sus ojos oscuros brillaban cuando se encontraron con los de él.
—Gracias.
Colby se encogió de hombros, y comentó:
—Tienes talento de verdad.
La sonrisa de la pequeña se hizo aún más ancha, pero de repente se desvaneció y lo miró con expresión de culpabilidad.
—Lo siento —le dijo.
—¿Qué es lo que sientes? —le preguntó él, perplejo.
—Haber hecho aquel dibujo. No estuvo bien.
Colby se acercó un poco a ella, y la miró con curiosidad.
—¿Cómo supiste lo de aquel sitio?, ¿lo que pasó allí?
Ella pareció ponerse un poco nerviosa, y le dijo con honestidad:
—No lo sé. Veo cosas, tengo sueños que se cumplen, y vi lo que te pasó —señaló su brazo, y añadió—: Fue... fue horrible.
Colby tragó con dificultad, y admitió:
—Sí, lo fue.
—Mi abuelo me dijo que era un regalo, y que no tenía que darme miedo, pero no puedo evitarlo —le confesó ella. Bajó la mirada hacia la bolsa, y añadió—: No quiero saber cosas malas.
—¿Sólo ves cosas malas?
—Sí, y he visto algo nuevo, pero no puedo hablar de eso. No puedo contárselo a mamá.
—¿Contarle el qué? —le preguntó él con seriedad.
La pequeña lo miró, angustiada, y dijo:
—Que le va a pasar algo malo.

Colby sintió una extraña sensación en la boca del estómago.

—¿Sabes lo que es?

—No, pero alguien le va a hacer daño a mi mamá, y no sé lo que tengo que hacer. No puedo parar las cosas, sólo sé a veces lo que va a pasar.

A Colby no le gustó nada la idea de que le pasara algo a Sarina. Se acercó más a la niña, y se arrodilló junto a su silla; era tan alto, que sus ojos quedaron a la misma altura.

—¿Dónde va a pasar? —le preguntó con suavidad.

Ella lo miró directamente, con una expresión cargada de miedo y de preocupación.

—En un sitio muy grande con cajas, por la noche.

Colby frunció el ceño. El único sitio así que se le ocurría era el almacén, pero Sarina no tenía por qué ir allí, ni de noche ni de día.

—Tú trabajas con el papá de Nikki, y cuidáis de la gente que trabaja aquí, ¿verdad?

Él asintió.

—¿Puedes cuidar también de mi mamá, para que no le hagan daño?

—Claro que sí. No voy a dejar que le pase nada a tu madre —le aseguró, con voz firme y calmada—. Te lo prometo.

—Gracias —le dijo ella.

Cuando la niña posó con gesto vacilante una manita en su ancho hombro, Colby sintió una extraña sensación en su interior.

—De nada.

—No te caigo bien, ¿verdad? —le dijo ella de repente.

Él volvió a sentirse culpable, y frunció el ceño.

—No es eso —dijo, sin saber muy bien cómo explicarse—. Lo que pasa es que no estoy acostumbrado a hablar con niños, y además, no... comparto mi vida con los demás.

La pequeña asintió, como si lo entendiera a la perfección, y de repente pareció demasiado madura para sus seis años.

—Yo tampoco. Los demás niños piensan que doy miedo, o se meten conmigo porque soy... —Bernadette se detuvo al recordar que no podía decirle que era apache, y tras una breve pausa añadió—: diferente.

—¿Los chicanos también son malos contigo? —le preguntó Colby.

—No, los otros niños también se meten con ellos.

Colby sabía cómo se sentía; aunque no tenía ningún don especial, se había sentido como un forastero toda su vida, de una u otra forma. Primero con su gente, después con su padre, y después con la propia sociedad en la que vivía. Maureen le había enseñado a no confiar nunca en una mujer, y el mundo a no confiar nunca en la gente, así que estaba encerrado en sí mismo y no podía salir.

—Hunter me ha dicho que cantas —le dijo a la niña, tras un incómodo silencio.

—Sí, voy a cantar esta noche en la función del colegio.

—Yo voy a ir con Hunter y con Jennifer —le dijo.

—¿De verdad?

Cuando la niña lo miró con dulzura con aquellos ojos enormes, Colby pensó de repente en su propia madre, a la que recordaba con amor y tristeza. Había algo en su expresión...

Bernadette lo incomodaba, porque hacía que se acordara de todo lo que se había perdido en su vida, de sus defectos y sus carencias. Se levantó sintiendo un vago nerviosismo, consciente de una extraña sensación, como si estuviera siendo observado.

Se volvió y vio a Sarina en la puerta, mirándolo con una mezcla de curiosidad y de preocupación.

Cuando ella se dio cuenta de que la había pillado, borró toda expresión de su cara mientras intentaba disimular lo mucho que la había afectado ver a Colby tratando a la niña con ternura.

—Es hora de irnos, cielo —le dijo a su hija con una sonrisa cálida.

—Vale, mamá. ¡Mira lo que me ha regalado! —exclamó Bernadette, enseñándole lo que había en la bolsa.

—¿Material para dibujar? —Sarina miró a Colby con obvia curiosidad.

Él se metió las manos en los bolsillos, y rezongó:

—Si va a pintar, será mejor que lo haga con el material adecuado.

Sarina frunció los labios, y volvió a echar una ojeada al interior de la bolsa.

—Al menos no hace tictac —murmuró—. ¿Seguro que no has envenenado las puntas de los lápices?

—Mamá, eso no está bien —le dijo Bernadette—. Me dijiste que siempre hay que ser amable con la gente.

—Es verdad —dijo Colby, con una sonrisa traviesa—. Parece que tu hija va a tener que enseñarte a comportarte con educación.

Sarina lo fulminó con la mirada.

—A veces, podemos elegir a las personas con las que queremos ser amables.

—¿Así tratas a alguien contratado para mantenerte a salvo? —le preguntó él con ironía.

—Vale, seré amable —dijo ella con tono cortante.

No se sentía cómoda con el cambio de actitud que Colby había tenido con Bernadette, ya que, por muchas razones, no era prudente que él pasara demasiado tiempo con la niña.

La pequeña metió el dibujo y sus colores en la bolsa, tomó a su madre de la mano y le dijo a Colby:

—Gracias.

—De nada —contestó él.

Sin saber qué decir, Sarina se limitó a asentir y salió con Bernadette de la cafetería.

—¡Va a venir a verme esta noche!, ¡y me ha dicho que dibujo muy bien! ¡No es un hombre malo, mamá!

Colby oyó las palabras de la niña mientras se alejaban, y sintió como si le hubieran dado una patada en el estómago. El entusiasmo de la pequeña lo afectaba mucho y encendía una suave calidez en su interior, algo que no había experimentado en su vida. Sentía como si la conociera, aunque no entendía por qué, y ver que era tan receptiva con él le hacía sentirse más culpable por lo cruel que había sido con ella.

Al oír a la niña, Sarina se sintió más preocupada que nunca. Si Colby se acercaba demasiado a la pequeña, podía enterarse de cosas que ella no quería que supiera. Estaba claro que Bernadette se sentía fascinada por él, y al parecer, Colby estaba empezando a sentir algo por ella. Aquello iba a complicar las cosas.

La función del colegio fue una experiencia nueva para Colby, ya que no había asistido a una desde su niñez. Estaban haciendo algo llamado «Festival de la Cosecha», porque, al parecer, se había vuelto políticamente incorrecto decir «Halloween» sin más. No había adornos fantasmagóricos como los que habían puesto en su colegio cuando él era pequeño, y los niños no iban disfrazados de una clase a otra para explorar sitios encantados, buscar regalos escondidos o participar en distintos juegos, y se sintió completamente fuera de lugar.

Los niños estaban vestidos con ropa normal, y explicaron la historia de la cosecha del primer Día de Acción de Gracias, cómo la gente había hecho la recolección en otoño y habían recitado poemas. En el escenario había algunas calabazas, aunque no estaban talladas ni tenían velas en su interior.

Después de que Nikki Hunter recitara un poema sobre la recolección de manzanas en un huerto, Bernadette se acercó al micrófono con obvio nerviosismo. Su pelo, oscuro y resplandeciente, le enmarcaba la cara, y llevaba un bonito vestido marrón con cuello blanco. Cuando una mujer bastante voluminosa se sentó al piano y empezó a tocar unos acordes a modo de introducción, la niña recorrió al público con la mirada y sonrió cuando encontró a su madre, a los Hunter y a Colby.

La pianista asintió, y cuando Bernadette empezó a cantar, Colby sintió que un escalofrío le recorría la espalda. La niña tenía un talento increíble. Su voz era alta y clara, y por alguna razón, le resultó dolorosamente familiar. Cerró los ojos y pudo oír a su madre cantándole una canción por la noche, la vio sonriéndole mientras lo arropaba.

Cuando la canción acabó y empezaron los aplausos, Colby volvió a poner los pies en el suelo y aplaudió mientras la miraba con una sonrisa. La niña lo vio, y le devolvió el gesto.

Entonces se cerró el telón, y la función se dio por concluida. Los Hunter se levantaron para ir a buscar a Nikki, y Bernadette echó a correr por el pasillo hacia un hombre que la levantó en sus brazos. Colby apretó los dientes al darse cuenta de que era Rodrigo Ramírez. No lo había visto hasta ese momento, y tampoco a Sarina; al parecer, habían estado sentados varias filas por delante de él, al otro lado del auditorio.

Por un momento no supo qué hacer, pero decidió ir a felicitar a la niña por lo bien que cantaba; y si a Ramírez no le gustaba, peor para él.

Cuando se acercó a ellos, Bernadette lo vio primero y su rostro se iluminó con una gran sonrisa.

—¡Qué bien que hayas venido! —exclamó.

Colby sonrió, e ignoró por completo a Rodrigo.

—Hunter tenía razón, cantas como un ángel.

—Gracias —le dijo ella con timidez.

—¿Dónde están las calabazas talladas, los fantasmas, las brujas y los gatos negros? —se preguntó él, mientras recorría la sala con la mirada.

—Cállate o conseguirás que nos echen —le dijo Sarina en voz baja—. Hoy día, celebrar Halloween es algo muy controvertido.

Colby miró a Rodrigo, y comentó:

—En tu país no lo es, ¿verdad? Claro que allí celebráis el Día de los Muertos el uno de noviembre.

Rodrigo enarcó las cejas, sorprendido.

—Sí, es verdad. ¿Cómo lo sabes?

—He viajado bastante.

—Me sorprende verte aquí.

—Me ha comprado un montón de lápices y de cosas para dibujar —le dijo Bernadette—. No es un hombre malo.

—¿Has mirado en la pared de la oficina de correos? —dijo Rodrigo en voz baja, mientras le lanzaba a Colby una mirada gélida que él le devolvió con creces.

—Tendríamos que irnos —dijo Sarina, al notar la tensión que había en el ambiente—. Rodrigo ha tenido un día muy largo.

—Sí, claro, trabajar de enlace en una oficina debe de ser agotador —comentó Colby con despreocupación—. Hay que trabajar tan duro...

Rodrigo lo miró con ojos centelleantes, y comentó:

—Sí, debe de ser tan cansado como ocuparse de la seguridad. Después de todo, hay que comprobar que todas esas puertas se queden cerradas...

Colby avanzó un paso hacia él, y Sarina se apresuró a interponerse entre los dos hombres. Tomó la manita de su hija, agarró a Rodrigo del brazo y dijo mientras tiraba de él:

—Tenemos que irnos.

Bernadette se aferró al cuello de Rodrigo, y miró a Colby por encima de su hombro con una sonrisa.

—¡Buenas noches!

Colby asintió, y siguió con ojos llenos de furia al otro hombre. Se metió las manos en los bolsillos y se quedó allí de pie con expresión de pocos amigos, y Hunter tuvo que llamarlo varias veces para que se diera cuenta de que ellos también tenían que irse.

Jennifer, una mujer rubia y muy guapa, sonrió para sí cuando Colby se alejó de la casa en su coche. Nikki estaba en su habitación, acabando los deberes antes de irse a la cama.

—Rodrigo y él van a encararse uno de estos días —le dijo a su marido.

—Acaban de hacerlo —le recordó Hunter, con una sonrisa. La rodeó con los brazos, y añadió—: Pero ése es su problema, no el nuestro.

Jennifer le devolvió la sonrisa, y le hizo bajar la cabeza para poder besarlo.

—Hoy se cumplen los dos meses —susurró.

Hunter cubrió su vientre ligeramente abultado con una mano, y dijo con voz suave:

—Apenas puedo esperar. Has iluminado las sombras que tenía dentro, nunca soñé que llegaría a ser tan feliz.

—Aunque te pasaste todos aquellos años mirándome enfurruñado y fingiendo que me odiabas —bromeó ella.

Él se encogió de hombros, y contestó:

—Al final, tuve el sentido común de fijarme en ti.

—Sí, claro, después de que me dispararan —dijo ella, con una carcajada.

Hunter la apretó con más fuerza contra sí, y dijo con voz ronca:

—No me lo recuerdes, si el francotirador hubiera fallado, habrías muerto. Estábamos en el desierto de Arizona, a kilómetros de un hospital, así que fue una suerte que sólo fuera una herida superficial; de todas maneras, me diste un susto de muerte. Entonces supe lo que sentía por ti —admitió—. Por eso te mentí sobre mis sentimientos y huí.

—Sí, pero no te sirvió de nada, ¿verdad? Acabaste volviendo —bromeó Jennifer.

—Mi vida estaba vacía —Hunter se inclinó, y la besó con ternura—. Me aterrorizaba pensar que te había perdido, ¿sabías que Eugene estuvo a punto de enviarme de vuelta a Arizona?, no quería que te hiciera más daño.

—Me lo comentó, pero se alegró al ver que las cosas se arreglaban —lo miró bajo la tenue luz del porche, y admitió—: Echo de menos a mi prima Danetta.

—Ya lo sé. Si quieres, podemos volver a Tucson cuando Colby se acostumbre a vivir aquí.

Jennifer dudó un segundo, y finalmente dijo:

—La verdad es que Houston no está nada mal. A Nikki

le gusta mucho su colegio, y Bernadette y ella parecen haberse integrado de verdad por primera vez.

—¿Quieres quedarte aquí?

Ella se mordisqueó el labio inferior.

—¿Podemos esperar uno o dos meses más antes de tomar una decisión?

—Lo que tú quieras —dijo Hunter, con una sonrisa—. Aunque a lo mejor a Colby no le hace demasiada gracia, porque tendrá que seguir estando a mis órdenes.

—Sabes muy bien que él no es así. No tuvo ningún problema en trabajar bajo el mando de Tate Winthrop en Washington.

—Sí, supongo que tienes razón. En fin, esperaremos a ver qué pasa.

Jennifer sonrió, y volvió a besarlo.

Al día siguiente, Colby estaba pasando junto a la oficina de Hunter cuando vio a Ramírez caminando por el pasillo junto a un viejo amigo al que no había visto en años, Cy Parks.

—¡Cy!, ¡cuánto tiempo sin verte! —le dijo con una sonrisa, mientras se estrechaban la mano.

—Por culpa tuya, porque yo intenté mantenerme en contacto —le contestó Cy—. No sabía que estabas aquí hasta que me lo comentó Alexander Cobb, ¿qué tal te va?

—Bastante bien, supongo que acabaré acostumbrándome a vivir como un civil —miró a Ramírez con expresión hostil, y le dijo—: ¿Qué pasa, que ahora eres el encargado de recibir a las visitas?, claro, normalmente se ocupa la gente mayor...

—Si quieres, ahora mismo te demuestro lo mayor que soy —le contestó Rodrigo, fulminándolo con la mirada.

—Será un placer —dijo Colby, con ojos centelleantes.

Cy se interpuso entre ellos de inmediato.

—Lo siento, pero tengo algo de prisa —le lanzó una mirada elocuente a Rodrigo, y tomó a Colby del brazo bueno—. ¿Por qué no me acompañas?, Cobb me ha llamado, y tengo información para Hunter.

—¿Desde cuándo os conocéis? —les preguntó Rodrigo, con curiosidad.

Colby miró a su amigo, y le advirtió con la mirada que no dijera más de la cuenta. No quería que Ramírez se enterara de su pasado; de hecho, no quería que se enterara nadie, sobre todo Sarina.

—Colby es un viejo amigo de Micah Steele, que ahora vive en Jacobsville —comentó Cy—. Hace años, los dos trabajaban con Hunter en un campo profesional totalmente diferente, y yo conocí a Colby en Washington DC —dijo, sin añadir el empleo específico que había tenido en aquellos tiempos.

—Micah es un buen tipo, le debo la vida —comentó Colby. Era cierto, ya que había sido quien le había amputado el brazo.

En ese momento, Hunter los vio y se acercó a ellos.

—¡Parks! —exclamó—, me alegro de verte.

—A mí también me alegra veros a todos, ha pasado mucho tiempo —dijo Cy. Sin embargo, se arrepintió de inmediato de haber dicho aquellas palabras, porque no quería revelar que Rodrigo y él también eran viejos conocidos.

—¿A qué has venido? —le preguntó Colby.

—Le dije a Cobb que se lo pidiera —le explicó Hunter—. Sabe más que nadie sobre la antigua organización de López.

—Bueno, no sé más que... —empezó a decir Cy.

Hunter lo interrumpió de inmediato.

–Últimamente, hay que ir con cuidado con la información.

Cy entendió de inmediato que no debía hacer ningún comentario sobre el trabajo encubierto de Rodríguez en la organización de López. Se preguntó por qué Hunter quería ocultárselo a su compañero, pero decidió que no era asunto suyo.

–Sí, a lo mejor puedo proporcionaros alguna información útil –dijo, con una sonrisa.

Deliberadamente, evitó mirar a Rodrigo, que se las ingenió para aparentar desinterés y se despidió de ellos.

Hunter condujo a Cy y a Colby a su despacho, y cerró la puerta. Se sentía aliviado por haber llegado a tiempo de evitar que Rodrigo indagara más, y sabía que iba a ser difícil evitar que Cy y Colby consiguieran descubrir alguna incómoda conexión del pasado. Hiciera lo que hiciese, no podía dejar al descubierto la tapadera de Rodrigo, y aunque el hombre no había formado parte de su unidad cuando Colby había perdido el brazo, había estado con Micah Steele en una operación relacionada. Colby y él habían coincidido brevemente en una zona de suministro, pero, afortunadamente, no se habían llegado a conocer y se habían visto sólo de pasada; obviamente, ni el uno ni el otro se habían reconocido.

Cy le había encargado a su capataz, Harley Fowler, que vigilara el almacén que tenía en el borde de un rancho de su propiedad. El edificio lo había construido el difunto Manuel López, el antiguo jefe de una organización que se dedicaba al narcotráfico, para utilizarlo como centro de distribución de sus cargamentos de cocaína.

En los últimos tiempos, habían detectado que otra vez parecía haber actividad en el almacén, y Cy quería contratar a otro antiguo mercenario, Eb Scott, para que ayudara con la vigilancia. Eb tenía unas instalaciones en Jacobsville, equipadas con los últimos avances tecnológicos, donde enseñaba tácticas de combate y técnicas de interrogación y de contraterrorismo a personal militar de todo el mundo. Dos años atrás, Cy, Eb Scott y Micah Steele habían desmantelado la organización de López, con la ayuda de la unidad interdepartamental antidroga del agente Cobb.

Había habido un tiroteo, pero la mayor parte de los compinches de López habían ido a la cárcel; como venganza, el narcotraficante había secuestrado a la hermanastra de Micah y se la había llevado a Cancún, y Micah había organizado un comando de mercenarios para rescatarla. Rodrigo había sido uno de ellos, y anteriormente ya les había ayudado a hundir a López. El narcotraficante había muerto en una misteriosa explosión cerca de Nassau, y Cobb había insistido en que Colby no podía enterarse de la implicación de Rodrigo.

La información que Cy Parks les dio sobre el antiguo imperio de López proporcionó a Hunter y a Colby nuevas pistas que investigar. Colby aún sentía curiosidad por la aparente cordialidad que había entre Parks y Rodrigo, pero los nuevos datos centraron su atención y decidió dejar el tema de momento. A lo mejor al mexicano se le daba bien tratar con desconocidos; después de todo, en su trabajo las relaciones públicas debían de ser importantes.

Antes de marcharse, Cy invitó a Colby a que fuera a su rancho.

—Sigues montando a pesar de lo del brazo, ¿verdad? —le preguntó.

Colby no se ofendió, porque el mismo Cy tenía el

brazo izquierdo lleno de cicatrices por el incendio que había matado hacía años a su primera mujer y a su hijo.

—Puedo montar cualquier caballo que me ensilles, la verdad es que lo echo de menos —le dijo, con una sonrisa.

—En los viejos tiempos tenías unos cuantos, ¿verdad?

—Sí, pero tuve que renunciar a ellos cuando empecé a trabajar por libre —contestó Colby. Sabía que Cy entendería que se estaba refiriendo a su trabajo de mercenario—. Gracias por la invitación, me encantaría volver a montar.

—Ven cualquier sábado que tengas libre, llámame cuando te vaya bien —le dijo Cy, sonriente—. Así conocerás a Lisa, nuestro primer hijo nacerá en unas semanas. Por desgracia, perdió el primer niño que esperábamos.

—Pero parece que ahora las cosas os van bien —comentó Colby.

—¡Mejor que bien! Hasta la vista, Colby.

Cy les había informado que dos empleados de Ritter tenían conexiones con Cancún, y aunque eso no probaba su culpabilidad, era muy sospechoso que ambos hubieran entrado a trabajar recientemente en la empresa. Gary Ordóñez era asistente en la sección de Suministros y su padre tenía un historial bastante turbio, mientras que Daniel Morris, un operador de maquinaria, había estado en la cárcel por distribución de drogas; al parecer, a Ritter le gustaba ayudar a rehabilitar a las ovejas descarriadas.

Colby se preguntó si en sus fichas personales habría algo que los relacionara con Cara Domínguez; como aquella información podían dársela en la sección de personal, decidió ir a ver a Brody Vance a su despacho para hacerle algunas preguntas.

Había creído que sería fácil; al fin y al cabo, él era el jefe adjunto de seguridad, y tenía autoridad para comprobar los expedientes de cualquier empleado si sospechaba que podía estar involucrado en algo ilegal. También quería ver cómo reaccionaba Vance al oír los nombres, porque estaba seguro de que los dos hombres estaban relacionados con el tráfico de drogas de la zona.

Sin embargo, Brody Vance se negó en redondo a facilitarle información confidencial de la empresa.

—Lo siento —le dijo a Colby con sequedad—, pero mi departamento no revela la información personal de los empleados, ni siquiera a los encargados de seguridad.

Colby se lo quedó mirando como si pensara que estaba loco, y le dijo con total seriedad:

—Estamos buscando a un traficante de droga, no podemos dejar que se acuse a la corporación de permitir y fomentar actividades criminales.

Vance se movió con incomodidad, y le dijo:

—Lo siento, pero ésas son mis reglas.

Colby enarcó una ceja, abrió su móvil, marcó el número de Hunter y esperó a que contestara. Con la mirada fija en Vance, empezó a hablar en apache.

—Este tipo no me deja mirar los archivos —le dijo a su amigo—. Creo que está escondiendo algo.

—¿Quieres que baje y te ayude a convencerle?

—Vale.

Colby cortó la conexión, y volvió a guardar el teléfono. Vance lo observó con obvio nerviosismo.

—¿Qué lengua era ésa?

—Una que aprendí cuando trabajaba en la CIA —le contestó Colby con naturalidad.

La expresión en la cara de Vance resultó casi cómica.

—¿Trabajaste en la CIA?

Colby no respondió. Era una estratagema deliberada, para que Vance tuviera tiempo de pensar en lo peligroso que podía ser negarle acceso a la información que quería, en lo sospechosa que podía resultar aquella actitud.

Obviamente, Vance estaba reconsiderando su postura cuando Hunter abrió la puerta sin llamar, entró en el despacho y le dio una hoja con los nombres de los empleados sospechosos y algunos datos sobre sus pasadas actividades delictivas. Vance apretó los dientes conforme fue leyendo.

—Y ahora, danos los archivos o tendrás que explicarle a la DEA tu negativa —le dijo Hunter con voz tersa—. Puedo hacer que uno de sus agentes esté aquí en cinco minutos, junto con Eugene Ritter y uno de los abogados de la empresa.

Vance tragó con dificultad, carraspeó, se sentó frente a su ordenador y empezó a teclear con manos temblorosas.

—Si queréis, puedo imprimiros la información —les dijo.

Luchando por contener una sonrisa, Hunter miró a Colby y le dijo en apache:

—¿Ves cómo funciona?

—Sí, me parece que el gran guerrero va a tener que cambiarse de pantalones cuando nos vayamos —contestó él.

Sin entender lo que estaban diciendo, Vance tomó dos hojas de papel de la impresora y se las dio.

—La privacidad es muy importante para mi departamento —les dijo, para intentar arreglar la situación.

—Sí, estoy seguro de que los compinches de los narcotraficantes te darán las gracias por intentar protegerlos —le dijo Colby... en apache.

Hunter lo agarró del brazo, y se lo llevó del despacho antes de que pudiera hacer algún comentario sarcástico en una lengua que el otro entendiera.

—Buen trabajo —le dijo Colby con una sonrisa, cuando estuvieron fuera.

—Cuando uno lleva en el juego de la seguridad tanto tiempo como yo, aprende a tratar con diplomacia a los tipos como Vance —contestó Hunter—. No es muy diferente a un interrogatorio, pero funciona con los chupatintas. Ya te enseñaré la técnica. En fin, ¿por qué no vas a buscar un par de cafés?, mientras, yo bajaré al almacén a comprobar esta información con los supervisores.

—Vale, nos vemos en tu despacho —contestó Colby.

A pesar de su experiencia, aún era un novato en aquella clase de batallas verbales civilizadas; al fin y al cabo, él casi siempre se había hecho entender con una pistola automática.

Minutos después, Sarina estaba pasando cerca del despacho de Brody Vance y lo oyó soltar una maldición.

—¡No puedes hacer eso!, ya estoy bajo sospecha...

Sarina siguió caminando con los ojos fijos en la carpeta abierta que llevaba en las manos, y fingió estar leyendo absorta los papeles que había dentro.

Vance la vio pasar, y se apresuró a cambiar de inglés a español mientras seguía diciendo:

—¡Tuve que darles la información!, no puedo arriesgarme a que me echen, y ya sospechan de mí. No. ¿Estás loca?, no puedes volver al almacén, está vigilado día y noche. ¡Sí, claro que hay cámaras! —hubo una breve pausa, y continuó diciendo—: ¿Qué te crees que soy, un técnico en electrónica? —otra pausa—. Mira, no pienso volver a jugarme el cuello, pídeselo a Chiva. No, está en otra ciudad, en Corpus Christi. Sí, hazlo —dijo, antes de colgar.

Sarina se sintió entusiasmada. Sabía que había oído

algo de vital importancia, y se preguntó cuál sería la mejor manera de sacarle partido.

—¿Has oído lo que estaba diciendo? —dijo Vance tras ella, en español.

Sarina lo había entendido perfectamente, pero no reaccionó ante la pregunta y siguió andando.

—¿Señorita Carrington?

Se volvió fingiendo sorpresa, y lo vio observándola desde la puerta de su despacho.

—¿Sí?

—¿Ha venido a verme?

Ella parpadeó, fingiendo confusión.

—¿Disculpe?

—¿Me ha oído hablando? —insistió él.

Sarina consiguió hacerse la tonta, y levantó la carpeta que tenía en la mano.

—Estaba repasando estos informes. Tengo que entregárselos al señor Ritter antes de marcharme, y no estaba prestando atención. Lo siento, ¿me había llamado?

Vance pareció relajarse.

—No, no es nada. Sólo quería asegurarme de que le gusta trabajar aquí.

—Me encanta, hay muy buen ambiente —dijo ella.

—Sí, es verdad. Bueno, no la entretengo más —añadió Vance. Sonrió de forma amigable, y volvió a entrar en su despacho.

Sarina siguió su camino con paso rápido, y miró varias veces por encima del hombro para asegurarse de que Vance no la seguía. Decidió que se lo contaría a Hunter, ya que él podía informar a las personas adecuadas. Se sentía eufórica... ¡por fin habían conseguido algo!

Como no encontró a Hunter en su despacho, fue al

pequeño apartado donde Rodrigo solía trabajar, pero él tampoco estaba. Con un gemido ahogado, dio media vuelta con otro destino en mente, pero se dio de lleno contra Colby Lane al doblar una esquina.

—Vaya, justo el hombre al que quería ver —le dijo. Sin más preámbulos, lo agarró de la manga y lo arrastró hasta su propio despacho.

—¿Qué pasa? —le preguntó él, sorprendido.

—He oído a Brody Vance hablando por teléfono, creo que con una mujer —le dijo con ojos brillantes, en cuanto cerró la puerta—. Ha dicho que le había dado una información a alguien, que no había podido evitarlo, y que ella no podía entrar en el almacén, porque está vigilado. También ha comentado que no es un técnico de electrónica, así que supongo que ella le habrá pedido que desconecte las cámaras de seguridad.

—¡Vaya, eres muy astuta! —exclamó Colby, entusiasmado al darse cuenta de que habían asustado a Vance lo suficiente para hacer que llamara desde el teléfono de su despacho. Podían localizar la llamada, para descubrir con quién había estado hablando.

Sin pararse a pensar lo que hacía, tomó a Sarina de la cintura y la atrajo hacia sí; con una gran sonrisa, se inclinó y depositó en sus labios un beso rápido y duro, y se echó a reír al ver lo sorprendida que se quedaba.

—Lo siento, no he podido resistirme —le dijo con voz suave, mientras la soltaba—. Estoy orgulloso de ti.

Ella no pudo evitar ruborizarse, ya que el contacto la había dejado impactada.

Colby se dio cuenta de su reacción, y sus ojos oscuros se iluminaron con un brillo especial.

—Estás desaprovechando tus aptitudes trabajando en un despacho —comentó. Entonces frunció el ceño, y añadió–: Vance debe de tener muchas agallas para decir algo así abiertamente, sobre todo después de la visita que le hemos hecho Hunter y yo.

Sarina no sabía a qué visita se refería, y él no se explicó.

–Lo dijo en español –le aclaró.

–¿Te vio?

–Sí, pero no sabe que hablo esa lengua –contestó ella, con una sonrisa traviesa–. Fingí que estaba leyendo unos documentos, y ni siquiera lo miré.

–Gracias a ti, ahora vamos por delante en la partida. Se lo contaré a Hunter para ver lo que hacemos, a lo mejor podemos conseguir que se descubra él mismo –con voz suave, añadió–: Muchas gracias, eres una maravilla.

–De nada –dijo ella, molesta consigo misma por el placer que sintió ante sus elogios.

Colby ladeó la cabeza, y la contempló con expresión pensativa.

–A lo mejor podrías plantearte trabajar para mí –le dijo, medio en serio–. Es más emocionante que redactar documentos.

Sarina apartó la mirada.

–No es mala idea, igual me lo pienso.

–Bien.

Colby se fue en busca de Hunter. Aquélla podía ser la oportunidad que necesitaban para localizar el alijo que buscaban.

Colby encontró a Hunter hablando con un contable, cerca de la puerta principal.

—¿Pasa algo? —le preguntó su amigo.

Colby sonrió de oreja a oreja, y contestó:

—Nada grave, pero quiero comentarte algo.

—Claro —Hunter se despidió del contable, y se alejó con Colby por el pasillo.

—Le hemos dado de lleno a Vance, Sarina le ha oído hablar con una mujer —le dijo, con entusiasmo apenas contenido—. Empezó a hablar en español al verla, sin saber que ella domina esa lengua. Le ha dicho que ha tenido que darnos los nombres, y cuando la mujer le ha preguntado si podía entrar en el almacén, él le ha contestado que no, porque está vigilado.

—Sarina es fantástica.

—El empleo que tiene es un auténtico atolladero para una mujer como ella, está desperdiciando todo su potencial.

Hunter gimió para sus adentros, porque no podía delatarla.

—Bueno, le gusta su trabajo —dijo, sin comprometerse—. Podemos localizar el número al que Vance ha llamado —añadió, mientras empezaba a pensar en las posibles estrategias que podían seguir.

—¿Conoces a alguien de la compañía telefónica? —le preguntó Colby, esperanzado.

—Tengo mis contactos —al ver que su amigo parecía frustrado, añadió—: No te preocupes, te los pasaré cuando llegue el momento. Mira, sé que crees que te estoy dejando a oscuras a propósito, pero tengo que seguir las instrucciones de Cobb. Esta operación es suya, lleva mucho tiempo trabajando en ella.

—No te preocupes, a veces he estado en tu misma posición —Colby frunció el ceño, y comentó—: Tengo que poner el aparato de seguimiento en su coche, por si decide encontrarse en persona con su evasiva novia.

—Esta tarde hay una reunión de personal, así que va a estar ocupado durante una hora por lo menos —le dijo Hunter.

—Estamos de suerte —comentó Colby.

En cuestión de minutos, Colby colocó un transmisor dentro del coche y un aparato de seguimiento debajo del maletero, por si Vance descubría el primero; sin embargo, no creía que el tipo se molestara en comprobar si le estaban controlando, así que sólo quedaba esperar.

Había planeado pasarse el día siguiente controlando lo que hacía Vance antes de ir a trabajar, pero el tiempo se lo impidió, ya que empezó a llover a cántaros. Ciertas zonas de Houston eran propensas a inundarse, pero afortunadamente el barrio donde él vivía no tenía ese problema.

Aun así, en cuanto entró en la oficina Hunter se acercó a él y le dijo:

—Tienes un todoterreno, ¿verdad?

—Sí, ¿por qué?

Hunter vaciló por un momento, y finalmente dijo:

—Sé que Sarina y tú tenéis vuestros problemas, pero Bernadette y ella están atrapadas en su casa y no pueden llegar al coche; además, el agua llega al parachoques. No puedo irme, porque Ritter y Cobb van a venir a hablar de algunas novedades que han surgido... de hecho, se supone que más tarde tenemos una reunión en la sala de conferencias, y tú también tienes que asistir. ¿Puedes ir a buscarlas, y llevar a Bernadette al colegio?

—Sí, claro —se apresuró a decir Colby.

El beso que le había dado a Sarina la había afectado, y él aún podía sentirlo en su boca; además, la actitud de Bernadette hacia él se había suavizado. Se dio cuenta de que Hunter podría haberle pedido a Rodrigo que fuera a buscarlas, y sonrió con satisfacción. Le había ganado aquel punto al mexicano. No le gustaba nada la relación que existía entre Sarina, la niña y él, aunque no acababa de entender por qué se sentía así.

—No te olvides de la reunión, es a las diez —le dijo Hunter.

—Volveré con tiempo de sobra —contestó él.

Le resultó muy complicado acercarse al aparcamiento, porque la zona estaba inundada. Colby aparcó a cierta distancia, en la estrecha carretera asfaltada que había por encima del complejo de apartamentos, y se puso las altas botas de agua que se ponía cuando iba a pescar. Tendría que llevar a cuestas a Sarina y a su hija, si no quería que se pasaran el resto del día con los pies mojados.

La casa era vieja, y estaba bastante destartalada; los escalones estaban agrietados, la pintura de la puerta se estaba desconchando, el panel de una de las ventanas estaba suelto y hacía falta una buena mano de pintura, aunque algunos de los otros apartamentos estaban aún peor. Era una zona realmente pobre.

Colby vio un grafiti en la pared de una casa cercana, y se dio cuenta de que era la señal de una banda para marcar su territorio. Hunter le había enseñado a reconocer los distintos signos, por si alguna banda estaba implicada en la operación de contrabando.

No era un buen barrio para una mujer y su hija, seguramente lo único positivo era que el alquiler debía de ser bastante bajo; sin embargo, Colby se sintió incómodo al ver el estado de pobreza en el que vivían. La niña era dulce y muy prometedora, y en aquella zona había tiroteos, grafitis de bandas peligrosas y seguramente tráfico de drogas. Al pensar que Sarina tenía que aguantar todo aquello mientras criaba sola a su hija, se sintió furioso por lo poco que había hecho por ellas el padre de la niña.

Fue hasta la puerta vadeando el agua y tocó al timbre; tras unos segundos, Sarina abrió la puerta y se lo quedó mirando con asombro.

—Hunter me ha dicho que iba a venir él —dijo, con voz insegura.

—Al final no ha podido. Tiene una reunión con Cobb y Ritter, así que me ha enviado a mí.

—Vale —contestó ella. Pareció desorientada por un segundo y tenía los ojos enrojecidos, como si no hubiera dormido demasiado.

Colby la recorrió con la mirada. Se había puesto un traje beis, unos zapatos de tacón y una favorecedora bufanda floreada, y su pelo le caía como una cortina de seda color maíz sobre los hombros. De repente, recordó su textura contra su propio pecho desnudo...

–Será mejor que nos vayamos, antes de que el agua suba más –dijo con voz cortante, mientras se esforzaba por olvidar aquel excitante recuerdo.

Sarina llamó de inmediato a la niña.

–¡Bernadette!, ¡acuérdate del impermeable!

–¡Sí, mamá!

La niña apareció al cabo de unos segundos, con un impermeable amarillo un poco estropeado que parecía de segunda mano; al parecer, Sarina sólo tenía un viejo paraguas para protegerse de la lluvia, y por alguna razón, a Colby le dolió ver todas aquellas muestras de su precaria situación económica.

–Hola –le dijo Bernadette, claramente entusiasmada al ver quién había ido a rescatarlas.

–Hola –sonrió él, esforzándose por adoptar un tono amable. Había tratado muy mal a la pequeña, y quería compensarla por ello. Se volvió hacia Sarina, y le dijo–: Será mejor que la lleve primero a ella.

–Tiene que ir en el asiento trasero, si tienes airbag en el lado del copiloto –le dijo ella.

–¿Qué? –dijo él, perplejo.

–Si el airbag se activa con un niño pequeño en el asiento delantero, puede llegar a matarlo –le explicó ella.

–Cada día se aprende algo nuevo. ¿Estás lista? –le preguntó a la niña.

Ella asintió, y se echó la cartera al hombro.

Colby la levantó fácilmente con su brazo derecho, y

su corazón se derritió cuando ella se aferró a su cuello confiadamente.

—Agárrate bien y no te preocupes, no voy a dejarte caer —le dijo con voz suave.

—Ya lo sé —contestó la pequeña con una enorme sonrisa, antes de aferrarse con más fuerza a él.

Colby se volvió y empezó a subir por la calle. Pasaron junto al aparcamiento, y finalmente llegaron a su todoterreno negro.

—Vaya, es enorme —dijo Bernadette—. ¿Puedes llevar caballos en él?

Colby se echó a reír.

—Creo que no. ¿Es que estás pensando en comprarte uno? —bromeó.

Bernadette soltó una carcajada.

—Ojalá pudiera. A veces vamos al rancho que un amigo de Rodrigo tiene en Jacobsville, y me deja montar sus caballos. ¡Me encantan!

—Yo también tengo un amigo con un rancho en Jacobsville —murmuró, sin mencionar a Cy—. Y yo también tenía caballos, cuando era más joven; aún me gusta mucho montar.

Cuando llegaron al todoterreno, Colby abrió la puerta y metió a la pequeña con cuidado.

—Abróchate el cinturón —le dijo.

—Siempre lo hago, porque mamá me dijo que es muy importante.

—Tu madre tiene razón. Cuidado con los dedos —cerró la puerta suavemente, y volvió a por Sarina.

La lluvia había amainado hasta convertirse en una fina llovizna. Sarina cerró el paraguas y miró a Colby, indecisa, ya que sabía que su prótesis no soportaría su peso.

Él dudó por un momento, lleno de amargura. Detestaba su incapacidad.

—Podría quitarme los zapatos, ir andando —dijo ella con suavidad, sin querer herir su orgullo. Se acercó un poco a él, y añadió con una expresión elocuente—: No pasa nada.

Los ojos de Colby relampaguearon de furia; odiaba que lo compadecieran, odiaba su debilidad.

Sarina lo observó durante unos segundos. A pesar de todo lo que habían compartido en el pasado, en realidad era un completo desconocido, y no sabía qué hacer o decir para facilitarle un poco las cosas.

—Uno de mis compañeros perdió las dos piernas en Iraq, en la operación «Tormenta del desierto», y le pusieron unas artificiales. No son de última generación como tu prótesis, pero son tan funcionales, que ningún compañero de la unidad puede ganarle en una carrera.

Colby se la quedó mirando fijamente, y le preguntó extrañado:

—¿A qué unidad te refieres?

Al darse cuenta de su metedura de pata, Sarina carraspeó y pensó a toda prisa.

—En Tucson, los compañeros de la oficina formábamos unidades según cada departamento, para participar en las competiciones deportivas de la empresa.

—Ah.

Colby respiró hondo, y observó con curiosidad su peinado elegante, su sencillo traje gris y la camisa de algodón color crudo que llevaba; le resultaba extraño, ya que la recordaba vestida de seda. Alargó la mano, y tocó ligeramente el cuello de su camisa.

—La primera vez que te vi, llevabas una blusa azul de seda y unos pantalones blancos, y tenías el pelo recogido en una coleta. Estabas jugando con aquella golden retriever que tenías...

Sarina bajó la mirada, al recordar con una punzada de dolor lo que había pasado cuando su padre la había echado de casa.

—¿Qué te pasa? —le preguntó él.

—Mi padre hizo que la sacrificaran cuando me echó de casa —contestó ella con brusquedad.

Colby recordó lo mucho que Sarina había querido a aquella perra dulce y obediente, y decidió que su padre había sido un monstruo. Al ver el dolor reflejado en sus ojos, la rodeó de forma involuntaria con los brazos y la atrajo hacia su cuerpo. La apretó con fuerza contra sí, y empezó a mecerla con ternura; la expresión de sus ojos le había herido profundamente, como tantas cosas lo hacían en esos días. Cerró los ojos, e inhaló el aroma a rosas de su colonia y la fragancia del champú en su pelo.

—Lo siento, sé lo mucho que la querías —susurró.

El cansancio hizo que las lágrimas aparecieran sin oposición alguna. Sarina no había dormido casi nada la noche anterior, porque había tenido que llevar corriendo a Bernadette a Urgencias. Respiró hondo, y se secó las mejillas con un gesto irritado mientras se apartaba de él.

—Lo siento, ha sido una noche muy larga. No he dormido demasiado.

Colby pensó de inmediato que su amigo Rodrigo tenía que ver con su cansancio, y le preguntó con enfado:

—¿Por qué?, ¿es que Ramírez y tú hacéis fiestas de pijama?

Sarina abrió los ojos como platos, sorprendida ante su falta de delicadeza.

—¿Delante de Bernadette?

Colby se sonrojó, avergonzado, y sus labios se apretaron en una fina línea. No había sido su intención hacer un comentario tan desafortunado. Se agachó un poco, y le dijo con sequedad:

—Venga, te llevaré como hacen los bomberos. No puedo levantar pesos con la prótesis.

—No... no me importa, Colby —susurró ella, aún desconcertada por aquel comentario que había parecido revelar que estaba celoso.

Sus ojos se encontraron, y Colby sintió que el aliento se le quedaba suspendido en el pecho cuando un relámpago de emoción hizo que se estremeciera. Vacilante, posó una mano en su mejilla y le acarició los labios con el pulgar.

—Siete años —susurró tembloroso mientras su boca cubría la suya lentamente, de forma indecisa. Le mordisqueó el labio superior con ternura, y la acercó aún más a su cuerpo.

Sarina volvió a sentirse como una adolescente, insegura de sí misma y abrumada con demasiada facilidad por el anhelo de que él la abrazara y la besara. Cuando la boca de él la instó a abrir los labios para poder profundizar el beso, fue como si los años se desvanecieran.

Colby gimió suavemente, y de repente la apretó con fuerza contra su firme y musculoso cuerpo y la besó con tanta pasión, que ella ni siquiera pudo inhalar suficiente aire para protestar.

Los dedos de él se enredaron en su pelo y su boca la devoró en el porche de su casa, mientras la lluvia volvía a arreciar. Ninguno de los dos se dio cuenta, hasta que oyeron una pequeña vocecita a sus espaldas.

—¡Mamá, vamos a llegar tarde al colegio! —le recordó Bernadette desde el todoterreno.

Colby se apartó como si lo hubieran abofeteado, y se quedó mirando los ojos enormes y conmocionados de Sarina con una sensación de incredulidad. Los latidos de su corazón lo estaban sacudiendo, y al darse cuenta de que su cuerpo estaba tenso de deseo, retrocedió un paso para que ella no se diera cuenta.

—Eh... será mejor que nos vayamos —consiguió decir ella. Tenía los labios hinchados, el cabello despeinado y le ardían las mejillas.

Colby pensó que estaba muy atractiva y sonrió lentamente, como solía hacerlo siete años atrás, antes de su trágico matrimonio.

Aquella sonrisa hizo que Sarina se quedara sin habla, incapaz de articular palabra.

—¿Es que él no te besa? —la provocó él.

Mientras ella intentaba encontrar una respuesta suficientemente cortante, Colby se agachó y la levantó cuidadosamente sobre el hombro, maletín y paraguas incluidos.

—Bueno, allá vamos —dijo él, mientras bajaba los escalones—. Agárrate bien, no sea que te caigas de cabeza en un charco de barro.

Sarina apenas podía respirar, y tenía la boca un poco irritada. Se había olvidado de lo experto y sensual que era; aquella noche terrible que habían pasado juntos había empezado con un festín para los sentidos con sus besos, y ella había ardido de deseo hasta que había empezado el dolor...

Llegaron enseguida al todoterreno, ya que Colby seguía estando en plena forma a pesar de sus heridas. Al dejarla en el suelo sonrió a Bernadette, y la niña le devolvió la sonrisa.

Después de abrir la puerta del pasajero, guió a Sarina

para que se aferrara a la agarradera que había en la parte superior y la ayudó a subir; fue a quitarse las botas de agua y a dejarlas en el maletero, pero cuando iba a ponerse al volante, se dio cuenta de que Sarina aún parecía aturdida, y seguía con la puerta abierta. Con una gran sonrisa, fue a ponerle el cinturón de seguridad y le cerró la puerta antes de volver al lado del conductor; se subió al todoterreno sintiendo una alegría que no había sentido en años.

—¿Todo el mundo está listo? —dijo, mientras se volvía hacia atrás para mirar a Bernadette.

—Vía libre —dijo la niña, levantando los pulgares.

Colby enarcó las cejas, y soltó una carcajada.

—Allá vamos —dijo.

Al ver que Sarina estaba intentando peinarse un poco, le bajó la visera, que se iluminó automáticamente a ambos lados. Sus ojos se encontraron, y Colby bajó sensualmente la mirada hacia su boca hinchada.

—Así podrás verte en el espejo —le dijo con voz suave.

—Gracias —contestó ella, a punto de atragantarse con la emoción que sentía.

Colby puso en marcha el motor y le echó un vistazo al mapa que Hunter le había dado, pero la escuela no figuraba en él.

—Alguien tendrá que indicarme el camino del colegio —comentó.

—Gira a la derecha en la señal de *stop* —se apresuró a decir Bernadette—. Entonces tendrás que pasar por un semáforo, y está a la izquierda.

—Vale —dijo Colby, con una sonrisa. Giró donde la niña le había indicado, pero al llegar al pie de la cuesta, se encontró con una corriente de agua y giró hacia la derecha para meterse en una carretera un poco más pequeña.

—Pero... —empezó a protestar la niña.

—Nunca hay que intentar atravesar una masa de agua sin saber lo profunda que es —le explicó él con voz suave—. Cuando era más joven, tuve que rescatar a cinco obreros de una furgoneta que se había quedado atrapada en medio de una carretera por la que pasaba una corriente de agua; parecía que sólo tenía varios centímetros de profundidad, pero aquellos hombres tuvieron que subirse al techo para no ahogarse.

Sarina se volvió hacia su hija, y le dijo:

—Tiene razón, ¿te acuerdas lo rápido que se llenaban las partes bajas de la carretera en Tucson, aunque estuviera lloviendo a kilómetros de allí?

—Sí, mamá. Se me había olvidado.

Sarina volvió a intentar arreglarse el pelo, y Colby la miró con expresión traviesa y le dijo:

—Lo siento. No tienes un peine, ¿verdad?

—Aquí no —contestó ella, con una mueca de resignación.

—Veremos si podemos hacer algo antes de ir a la oficina.

Colby paró el todoterreno delante de la escuela, bajo el toldo de la entrada, y Sarina se bajó y sacó a Bernadette.

—¿No vienes tú también? —le preguntó la niña cuando su madre empezó a cerrar la puerta.

Él no supo qué decir, ya que la pregunta lo había tomado por sorpresa.

—Tienes que venir con nosotras —insistió la niña.

Como un sonámbulo, Colby apagó el motor del vehículo y se bajó, sin darle importancia al hecho de que probablemente se encontraría con una multa al volver.

Bernadette lo tomó de la mano buena y se aferró a él con fuerza, mientras con la otra mano se agarraba a su madre, y Colby habría sido incapaz de explicar lo que sintió en ese momento, con aquella manita suave aferrada a la suya. Era una sensación incluso dolorosa, ya que aunque se había perdido muchas cosas a lo largo de su vida, lo peor era no haber podido tener hijos. Había anhelado ser padre con toda su alma.

Primero fueron a secretaría, y Sarina saludó a la encargada con una sonrisa; la mujer, que no llevaba nada de maquillaje, estaba algo ceñuda, pero en cuanto vio a Colby pareció animarse de inmediato y sonrió de oreja a oreja.

—Hola, Bernadette —dijo, aunque sin apartar la mirada de él.

—Hemos llegado tarde porque la calle se ha inundado, y el señor Lane ha tenido que venir a buscarnos... trabajamos juntos, es el jefe adjunto de seguridad de la empresa —se apresuró a explicarle Sarina.

—Hola, soy Rita Dawes —ronroneó la otra mujer—. Encantada de conocerlo, señor Lane.

—¿Puede darle a Bernadette un justificante para la maestra? —le preguntó Sarina con voz suave.

—¡Claro que sí! —la mujer escribió algo en una hoja de papel, y se la dio a la niña—. Ten, preciosa.

—Gracias —dijo Bernadette. Tras darle un abrazo a su madre, se volvió hacia Colby y levantó los brazos hacia él sin dudarlo ni un momento.

Sonriente, él la levantó y le devolvió el abrazo.

—Que tengas un buen día —le dijo, antes de volver a dejarla en el suelo.

—Y tú también —le contestó la niña, con una gran sonrisa.

Bernadette salió al pasillo, pero se paró en seco cuando un niño rubio con dos amigos la vieron y sonrieron con pura malicia. Sarina los vio y contuvo el aliento, ya que en la escuela no era ningún secreto que Bernadette tenía ascendencia apache, y no quería que dijeran nada revelador delante de Colby.

—Vaya, aquí está la aborigen de Arizona —dijo el niño rubio con tono burlón—. Anda, vuelve a tu cabaña de barro, y llévate a tu cultura inferior y retrasada con... —se paró en seco al ver a Colby acercarse a él, mirándolo con ojos centelleantes.

Colby se agachó y apoyó una rodilla en el suelo, para que sus ojos negros estuvieran a la misma altura que los del niño.

—Bernadette procede de un largo linaje de chamanes —le dijo en un tono suave y gélido, sin darse cuenta de lo que estaba diciendo a causa de la furia que sentía. De forma subconsciente, había relacionado a la niña con la cultura apache—. Sus antepasados estaban en estas tierras mucho antes de que llegara tu gente, y cuando tu cultura europea se escondía aún en cuevas, la suya construía canales y hasta irrigaba granjas. Yo no llamaría a eso inferior ni retrasado, ¿y tú?

El niño se ruborizó mientras sus amigotes permanecían mudos y avergonzados.

—Eh... no. No, señor.

Colby se levantó lentamente, con lo que puso al niño en una posición de desventaja aún mayor.

—Que tengas un buen día, cielo —le dijo a Bernadette, sin darse cuenta de que su voz rezumaba ternura.

Ella lo miró con adoración, como si fuera su héroe, y sonrió.

—¡Gracias!

Colby se encogió de hombros, y volvió a mirar al niño con expresión seria.

—Creía que intimidar a otros niños estaba prohibido, a lo mejor tendríamos que ir a ver al director —comentó.

—¡No estaba intimidándola!, ¡de verdad! Bueno, tenemos que irnos, es tarde —dijo el niño, asustado, antes de irse con sus amigos a toda prisa.

Bernadette le lanzó a Colby una mirada cargada de picardía, y se fue por el pasillo en la misma dirección.

Sarina y Rita Dawes estaban sonriendo.

—¿Ha pensado en dedicarse a la educación, señor Lane? —le preguntó la mujer.

—Es un trabajo demasiado peligroso —bromeó él. Le echó un vistazo a su reloj, y le dijo a Sarina—: Será mejor que nos demos prisa, tengo una reunión a las diez.

—Sí, claro. Gracias, señorita Dawes.

—¡De nada! —contestó la mujer, mirando a Colby con expresión encandilada.

Rita Dawes era una mujer bastante atractiva y Sarina sintió una punzada de celos, pero se apresuró a ocultar su reacción antes de que Colby se diera cuenta.

Al volver al todoterreno, Colby notó con alivio que no tenía ninguna multa.

—Gracias por lo que has hecho —le dijo Sarina con voz ligeramente ronca, cuando se incorporaron a la carretera—. Ese niño nos ha causado algunos problemas, se mete mucho con Bernadette.

—No volverá a hacerlo —contestó él con tono firme.
Ella sonrió, y admitió:
—Tienes razón.

La actitud protectora que Colby tenía hacia la niña la inquietaba y la emocionaba al mismo tiempo, ya que no sería prudente que él se acercara demasiado a la niña, porque a Bernadette podía escapársele algo indebido. Además, no podía quitarse de la cabeza el comentario que él le había hecho al niño; Colby había mencionado que la niña procedía de un linaje de chamanes, pero era imposible que conociera su ascendencia, así que ¿por qué lo había dicho?

Colby intentó cerrar la mano izquierda en el volante, pero se le quedó bloqueada; volvió a intentarlo, y masculló una maldición cuando obtuvo el mismo resultado.

—¿Qué pasa? —le preguntó Sarina.

—La prótesis se ha bloqueado —murmuró él—. Maldito trozo de chatarra de última tecnología... —añadió, furioso—. Me iba mejor con el garfio. ¡La gente me miraba, pero al menos era fiable!

—¿Tienes una de recambio?

—Sí. No es tan avanzada, pero parece bastante real y es muy fiable. Tendré que pasarme por mi casa para ir a buscarla... siento que tengamos que llegar aún más tarde, pero no puedo trabajar sin ella.

—No te preocupes, no me importa —le dijo ella, con total sinceridad.

Cuando Colby aparcó delante de su casa, Sarina se sorprendió al ver lo elegante que parecía. Estaba en una discreta y tranquila comunidad protegida por una verja, y tenía una buena iluminación y medidas de seguridad. Desde luego, era un sitio mucho mejor que el suyo.

Ella había planeado quedarse esperando en el todoterreno, pero Colby le abrió la puerta y la ayudó a bajar.

—Voy a tardar unos minutos en ponérmela —le dijo. Su rostro se tensó, y añadió—: Además, a lo mejor necesito que me ayudes... si no te importa.

La prótesis tenía un arnés que le abarcaba el pecho; podía abrochárselo él mismo, pero tardaría mucho y ya iban muy justos de tiempo.

—Claro que no me importa —contestó Sarina con naturalidad.

Colby abrió la puerta de su casa, y la llevó a la sala de estar. El mobiliario era de estilo mediterráneo, y las cortinas y la alfombra eran de un color tierra.

—¿Quieres un café? —le preguntó.

—No, gracias.

—Ahora vengo.

Cuando Colby se alejó por el pasillo, Sarina miró a su alrededor y se dio cuenta de que la decoración no tenía ningún toque personal, ni siquiera había una foto. Era evidente lo vacía que era su vida, y seguramente él ni siquiera se daba cuenta.

Se acercó a una mesita donde había varios libros; eran clásicos griegos, y además estaban en su lengua original. Se le había olvidado que era un hombre con una educación muy extensa.

—¿Me puedes ayudar con esto?

Sarina se volvió, y se quedó sin aliento al verlo sin camisa. Colby tenía un pecho ancho y musculoso, cubierto por una sexy capa de vello negro, y sus hombros eran enormes y su estómago plano.

El rostro de él se tensó visiblemente.

—Ya sé que es desagradable...

—¿El qué? —le preguntó ella, realmente sorprendida por el comentario.

—¡Esto! —Colby levantó el muñón, que acababa justo por debajo del codo.

—Ah —vacilante, Sarina le preguntó—: ¿Eso crees?

—¿Qué es lo que estabas mirando? —le preguntó él con enfado.

De forma involuntaria, los ojos de ella volvieron a su pecho y a su estómago, y muy ruborizada, volvió a mirarlo a la cara y se dio cuenta de que él la estaba contemplando con una expresión extraña.

Sin decir palabra, Colby dejó la prótesis encima de una mesa y se acercó a ella. El corazón le latía a toda velocidad, ya que se había dado cuenta de que no era su brazo lo que la había afectado tanto.

Se paró justo delante de ella, pero frunció el ceño al verla ruborizarse aún más y retroceder un paso. Cuando la pared la detuvo, él se acercó hasta dejarla atrapada y la miró a los ojos en medio de un profundo y tenso silencio.

—Me miraste igual la primera vez que me viste sin camisa —le dijo con voz ronca—. Te había desnudado hasta la cintura y te había besado los pechos, y tú soltaste una exclamación al mirarme. Cuando te tomé en mis brazos, creí que ibas a desmayarte, gemiste...

—Por favor —susurró ella, frenética, mientras intentaba apartar la mirada.

Colby se acercó aún más y posó la mano en la pared, junto a su cabeza; bajó los labios hacia su boca, y apretó las caderas contra las suyas. Su cuerpo se excitó al instante, de forma casi dolorosa, y soltó un gemido.

—¡Colby! —protestó ella.

Sarina le puso las manos en el pecho, pero no pudo obligarse a empujarlo, porque la sensación de su piel, de su vello y de sus músculos duros era maravillosa. Él olía a jabón, y a la misma colonia sexy que llevaba años atrás.

—Siete años, y aún me pongo duro como una roca en cuanto te miro —susurró él, sin apartar la mirada de sus ojos.

—¡Por favor! —protestó ella. Intentó empujarlo para apartarlo, avergonzada, pero él ni se inmutó.

—No has cambiado, Sarina —comentó él en un tono suave y ronco, mientras su mirada descendía hasta su boca—. Sigues siendo tan inocente como entonces, a pesar de haber tenido una hija —frunció el ceño, y le preguntó—: ¿Cómo tuviste a Bernadette?, ¿es tu hija biológica?

—¡Vaya pregunta! —exclamó ella, indignada.

—Sé que te herí física y emocionalmente —se explicó él—. No puedo creerme que pudieras entregarte a otro hombre, después de lo que te hice.

Ella tragó con dificultad.

—Eso... ¡eso no es de tu incumbencia!

Colby la miró con expresión angustiada.

—¿Crees que no sé que te destruí como mujer? —cerró los ojos, mientras el deseo lo atenazaba con fuerza—. Me tomé dos whiskys antes de acercarme a ti, porque pensé que me sedarían un poco, pero fue inútil. No pude detenerme.

El miedo de Sarina se desvaneció al ver que él parecía atormentado.

—¿Qué quieres decir? —le preguntó, desconcertada.

Al ver su expresión de curiosidad, Colby respiró hondo y lentamente; de forma deliberada, movió las caderas contra ella para que pudiera sentir su miembro apretado contra su vientre.

—¿Puedes sentirme? —le preguntó.

—¡Por el amor de Dios...! —Sarina intentó apartarse, pero él agarró su cadera con firmeza y la mantuvo quieta.

—Nunca quise hacerte daño a propósito, pero te deseaba tanto, que perdí el control —le dijo con suavidad—. Por eso tuvieron que ponerte puntos. Siempre he tenido que ir con cuidado con las mujeres; hace mucho tiempo, hubo una que incluso me rechazó al verme excitado.

Sarina sintió que le ardían las mejillas. Durante todos aquellos años, había estado convencida de que él le había hecho daño por venganza; debía de estar pensando en voz alta, porque él negó con la cabeza y dijo:

—No fue por venganza —bajó la cabeza hacia ella, y susurró contra su boca—: Y si hubiera sabido que eras virgen, y a pesar de las circunstancias de nuestro matrimonio, me habría pasado toda la noche haciéndote el amor lentamente...

Justo cuando Sarina iba a recordarle a Maureen para intentar recuperar la compostura, él movió suavemente las caderas contra ella y sus labios cubrieron su boca. La lengua de Colby la penetró con envites lánguidos y suaves, que despertaron unas extrañas y aterradoras sensaciones en ella, y aunque quería que parara... no quería que lo hiciera.

Sarina se retorció, gimiendo, mientras la amenaza que él representaba se convertía en una sensual promesa. Como por decisión propia, sus brazos se levantaron y le rodearon el cuello, y Colby bajó la mano y le acarició el pecho ligeramente, provocativamente, hasta que ella se movió un poco para que cubriera el duro pezón. Deseaba sentir sus caricias sobre su piel, bajo la tela de la blusa y del sujetador.

Sarina notó que le desabrochaba el cierre del sujetador, pero estaba demasiado inmersa en la lenta seducción de su boca para preocuparse por ello. Volvió a gemir cuando sintió los dedos de él sobre su piel desnuda, y se apretó contra él mientras el deseo la inundaba y empezaba a palpitar en su feminidad.

Los años pasados parecieron desvanecerse. La rodilla de Colby se introdujo entre sus piernas, y él empezó a moverse íntimamente contra ella. Sarina se estremeció, y soltó un sollozo cuando el poder y la sensualidad de él empezaron a derribar todas sus defensas.

La boca de Colby se volvió más insistente mientras sus caderas se movían seductoramente contra las suyas, y la dureza de su cuerpo frotándose contra ella hizo que la recorrieran pequeñas olas de placer. Sin darse apenas cuenta, Sarina abrió más las piernas para acercarlo aún más, e iniciaron juntos un movimiento rítmico e insistente que amenazó con satisfacerlos a través de la ropa.

Colby sintió un ruido, pero estaba demasiado excitado para identificarlo. Cuando el molesto sonido siguió incesante, levantó la cabeza, inmerso en el aroma y en el tacto de Sarina, en el deseo más poderoso que había sentido en años.

—No... —gimió ella, mientras le tiraba del cuello—. Colby, no...

Él volvió a bajar la cabeza para besarla, pero esa vez lo hizo con ternura, mientras ignoraba el doloroso anhelo de su cuerpo tenso. El sonido estridente de su teléfono móvil empezó otra vez, y levantó la cabeza lentamente. Tomó aire con dificultad, consciente de que ella era suya, de que podía tumbarla en el sofá y hacer lo que quisiera con ella; sin embargo, soltó una maldición al darse cuenta de que tenía que detenerse, porque el teléfono no paraba de sonar.

Cuando se echó hacia atrás, soltó un gemido y rodeó a Sarina por la cintura para atraerla hacia sí mientras contestaba, porque era incapaz de soltarla. Tras cubrir su boca con la suya en un beso breve y apasionado, dijo bruscamente:

—Lane.

Tras una breve pausa, una voz masculina dijo:

—¿Colby?

Él se aclaró la garganta, con la mirada fija en el rostro de Sarina.

—¿Hunter?

—¿Dónde estás?, ¿y dónde está Sarina? —le preguntó su amigo.

—En mi casa, poniéndome la prótesis —contestó él, aún aturdido.

—Eh... ¿podrías ponértela un poco más rápido? —le dijo Hunter, obviamente divertido—. Te estamos esperando todos en el despacho de Ritter.

—Me estáis esperando —repitió Colby, perdido en los ojos de Sarina.

—Sí, para la reunión. ¿Te acuerdas?, ¿la reunión de las diez?

—La reunión. Claro —Colby abrió los ojos de par en par, y exclamó—: ¡La reunión! —carraspeó un poco, y soltó a Sarina de inmediato—. Es a las diez —miró su reloj, y vio que ya pasaban diez minutos de la hora—. Estaré ahí en cinco minutos, ¡lo siento!

Colgó sin esperar a que Hunter le contestara, y le dijo a Sarina con voz ronca:

—Era Hunter, llegamos tarde.

—Sí, claro —Sarina se sonrojó, y se llevó las manos a la espalda para volver a abrocharse el sujetador. Sin aliento, se colocó bien la blusa.

—Tendrás que ayudarme con esto —le recordó Colby.

Tras ponerse la funda en el muñón, se colocó el arnés que mantenía la prótesis en su sitio y le enseñó dónde estaba el cierre. Sarina tenía las manos frías y temblorosas, pero consiguió abrocharlo.

—Gracias —le dijo él, tras comprobar los dedos artificiales y que todo estuviera bien encajado.

—De nada.

Suavemente, Colby hizo que levantara el rostro sonrojado para que lo mirara a los ojos, y le dijo con voz ronca:

—Me disculparé si quieres, pero no seré sincero.

—No pasa nada —contestó ella, tragando con dificultad.

Él le acarició los labios, que estaban ligeramente hinchados, y comentó:

—Te he despeinado aún más, hay un peine en el cuarto de baño.

—Gracias.

Colby la soltó con renuencia y acabó de vestirse, con el cuerpo dolorido a causa del deseo insatisfecho. No había tenido intención de tocarla, había sido algo completamente inesperado.

Fueron a la oficina en un silencio tenso, y cuando se despidieron en el vestíbulo, Colby fue a la reunión aún inmerso en una nube de emoción, apenas consciente de las miradas cargadas de diversión que Hunter le lanzaba.

Colby se sentía como en una nube mientras oía la discusión que se desarrollaba en la mesa de la sala de juntas. Su cuerpo palpitaba de deseo, mientras recordaba el exquisito sabor de la boca de Sarina.

–Colby, te he preguntado desde dónde controlas los movimientos del coche de Vance –le dijo Alexander Cobb.

De repente, Colby se dio cuenta de que el agente de la DEA se estaba dirigiendo a él, y se aclaró la garganta.

–Lo siento. La unidad de seguimiento está en mi despacho.

–Perfecto. ¿Puedes grabarlo en vídeo?

–Por supuesto.

–Hay otra cosa que quería comentaros –dijo Hunter–. Cy Parks nos dijo que se ha detectado actividad en su rancho, donde López intentó montar aquel centro de distribución. La compañía sigue siendo propietaria de las tierras.

–A lo mejor valdría la pena que uno de nosotros se acercara a echar un vistazo –comentó Cobb.

—Yo puedo ir el sábado —se ofreció Colby.
—Perfecto, cuanto antes mejor —dijo Cobb.
—Por cierto, felicidades —le dijo Hunter al agente.
Colby enarcó las cejas, y lo miró con curiosidad.
—Se ha casado con Jodie Clayburn este fin de semana —anunció Hunter.
—No recuerdo habérselo dicho a nadie —comentó Cobb.
—En mis tiempos, trabajé de espía. Lo sé todo —dijo Hunter.
Cobb se echó a reír, y Colby fue a su despacho para llamar a Cy Parks y preguntarle si podía ir con varios invitados a su rancho. La cosa quedó arreglada de inmediato.

Colby se pasó por el despacho de Sarina a la hora de comer.
—Voy a Jacobsville a visitar a un amigo este fin de semana, tiene un rancho —le dijo sin entrar en detalles. La decisión de invitarla se le había ocurrido de repente, y había decidido probar suerte—. ¿Quieres venir con Bernadette?, me ha dicho que le gustan mucho los caballos, y podríamos salir a montar.
Ella lo miró con ojos enormes y cargados de dulzura, que aún conservaban cierto brillo de excitación de la mañana.
—Bueno... vale. ¿Cuándo?
—El sábado. Nos iremos pronto.
—Muy bien.
Colby se apoyó en el marco de la puerta, y la observó con una expresión que rebosaba emoción.
—¿Querías algo más? —le preguntó ella, ruborizada.

—Me gusta cómo te queda el rosa —dijo él con suavidad—, pero prefiero tu pelo suelto.

Sarina se quedó sin aliento, y se sintió aún más acalorada. Los años parecieron desvanecerse y se sintió de nuevo como una jovencita, completamente vulnerable.

Colby también tenía problemas para respirar, debido a lo mucho que la deseaba.

—Ven a comer conmigo —le dijo con voz ronca.

Sarina tragó con dificultad.

—Ya he... esto, eh...

En ese momento, Rodrigo entró en el despacho.

—¿Estás lista? —le preguntó a Sarina, sonriente.

Colby lo fulminó con la mirada.

—¿Es que te quedas colgando del techo, esperando hasta lanzarte sobre la gente?

Rodrigo le lanzó una mirada gélida, y contestó:

—¿No tienes que ir a vigilar alguna puerta, o algo así?

—Le estaba preguntando a Sarina si quería venir a comer conmigo —le dijo Colby.

—Va a venir conmigo —anunció Rodrigo, con una sonrisa. Al tomar la mano de Sarina, se dio cuenta de lo fría que estaba.

Colby se tensó al ver que el otro hombre la tocaba, y sus ojos adquirieron un brillo peligroso.

—Lo siento, Colby, pero se lo prometí a Rodrigo —le dijo Sarina, mientras se apresuraba a interponerse entre los dos hombres.

Colby estaba respirando por la nariz, ya que su boca era una fina línea tensa. Tenía unos celos brutales del otro hombre, y apenas fue capaz de contenerse al ver su sonrisa insolente.

—Claro, otra vez será —dijo entre dientes.

Cuando se volvió y se fue, Sarina le lanzó a Rodrigo una mirada elocuente.

—No querrás salir con él, después de cómo ha tratado a Bernadette, ¿verdad? —le preguntó él, sin saber qué pensar.

—Ha ido a buscarnos esta mañana porque la calle estaba inundada, y ha llevado a la niña al colegio —le contestó Sarina.

—Tiene un problema con la bebida —le dijo él con brusquedad.

—Ya no.

—¿Sabes algo sobre su pasado? —insistió él—, era un...

—Un espía —lo interrumpió ella—. Ya lo sé, Rodrigo.

—Creo que esconde algo, tenemos que investigarlo —le dijo él, preocupado.

Sarina ladeó la cabeza, y se lo quedó mirando con curiosidad.

—¿Tienes algo contra él? —se preguntó en voz alta.

Sorprendentemente, Rodrigo apartó la mirada.

—Nada personal.

—Nosotros trabajamos en un sector parecido —comentó ella—. A lo mejor no podríamos ser agentes secretos, teniendo en cuenta algunas de las cosas que tienen que hacer en sus misiones, pero hay gente que no tiene tantos escrúpulos. No es una lacra, ¿verdad?

Rodrigo frunció el ceño, como si estuviera preocupado por algo que no quería poner en palabras.

—No, claro que no —entornó los ojos, y añadió—: No estará empezando a caerte bien, ¿verdad? Sarina, es un completo desconocido.

—Yo no diría eso, estuve casada con él —admitió ella con un suspiro.

Él pareció quedarse atónito.

—Fue hace mucho tiempo, el matrimonio se anuló —añadió rápidamente—. Vino a proteger a mi padre, cuando yo aún estudiaba.

—¿Cuándo estuviste casada con él, exactamente? —le preguntó él con sagacidad.

Sarina se apresuró a mirar su reloj, y comentó:

—Nos estamos quedando sin tiempo para comer, deberíamos irnos ya.

—Estás evitando la pregunta.

—Exacto —admitió ella, sonriente—. Me alegro de que te des cuenta. Venga, vámonos antes de que el teléfono empiece a sonar y me quede atrapada.

Rodrigo la siguió, sintiendo una oscura sospecha que no pudo quitarse de la cabeza.

El sábado por la mañana, Colby ayudó a Bernadette a subirse al asiento trasero del todoterreno y le abrochó el cinturón. La niña llevaba unas botas viejas, unos vaqueros gastados y una camisa roja a cuadros, y estaba entusiasmada.

—¡Me gusta mucho montar a caballo!, ¡gracias por llevarnos!, ¿es muy grande el rancho?

Colby se echó a reír, más relajado de lo que lo había estado en años.

—Sí, mucho. También tiene ganado además de caballos, creo que te va a gustar.

Abrió la puerta para que entrara Sarina, que estaba vestida de forma parecida a su hija, aunque se había peinado su melena rubia en una trenza que le caía a la espalda. Él se había puesto también vaqueros, botas y una camisa, aunque la de Sarina era de tela vaquera con flores bordadas. Los pantalones ajustados acentuaban su feminidad, y él sentía su cuerpo dolorido de deseo.

—¿Tú también montas? —le preguntó al sentarse al volante.

—Sí, Rodrigo me enseñó —contestó ella, con una sonrisa.

Colby perdió la sonrisa de golpe, puso en marcha el motor y salió del aparcamiento con violencia contenida.

Sarina se preguntó por qué se había puesto tan furioso; él había reaccionado igual cuando Rodrigo la había llevado a comer, pero era imposible que estuviera celoso...

—¿Cuánto sabes sobre tu amiguito? —le preguntó él con tono cortante.

Ella no se atrevió a contestar a aquello, así que se aclaró la garganta y optó por decir:

—Ha sido un buen amigo para nosotras, Colby.

Al contrario que él, y eso era algo que lo corroía como el ácido. No soportaba pensar en lo mucho que ella había sufrido desde su breve matrimonio, y aunque no era culpa suya, le dolía. Si él hubiera estado en contacto con ella, habría hecho lo posible por ayudarla, a pesar de la forma en que se habían separado.

—Antes tenías caballos, ¿verdad? —le preguntó Sarina, para intentar cambiar de tema.

—Sí, hace unos años criaba cuartos de milla en un rancho en el norte de Texas, y un empleado los llevaba a competiciones por mí. Ganamos algunos premios. Mi padre criaba apalusas en Arizona cuando yo era pequeño, los compraba y los vendía para pagarme la escuela —no le gustaba hablar de él, ya que tenía remordimientos por la distancia que los había separado.

Bernadette empezó a hablar, pero una rápida mirada de su madre hizo que se callara.

—¿Aún montas? —le preguntó Sarina.

Colby la miró con frialdad, y contestó:

—Tengo que hacerlo de lado, pero sí, aún monto.

—Sabes que no te lo he preguntado con mala intención —dijo ella, ruborizándose.

Él hizo una mueca, y fijó de nuevo la mirada en la carretera.

—Soy bastante sensible en ese tema.

Sarina miró de reojo la prótesis; era la que ella le había ayudado a ponerse el día que había ido a buscarlas, y se sonrojó al recordar lo que había pasado en su casa.

Colby vio su reacción y empezó a relajarse; le gustaba cómo respondía ella ante su cercanía, pero le resultaba un poco sorprendente, teniendo en cuenta lo mal que la había tratado. Impulsivamente, cubrió la mano que ella tenía en su regazo con la suya y entrelazó los dedos de ambos; le dio un ligero apretón, y se sintió eufórico cuando ella se lo devolvió.

Sarina se volvió hacia él con los labios ligeramente entreabiertos, y cuando sus ojos se encontraron, él deseó poder hacer mucho más que aferrarse a su mano.

—¡Cuidado! —exclamó Bernadette desde el asiento trasero.

Colby miró de inmediato hacia delante, y viró bruscamente para evitar salirse de la carretera.

—Gracias, pequeñaja —le dijo, riendo, mientras le lanzaba una rápida mirada por el retrovisor—. Me he distraído.

La niña le devolvió la sonrisa, y le preguntó:

—¿Está muy lejos?, ¿falta poco para llegar?

—Muy poco —mintió él, ya que quedaba por lo menos media hora. No soltó en ningún momento la mano de

Sarina; de hecho, se aferró a ella con más fuerza mientras conducía sin problemas con el brazo de la prótesis.

Colby paró el todoterreno cuando llegaron al rancho de Cy, y Bernadette exclamó:

—¡Aquí es donde nos trae Rodrigo!, ¡el señor Parks me deja montar un pinto muy bonito!

Colby frunció el ceño y miró a Sarina, que parecía haberse quedado de piedra.

—¿Ramírez conoce a Cy?

Ella tragó saliva y eligió sus palabras con mucho cuidado.

—Se conocieron hace unos meses, y se hicieron amigos —mintió. Decidió que tendría que hablar a solas con Cy, para advertirle que no le contara a Colby nada revelador sobre Rodrigo.

—Creía que Ramírez era de México.

—Sí, pero... estuvo trabajando un tiempo en Jacobsville.

Sarina estaba ocultando algo. Colby se la quedó mirando durante un largo momento, hasta que vio a Cy bajando los escalones del porche para recibirlos.

—Me alegro de que hayas venido... ¡vaya, no sabía quiénes eran tus invitadas! Resulta que no es la primera vez que vienen —le revolvió el pelo a Bernadette en un gesto juguetón, y le dijo—: Hola, duende. Le diré a Harley que prepare a Bean.

—¿Quién es Bean? —dijo Colby.

—Una yegua pinta —le contestó Cy, con una sonrisa de oreja a oreja. Miró por encima del hombro, y exclamó—: Oye, Harley, ¿puedes ensillar a Bean y a Twig para este par, y a Dusty y a King para Colby y para mí? Tengo que hablar un momento con Colby.

—Claro. Bernie, ven conmigo, te enseñaré otra vez cómo se hace el nudo de diamante.

—¿Puedo ir? —le preguntó la niña a su madre.

—Sí, cielo —le dijo Sarina, con una sonrisa.

Cuando Bernadette se fue con Harley al establo, Cy comentó:

—Tenemos un pequeño problema, el viejo almacén de López está otra vez operativo. Le dije a Eb Scott que pusiera una cámara de vigilancia, y hemos conseguido un vídeo muy interesante —al captar la rápida mirada que Colby lanzó hacia Sarina, añadió—: Sarina, Lisa está preparando café en la cocina, ¿podrías ir a charlar con ella hasta que podamos irnos?

Sarina tuvo que esforzarse por ocultar una sonrisa, porque Cy estaba intentando no estropear su tapadera.

—Muy bien, colega. Iré a esconderme con la parienta —dijo, arrastrando las palabras—. Si aparece cualquier alimaña, avísame y la echaré de aquí a golpe de enagua.

—Descarada —murmuró Colby en un tono profundo y sensual, mientras la miraba con un brillo muy especial en los ojos.

—Sólo quería ser útil —contestó ella.

Antes de irse, le lanzó a Cy una mirada elocuente para que supiera lo que pensaba de que la dejara a un lado; Cy conocía su historial, pero no se atrevía a contárselo a Colby. Aún no.

Cy llevó a Colby a su despacho, donde tenía el equipo de vigilancia; después de presionar algunos botones, apareció en el monitor del ordenador la grabación de una mujer y varios hombres, manteniendo una acalorada conversación en español. Colby entrecerró los ojos y empezó a traducir mentalmente, mientras Cy le iba haciendo un resumen.

—Están hablando de un envío bastante grande de cocaína que se ha cancelado y sigue en Houston; quieren traerlo aquí, pero no han decidido cómo hacerlo. Han pensado en traerlo en camión, pero uno de ellos piensa que es demasiado arriesgado, y prefiere hacerlo en furgonetas viejas llenas de niños —la cara de Cy se endureció—. Me pone enfermo.

—Para ellos, es sólo una cuestión de negocios —comentó Colby.

—Voy a seguir grabando, y le diré a Eb que mantenga la vigilancia día y noche. ¡No pienso dejar que unos traficantes tengan carta blanca en mis propias tierras!

—Tengo controlado a uno de sus cómplices, y estoy reuniendo información —le dijo Colby—. Si sale algo importante, te lo diré. ¿De qué conoces a Rodrigo?

Cy enarcó las cejas, y dijo con rostro inexpresivo:

—Nos presentaron en Houston. Conozco a Eugene Ritter, y Rodrigo estaba un día en la oficina; empezamos a charlar, y descubrimos que teníamos bastantes cosas en común. Cuando me preguntó si podía traer a Sarina y a Bernadette a montar, yo accedí sin problemas.

Colby había trabajado en operaciones encubiertas durante muchos años, y conocía a Cy desde los viejos tiempos, así que sabía perfectamente bien cuándo le estaba engañando.

—Acepta lo que te he contado sin más —le dijo Cy con tono firme—. Todo se aclarará tarde o temprano.

—Me siento como un maldito hongo —comentó Colby, irritado.

—Se está bien en la oscuridad, sin saber lo que pasa a tu alrededor. A mí me ha pasado varias veces.

Colby sacudió la cabeza.

Salieron a montar por el mismo camino boscoso que Colby y Cy habían recorrido semanas antes. El follaje estaba teñido de tonos rojos, dorados y anaranjados.

—Me encanta el otoño —comentó Colby.

—También es mi estación preferida del año —confesó Sarina.

—Tensa las riendas un poco más, cielo. No querrás que eche a correr, ¿verdad? —le dijo Colby a Bernadette.

—Claro que quiero —dijo la niña, con una sonrisa traviesa—. Si intenta alejarse, lo controlaré.

—¿Puedes hacerlo?

—Claro que sí. Hago fuerza con una mano y una pierna, y lo controlo si intenta salir corriendo de repente. Me lo enseñó uno de los hombres de Cy, que antes domaba caballos.

—¿Y qué haces si se encabrita y se levanta sobre dos patas?

—Me agarro a la crin con las manos y a su lomo con las piernas, hasta que vuelva a poner las patas en el suelo. La gravedad es nuestra amiga —bromeó ella, con ojos risueños.

—Eres una diablilla —la acusó él.

Sarina los estaba contemplando, y al ver las similitudes que había entre los dos, tuvo que luchar por no echarse a llorar, ya que le dolía mucho ver lo que Bernadette se había perdido todos aquellos años. Rodrigo se portaba muy bien con ellas, pero no era el padre de la niña, y se preguntó si Colby se daba cuenta de lo diferente que era su comportamiento cuando estaba con la pequeña.

Cuando estaba con ella, Colby reía y bromeaba, algo que raramente había hecho el hombre al que recordaba. En las últimas semanas, desde que había vuelto a su vida, se había comportado con frialdad, como si fuera un completo desconocido; sin embargo, en ese momento, con la niña, era muy diferente.

Colby se dio cuenta de que lo estaba observando, y le preguntó con el ceño fruncido:

—¿Pasa algo?

—Nada —le contestó ella con una sonrisa forzada, antes de volver su atención al camino.

De vuelta al rancho, Colby y Cy intercambiaron de repente una mirada traviesa, espolearon a sus monturas con los talones y salieron al galope hacia la puerta. Antes de que Cy pudiera acabar de rodear la valla, Colby la saltó y llegó al establo.

—Eres un lentorro —le dijo.

El otro hombre se echó a reír y se bajó del caballo, respirando con dificultad.

—¡Y tú has llamado diablilla a Bernadette!

—Tengo un amigo que habría saltado la puerta, en vez de la valla —le dijo Colby, señalando hacia el estrecho espacio que había entre la puerta y la tabla con el distintivo del rancho que había encima.

—Tú lo habrías hecho hace unos años.

Colby se encogió de hombros, y dijo en tono de broma:

—Estoy intentando sentar la cabeza —le lanzó a Sarina una mirada elocuente, y se sintió encantado al ver que se ruborizaba.

Se quedaron a comer en el rancho con Lisa y Cy, y después volvieron a Houston en el todoterreno; sin embargo, la anterior camaradería parecía haberse esfumado, y Sarina se mostraba amable, pero reservada. Se mantuvo inusualmente callada durante todo el viaje, y Colby se preguntó a qué se debía aquella súbita frialdad.

Cuando llegaron a su casa, Bernadette le dio las gracias por la excursión y entró a ver un programa de televisión que le gustaba. Sarina se quedó en la puerta con él, nerviosa y sin saber qué hacer. Colby y la niña tenían cada vez más cosas en común y el afecto que existía entre ellos era obvio... ¿qué pasaría si él hacía la pregunta correcta y a Bernadette se le escapaba algo indebido?, ¿cómo reaccionaría Colby? Y había otra complicación más: él no tenía ni idea de su verdadero trabajo, y estaba claro que no le haría ninguna gracia. Aunque ella se estaba esforzando por no mirar atrás, él le había hecho mucho daño en el pasado, y la nueva pasión que se había encendido entre ellos era peligrosa. No quería volver a arriesgar el corazón por él, así que había decidido echarse atrás para protegerse a sí misma.

—Lo hemos pasado muy bien, gracias —le dijo, con una sonrisa forzada.

Colby se acercó a ella, y le hizo levantar la barbilla.

—Me he perdido tanto... una familia, hijos —dijo con voz ronca, mientras la miraba a los ojos bajo la luz del porche con expresión atormentada—. He estado casado dos veces, y aun así, he vivido solo la mayor parte de mi vida.

—Igual que los lobos —intentó bromear ella.

Él la rodeó con los brazos, y la acercó a su cuerpo.

—No, los lobos protegen a sus crías y a su pareja —se inclinó a besarla, pero ella no respondió a la caricia—. ¿Qué pasa? —le preguntó con voz suave.

Sarina tragó con dificultad, y confesó:

—Que tengo muchas dudas.

Colby la contempló con atención durante unos segundos, y finalmente retrocedió un paso.

—Sí, te entiendo —dijo, pensando en todas las cosas que ella ignoraba sobre él, sobre la vida que había llevado. No estaba siendo honesto con ella, y quizás lo notaba—. En fin, buenas noches.

Sarina consiguió sonreír, y le dijo:

—Buenas noches, Colby.

Él empezó a bajar los escalones del porche, vaciló un segundo, y se giró hacia ella de nuevo. Al ver que lo estaba mirando con una expresión cargada de dolor, volvió a su lado y le enmarcó la cara con las manos.

—Dime lo que te pasa —le pidió con voz ronca.

Sarina no pudo controlar las lágrimas. Empezaron a correrle por las mejillas hasta llegar a su boca, y Colby se inclinó y las recogió con sus besos.

La abrazó y la apretó con fuerza, mientras la mecía suavemente con la mejilla apoyada en su cabeza, inhalando su aroma a rosas. Permanecieron así durante largo tiempo, hasta que finalmente se apartó con movimientos lentos y volvió a mirar aquellos ojos enormes y dulces.

Sin decir palabra, se volvió y se fue.

Sarina entró en su casa, y cerró la puerta.

El viernes siguiente, la Ritter Oil Corporation celebró su cincuenta aniversario con una fiesta para los empleados. Eugene Ritter había contratado una orquesta para que tocara en directo en la enorme sala de banquetes del restaurante donde tenía lugar la celebración, y se había colocado la enorme mesa del bufé a lo largo de una pared.

Los niños también estaban invitados, y Sarina contemplaba divertida cómo intentaban imitar a los mayores en la pista de baile. Tenía una copa de champán en la mano; el alcohol se le subía a la cabeza muy rápidamente, así que sólo solía tomar una bebida con el estómago lleno.

Colby se acercó a la mesa de las bebidas, y después de pedir un ginger ale, le dijo con una sonrisa:

—Llevo casi tres años sin probar el alcohol, no quiero volver a caer en esa trampa.

Ella asintió y notó una punzada en el corazón, como cada vez que lo veía.

Colby buscó a Bernadette con la mirada, y la vio hablando animadamente con Nikki y con un niño.

—Es muy extravertida, ¿verdad? —comentó.

—La verdad es que no. Se siente muy cómoda con gente conocida, pero es tímida cuando está con extraños.

—Yo también era así de pequeño... y sigo siéndolo, hasta cierto punto —comentó él, mientras recorría el salón con una expresión fría y dura.

—¿Qué estás buscando? —le preguntó ella, con curiosidad.

—A Ramírez —le contestó él con tono cortante.

Sarina ocultó una sonrisa, y comentó:

—Me ha dicho que llegará un poco tarde.

—Seguramente habrá tenido que dormir una siesta —rezongó Colby—. Todo ese trabajo en la oficina debe de ser duro para un hombre de su edad.

A ella se le escapó una risita, pero la disimuló de inmediato tosiendo y se llevó una mano a la boca.

Colby la miró con enfado, y le dijo muy serio:

—Es demasiado viejo para ti.

—Eso no es verdad, sólo tiene treinta y cinco años.
—Pues parece mucho mayor.
Sarina bajó los ojos hasta su bebida.
—Ha tenido una vida difícil —dijo.
Colby estaba a punto de pedirle que se explicara, pero en ese momento Bernadette se acercó a ellos con Nikki, el niño con el que había estado hablando y tres pequeños más de edad similar.
—Es él —les dijo a sus amigos, señalando a Colby—. ¡Nos llevó a las dos hasta su coche por el agua, y después me llevó al colegio!, ¡es muy fuerte!
Los otros niños lo miraron con igual fascinación, y Colby se sonrojó.
—¡También salta vallas a caballo! —añadió Bernadette. Lo contempló con ojos enormes y arrobados, y le sonrió con timidez.
Colby le devolvió la sonrisa.
—Vamos a ver al batería, ¡está tocando un solo! —exclamó uno de los niños, tras unos segundos.
Los pequeños se alejaron, y Bernadette se volvió hacia Colby para sonreírle una vez más antes de marcharse con sus amigos.
—Eres un héroe —comentó Sarina, divertida—. Nos rescataste de la gran inundación.
Colby soltó una carcajada, incapaz de admitir lo mucho que significaba para él que Bernadette lo considerara su héroe. Tomó un sorbo de su bebida mientras contemplaba a las parejas en la pista de baile, y al cabo de unos segundos miró a Sarina y le preguntó:
—¿Aún bailas?
—Más o menos —dijo ella. El corazón le dio un vuelco.
—¿Qué quiere decir eso? —Colby dejó los vasos de ambos en la mesa de las bebidas.

—Que hace mucho tiempo que no lo hago.

—Igual que yo. A lo mejor conseguimos no chocar con nadie.

Colby la tomó con suavidad en sus brazos y la acercó a su cuerpo mientras empezaban a moverse al lento y seductor ritmo latino de la orquesta.

Sarina se sentía en el séptimo cielo. La calidez de sus brazos y la sensación de su cuerpo alto y musculoso se le subieron un poco a la cabeza, y se relajó contra él con un suspiro trémulo.

Colby sintió que su cuerpo entero se tensaba de deseo. Era algo que sólo le había pasado con Maureen, al comienzo de su turbulenta relación, y le sorprendió estar tan conectado a Sarina, a pesar de los años que habían estado separados.

Ella se apartó un poco, con la mirada velada.

—¿Aún eres tímida conmigo? —murmuró él—. Vale, gallina, intentaré portarme bien.

Colby dejó que ella separara las caderas de las suyas, pero apoyó la mejilla en su suave pelo.

—La música es muy bonita —comentó ella.

—Sí. Hacía años que no estaba en una situación así, nunca voy a fiestas —admitió él.

—Yo tampoco suelo salir mucho.

Sarina vaciló un momento, al recordar que el cumpleaños de Bernadette era al día siguiente, y que tenía que pedirle a Rodrigo que se pasara a buscar la tarta, porque la pastelería le quedaba de camino. Se preguntó si sería una locura invitar a Colby, ya que él no tenía ni idea de la edad de la niña.

—Estás muy callada —comentó él. Sus dedos se entrelazaron con los de ella, y acarició su pelo con los labios—. He estado ocupado toda la semana con mejoras de seguridad interna, pero podríamos ir mañana a montar al rancho de Cy, si te apetece.

—No puedo —contestó Sarina con suavidad.

Colby dejó de bailar, y sus ojos oscuros se clavaron en ella con una expresión intensa.

—¿Por qué?, ¿aún tienes dudas?

—No es eso —hizo una mueca, y admitió—: Bernadette va a celebrar una fiesta.

—¿Qué clase de fiesta?

Ella dudó, sin saber qué contestar.

—Dime —insistió él.

—Es su cumpleaños.

Tras unos segundos de silencio, Colby dijo:

—Ya veo.

—Te habría invitado a venir, pero Rodrigo y tú... bueno...

—No hace falta que me lo deletrees —dijo Colby. Se relajó un poco al darse cuenta de que ella no estaba intentando echarlo de su vida, y sonrió al mirar aquellos hermosos ojos oscuros. La acercó con suavidad hacia sí con el brazo de la prótesis, y le preguntó—: ¿Puedo ir más tarde?

Ella le devolvió la sonrisa, y su mirada se iluminó.

—Sería perfecto, a Bernadette le encantaría que vinieras.

Colby asintió, y centró la mirada en su boca suave.

—Colby... —protestó ella, con voz ronca.

—¿Qué? —susurró él.

Su cabeza empezó a inclinarse hacia delante, pero de repente, una mano se posó en su hombro con firmeza y una voz con acento latino dijo a su espalda:

—Creo que es mi turno.

Colby se paró en seco y se volvió hacia el recién llegado.

—¿Cómo diablos lo haces?, siempre apareces de la nada —le dijo con tono gélido.

—Tenlo en cuenta —le contestó Rodrigo, antes de llevarse a Sarina bailando.

Colby se quedó allí de pie, furioso.

—Eso ha sido muy grosero —comentó Sarina.

Rodrigo soltó una carcajada.

—Sí, no le ha gustado demasiado, ¿verdad? ¿A qué hora quieres que vaya mañana?

—A eso de las once, ¿puedes traer la tarta?

—Sí, claro —sus ojos se entrecerraron, y añadió—: Estás dejando que ese poli de alquiler se te acerque demasiado. En cualquier momento empezará a atar cabos, y no podemos correr ese riesgo.

—Ya lo sé, pero...

—Sarina, no te dejes engatusar —le dijo él, con preocupación—. Ya te dejó tirada una vez por otra mujer.

Distraídamente, Sarina empezó a trazar con la mano libre una forma indeterminada en su chaqueta.

—No te preocupes, no se me ha olvidado.

—Ha hecho algunas cosas bastante cuestionables a lo largo de los años —añadió Rodrigo.

Ella levantó la mirada hacia él, y le preguntó:

—¿Cómo lo sabes?

Él se aclaró la garganta.

—Cy me lo ha contado. He ido a su rancho a comprobar un par de cosas, y me ha dicho que Lane os llevó a Bernadette y a ti a montar la semana pasada.

—Cy podría ocuparse de sus propios asuntos —dijo ella, irritada.

La furia de su voz captó la atención de Rodrigo. Estaba claro que Sarina estaba volviendo a enamorarse otra vez de Colby, y le preocupaba no poder encontrar la forma de evitarlo. Quería contarle lo que sabía sobre Lane, pero parecía rastrero y cobarde enfrentarse así al otro hombre; además, en cierta forma, todos estaban en el mismo equipo, y Sarina y él eran compañeros. Las razones por las que quería intervenir no eran sólo profesionales, ya que sentía mucho cariño por ella. Lane era una amenaza para su estrecha relación con Sarina y con su hija, pero no sabía cómo detenerlo.

–Lane sólo puede traernos problemas –le dijo con tono cortante.

–Ya lo sé.

–Pero eso no te impide salir con él, ¿verdad? –Rodrigo dejó de bailar, y se la quedó mirando con atención–. Sarina, ¿cuándo lo conociste exactamente?

–Hace siete años –admitió ella, incapaz de mirarlo a la cara.

Él sabía sumar y restar, así que respiró hondo y soltó una maldición ahogada.

–Es el padre de Bernadette, ¿verdad?

Sarina miró a Rodrigo a los ojos, y fue incapaz de mentirle.

—Sí, pero él no lo sabe, y es inútil intentar decirle la verdad. Su segunda mujer lo convenció de que es estéril, así que no cree que pueda tener hijos.

—Eso explica muchas cosas —dijo él, con un suspiro.

—Así que no serviría de nada sacar el tema —continuó ella—. El pasado está muerto y enterrado, y es imposible que yo tenga una relación con él; no es sólo por Bernadette, sino también por mi trabajo. Se pondría furioso si se enterara.

Rodrigo vio su expresión de dolor, y se sintió culpable por haber sacado el tema. Le dio una suave sacudida, y le dijo con una sonrisa:

—Vamos a bailar, estamos llamando la atención.

—Y lo estamos haciendo sin pistolas, ¡increíble! —bromeó ella, en voz baja.

—Te van a oír —susurró él.

—Lo siento, no he podido contenerme. No te olvides de la tarta, ¿vale?

—Llevas una semana recordándomelo, con una vez habría bastado —le dijo él.

—Mensaje recibido.

—Espero que le guste mi regalo.

—¿Qué es?

—No pienso decírtelo. Te irías de la lengua, así que no voy a contarte ninguno de mis secretos.

—Oye, que no soy ninguna chivata...

En ese momento, una mano se posó con firmeza en el hombro de Rodrigo.

—Es mi turno otra vez —dijo Colby. Sin darles tiempo a reaccionar, tomó a Sarina en sus brazos y le lanzó al otro hombre una sonrisa satisfecha.

Rodrigo lo fulminó con la mirada, y exclamó:

—Por qué no te metes tu sonrisa por el...

—¿Es que no puedes contenerte?, ¡hay mujeres y niños en la sala! —Colby fingió estar escandalizado.

Rodrigo pareció estar a punto de estallar, y su piel morena se enrojeció a causa de la fuerza de su enfado.

—Qué poco autocontrol —comentó Colby, chasqueando la lengua, mientras se alejaba bailando con Sarina—. ¿Estás segura de que quieres relacionarte con un tipo así?

Sarina consiguió controlar a duras penas las ganas de echarse a reír, y Colby la apretó contra su pecho, divertido por lo mucho que se esforzaba en ocultarle su reacción a su amigo latino.

—Por el amor de Dios, no hace falta que te contengas para no herir sus sentimientos.

—¡Eres terrible! —exclamó ella, sin aliento.

—Gracias, eso intento. Siempre he pensado que si hay que hacer algo, es mejor esforzarse en hacerlo lo mejor posible.

Sarina soltó un largo suspiro.
—Pobre Rodrigo —comentó.
—Lo superará —dijo Colby, con una sonrisa—. El mundo está lleno de mujeres solteras.
—Yo soy una de ellas —comentó Sarina.
Colby negó con la cabeza, y le dijo:
—Ni hablar.
Sarina lo miró a los ojos, y le dio un vuelco el corazón. El pasado y el presente se mezclaron, y en ese momento deseó que él la abrazara con más fuerza, que la amara...
La mano volvió a aparecer en el hombro de Colby.
—¡Otra vez es mi turno! —ronroneó Rodrigo, antes de tomar a Sarina en sus brazos y llevársela bailando.
Colby los siguió con una mirada tormentosa; sin embargo, cuando la música paró menos de un minuto después y la orquesta pareció tomarse un descanso, fue a buscar su bebida con una sonrisa satisfecha.
Se paró a charlar un par de minutos con Jennifer y Hunter, y cuando miró a su alrededor, no encontró a Sarina y a Rodrigo por ningún lado. Bernadette seguía jugando con Nicole y con el niño que parecía formar parte de su grupo de amigos.
Finalmente, los vio hablando con expresión seria cerca de una pared. No parecía haber ningún interés romántico entre ellos, al menos por parte de Sarina, y ambos parecían muy solemnes.
Se acercó un poco a ellos con disimulo, y observó los labios de ella mientras hablaba con Rodrigo. Era una suerte que le hubieran enseñado a leer los labios en su entrenamiento.
Sarina ladeaba y movía la cabeza bastante al hablar, así que sólo consiguió captar algunas frases inconexas, pero

le pareció entender algo sobre una misión de vigilancia, y sobre un seguimiento, y una operación en la que ella estaba involucrada.

Colby pensó que aquello no tenía sentido, ¿en qué operación iba a estar implicada la oficinista de una corporación petrolera? De repente, se preguntó si Hunter se había tomado literalmente el comentario que le había hecho sobre su capacidad desperdiciada, y la había puesto a vigilar a sospechosos de narcotráfico.

Sintió que se le paraba el corazón al pensar que podía estar implicada en algo peligroso. Bernadette sólo la tenía a ella, así que le costaba creer que Sarina arriesgara su vida estando al cargo de una niña. Se enfadó mucho consigo mismo, por haberle mencionado a Hunter el potencial que ella tenía.

Se alejó de ellos, muy preocupado, y decidió hablar con Hunter sobre el tema. Sarina tenía una hija, no podía involucrarse en un trabajo peligroso.

Tomó otro sorbo de su bebida y esperó a que la música volviera a empezar, pero al ver que la orquesta no volvía, se dio cuenta de que la velada estaba acabando y se sintió decepcionado. Había esperado poder volver a bailar con Sarina, ya que tenerla en sus brazos, aunque sólo fuera en la pista de baile, era adictivo. Al ver que Bernadette y ella se dirigían hacia la puerta, se apresuró a ir a interceptarlas.

—Te veré mañana por la tarde —le dijo a la niña.

Los ojos de la pequeña se iluminaron, y le preguntó entusiasmada:

—¿Vas a venir a mi fiesta?

Al ver su alegría, Colby sintió que una gran calidez inundaba los rincones helados de su alma, y sonrió con un afecto genuino.

—Claro que sí, pero llegaré un poco tarde... a eso de las cuatro. ¿De acuerdo?
—¡Genial!
—Pero sólo iré si tienes tarta, claro —estipuló él, con fingida seriedad—. Me encanta la tarta.
—Sobre todo la de chocolate, ¿verdad? —comentó Sarina, sin pensar.
—Sí —contestó él, mirándola a los ojos.
Ella se sonrojó, ya que el comentario había sido completamente irreflexivo.
—Y a ti te gusta el helado de fresa —añadió Colby, con una pequeña sonrisa.
Sarina se sorprendió, ya que no esperaba que se acordara de detalles tan triviales sobre ella.
—Hasta mañana —dijo él.
Sin embargo, antes de que se marchara, Rodrigo se acercó a ellos.
—¿Estáis listas? —les preguntó, ignorando completamente a Colby mientras se sacaba las llaves de su coche del bolsillo.
Colby le lanzó una mirada fulminante, y el otro hombre se la devolvió con creces.
—Buenas noches, Colby —le dijo Sarina.
—Buenas noches —contestó él, antes de guiñarle el ojo a Bernadette.
—Hasta mañana a las cuatro —le dijo la niña, con una sonrisa.
—Seguramente, a esa hora ya nos habremos acabado la tarta —comentó Rodrigo.
—No pasa nada, llevaré otra.
—¿La vas a cocinar tú mismo? —murmuró Rodrigo.
—Pues claro. ¿Te has hecho tú ese jersey? —le preguntó Colby.

—Vámonos —se apresuró a decir Sarina, mientras se interponía entre los dos hombres. Agarró a Rodrigo de la mano, y se lo llevó prácticamente a rastras antes de que él pudiera contestar al comentario burlón de Colby.

Colby no durmió demasiado bien. Tenía la impresión de que había algo que no encajaba con el cumpleaños de Bernadette, pero se negó a escuchar a la vocecilla que le rondaba por la cabeza. Se levantó muy temprano, y después de preparar café, se vistió y fue a un centro comercial. No tenía ni idea de qué podía comprarle a una niña de siete años, pero se paró de golpe al pasar junto a una tienda, porque no podía quitarse de la cabeza la idea de un microscopio.

Entró en el establecimiento, y le preguntó al vendedor sobre un modelo que le había gustado. Era bastante caro, y hasta podía conectarse a un ordenador para guardar los datos de las muestras en un CD.

—A lo mejor es demasiado sofisticado para una niña de siete años —comentó el vendedor.

—No es una niña cualquiera —le contestó Colby, antes de sacar su tarjeta de crédito.

El dependiente sólo tenía papeles para envolver bastante serios, pero decoró el paquete con un alegre lazo para darle color.

Después de dejar el paquete en su todoterreno, Colby fue a comer algo y después dio un paseo por el centro comercial. Seguía intranquilo por la conversación entre Rodrigo y Sarina; estaba claro que estaban ocultando algo, y aunque no tuviera nada que ver con un romance, lo estaba volviendo loco... Sarina lo estaba volviendo loco.

No podía dejar de pensar en lo que había sentido al tenerla en sus brazos, aquella mañana en su casa; de hecho, apenas había podido pensar en otra cosa desde entonces. Había quedado claro que ella no le odiaba y que lo deseaba, pero no iba a ser nada fácil conseguir tenerla de nuevo en su vida. Ella aún tenía unos cuantos miedos relacionados con las relaciones íntimas, igual que él mismo. Si empezaban una relación y él perdía el control, como le había pasado años atrás...

Al darse cuenta de que ya eran casi las cuatro, se alejó del escaparate de ropa que había estado contemplando y fue a buscar su todoterreno. Esperaba que Rodrigo estuviera aún en casa de Sarina, porque estaba deseando estamparle la cara en lo que quedara de la tarta.

La baranda de hierro del porche estaba decorada con globos de colores, y junto a la puerta había una papelera llena de papeles de regalo arrugados y de lazos. Colby llamó al timbre, y Bernadette le abrió enseguida; llevaba un vestido rosa a rayas, unos calcetines blancos y unas zapatillas de deporte rosa que parecían nuevas. Tenía el pelo oscuro un poco más corto, y se lo había adornado con un alegre lazo de tela.

—¡Hola!, ¡has venido! —exclamó ella.

—Te dije que lo haría —le recordó él. Miró hacia el interior de la casa y vio a Sarina, fregando los platos en la cocina.

—¡Entra!, te he guardado un trozo de tarta y un poco de helado, ¿quieres un café? —le preguntó ella.

—Sí, gracias.

Colby entró en la casa, y sonrió mientras se quitaba la chaqueta, ya que no había ni rastro de Rodrigo en la sala de estar. La ropa que se había puesto ese día enfatizaba su atractivo: llevaba unos pantalones grises, una camisa de manga larga y una corbata con motivos azules. También había vuelto a ponerse la prótesis de última generación, recién reparada, pero no le gustaba enseñarla a pesar de que parecía muy real; de hecho, por eso casi nunca llevaba prendas de manga corta.

—Ten, para ti —le dijo a Bernadette, al darle el paquete rectangular.

—¿Puedo abrirlo? —le preguntó ella, entusiasmada.

—Claro —sonrió él.

Ella puso el paquete encima de la mesa.

—Pesa mucho —murmuró, mientras empezaba a desenvolverlo.

Sarina le llevó una taza blanca de café, y se paró junto a él.

—Pensarás que me he vuelto loco al ver lo que es —comentó Colby, sin volverse a mirarla. Estaba empezando a dudar si había acertado con el regalo—. No sé por qué lo he comprado...

Cuando Bernadette acabó de desenvolver el paquete, se quedó mirando a su madre con la boca abierta, y Sarina la contempló con una expresión similar.

Ambas se volvieron hacia él, enmudecidas.

Colby se sonrojó como un tomate, y empezó a decir:

—Puedo devolverlo...

—¡No! —exclamó Bernadette, horrorizada. Como un relámpago, rodeó el paquete con los brazos y lo apretó contra sí.

Sarina se acercó a un pequeño mueble, sacó una hoja de papel y se la dio a Colby con cierta inseguridad. Era el anuncio de un microscopio... el que él le había comprado a la niña.

—Le dije que no podíamos permitírnoslo —le dijo Sarina, con las mejillas encendidas de vergüenza.

Bernadette estaba tocando su regalo, como si no pudiera creerse que era de verdad. Sus ojos estaban llenos de lágrimas.

—Me gusta mucho ir al colegio, porque hay un microscopio como éste en nuestra clase. A veces voy pronto, y la profesora me deja ver un paramecio —se volvió hacia Colby, alargó los brazos hacia él y le dijo—: Gracias.

La expresión en los ojos de la niña se le clavó en el corazón, y su gesto de afecto lo hirió en lo más hondo. La había tratado muy mal, pero ella no le había guardado rencor. Apoyó una rodilla en el suelo, y al abrazarla sintió sus bracitos rodeándole el cuello y aferrándose a él con fuerza.

Colby suspiró, y depositó un beso en su cabeza de pelo oscuro. Siete años. Tenía siete años... y era octubre.

¿Siete años?

Colby se puso rígido. Era octubre, y la niña tenía siete años, así que había sido concebida hacía siete años y nueve meses... en enero. Sarina y él se habían casado en enero, siete años atrás.

Lo sacudió un relámpago de dolor tan fuerte, que se estremeció. Se apartó de Bernadette, y la miró con expresión horrorizada mientras su cabeza luchaba por permanecer cuerda en medio de un torbellino de pensamientos inconclusos. Maureen le había mentido, no era estéril. El padre de Bernadette había abandonado a Sarina cuando se había quedado embarazada, y ella se había quedado en una situación desesperada, enferma y sola, porque su padre la había echado de casa ante su negativa a abortar. El padre de la niña la había abandonado, él... ¡la había abandonado!

—¡Oh, Dios mío!

Bernadette se lo quedó mirando por un segundo, y después fue a una cajonera y sacó un álbum de fotos.

—¡Bernadette, no! —exclamó Sarina, horrorizada.

La niña la miró con los ojos de Colby, y le dijo con suavidad:

—No pasa nada, mamá. Él ya lo sabe.

Sarina estuvo a punto de derrumbarse en una silla, y sus ojos se llenaron de dolor y de angustia.

Bernadette tomó a Colby de la mano, lo llevó a un sofá y lo empujó ligeramente para que se sentara.

—Mira —le dijo en apache.

Él se la quedó mirando con impotencia, mientras se veía a sí mismo en la forma de sus ojos, de su boca, de su nariz... era su hija, ¡su hija!

—Mira, papá —le dijo la pequeña, sin dejar de hablar en apache.

Por un momento, su cerebro entumecido había sido incapaz de procesarlo, pero entonces se dio cuenta de que le estaba hablando en su propia lengua. No era hispana, sino apache.

—Mi hija —susurró él, en el idioma de sus antepasados.

—Éste era mi abuelo —le dijo la niña, con una sonrisa, señalando una foto.

Colby bajó la mirada, y al ver la imagen, se dio cuenta de que estaba retrocediendo en el tiempo. Había una foto de Sarina embarazada, con una sonrisa radiante... otra de ella en el hospital, donde parecía enferma y abatida... otra de la llegada a casa después de salir del hospital, en la que estaba rodeada de un montón de regalos para la recién nacida y de varias personas, entre las que se encontraba Eugene Ritter; tenía a Bernadette en sus brazos, y junto a ella había un hombre viejo y ligeramente encorvado con el pelo blanco y una gran sonrisa.

De repente, Colby se dio cuenta de que aquel hombre era su padre, y miró a Sarina completamente atónito.

Ella movió los hombros, incómoda, y dijo con voz ronca:

—Estaba completamente sola, no encontraba ayuda... de nadie, ni siquiera de ti cuando te llamé. La única comida que tenía era la que mis compañeros de trabajo me traían de vez en cuando, pero era demasiado orgullosa para decirles lo poco que tenía. Tuve que dejar de trabajar, y un día tu padre apareció en la puerta de casa con su maleta y me dijo que el bebé que esperaba era una niña, que se ocuparía de mí hasta que naciera, y que entonces la cuidaría para que yo pudiera trabajar.

—¿Cómo lo supo? —consiguió decir él.

—No lo sé. Nos mantuvo con la paga de su pensión hasta que Bernadette nació, y Eugene Ritter pagó los gastos médicos. Yo era su empleada y apenas me conocía, pero me había hecho amiga de Phillip y de Jennifer, así que supongo que ellos se lo pidieron —hizo un gesto con una mano, y añadió—: Tu padre incluso cocinaba. Cuando pude volver a ponerme en pie y volver al trabajo, él cuidó de Bernadette, y años más tarde —dijo, saltándose las clases nocturnas en la universidad y su empleo posterior—, yo lo cuidé cuando enfermó de cáncer. Fue un golpe muy duro perderlo —añadió con voz temblorosa.

Bernadette contempló a Colby con atención. Su abuelo le había pedido que le dijera algo, y le había dicho que ella sabría reconocer el momento adecuado, pero estaba segura de que no era ése, porque era obvio que el hombre que tenía ante sí estaba sufriendo mucho. Sus ojos estaban casi cegados de dolor.

Sarina se mordió el labio con fuerza, y Colby la miró a los ojos, aunque apenas fue capaz de verlos.

—Maureen no me dijo en ningún momento que hubieras llamado —dijo con voz tensa—. Estaba en África... —se levantó de golpe, como un sonámbulo.

Sarina se lo quedó mirando, sin saber qué decir. ¿Él no había sabido lo que pasaba?

—Ella me convenció de que era estéril —siguió diciendo Colby, con voz estrangulada. Se volvió a mirar a Bernadette, a su hija, con ojos llenos de dolor—. Todos estos años...

Sarina se levantó.

—Colby...

Antes de que pudiera continuar, se oyó un grito desesperado.

Colby recordó que se había dejado la pistola en la guantera del todoterreno, pero salió de inmediato al porche y descubrió de inmediato quién había gritado. Una anciana estaba en la acera frente a unas casas cercanas, rogándole a gritos en español a un joven que la estaba golpeando salvajemente con ambos puños.

Sin dudarlo ni un segundo, Colby echó a correr. Sarina estuvo a punto de seguirle, hasta que se dio cuenta de la imagen que daría, y no se atrevió a involucrarse.

El chico vio a Colby, y soltó una carcajada descarada; sin embargo, cuando hizo ademán de atacar, ya era demasiado tarde y Colby lo tiró al suelo con una patada circular. El muchacho rodó para alejarse y se puso de pie, pero antes de que pudiera levantar los puños, Colby le dio una patada en el diafragma y volvió a mandarlo al suelo. Rápidamente, lo puso de espaldas, se sacó un pañuelo del bolsillo y, sujetándolo con una rodilla, le ató los pulgares tras la cintura mientras el chico gritaba maldiciones y se retorcía salvajemente, con los ojos vidriosos.

Sarina lo contempló, fascinada. Nunca lo había visto en plena acción, y acababa de darse cuenta de lo eficiente y experto que era. Sus movimientos habían sido completamente seguros y efectivos a pesar de que le faltaba parte de un brazo; estaba claro que no había perdido las habilidades que había adquirido en su entrenamiento militar.

El chico no paraba de maldecir como un poseso, y Colby se dio cuenta de que estaba drogado. Se arrodilló junto a la anciana, y le preguntó con voz suave:

—¿Está bien?

La mujer estaba llorando, desesperada.

—¿Por qué?, ¿por qué? —sollozó. Sus brazos y su cara estaban llenos de magulladuras.

—Venga conmigo —le dijo Colby, antes de ayudarla a levantarse—. ¿Puede caminar?

—Sí —gimió ella.

Colby la condujo lentamente hacia el porche de Sarina, donde Bernadette y ella los estaban esperando.

—Quédate con ella mientras llamo a la policía, ¿vale? —le dijo con suavidad.

—Claro —contestó Sarina, sin dudarlo ni un segundo—. Señora Martínez, entre en casa, le limpiaré la cara.

—Por favor, policía no —gimió la anciana, mirando desesperada a Colby—. No lo entiende, él es todo lo que tengo. Si lo denuncia, lo meterán en la cárcel y nunca volverá a ser el mismo, ¡no tengo las palabras...!

Cuando Colby la tomó de la mano y le aseguró en español que él se ocuparía del chico, y que no lo meterían en la cárcel, la mujer le besó la mano mientras sus viejos ojos cansados seguían vertiendo lágrimas.

—Enseguida vuelvo —le dijo Colby a Sarina.

—Yo cuidaré de la señora Martínez —le prometió ella. Al mirarlo a los ojos, se dio cuenta de que aún no se había recuperado de la conmoción anterior, y no pudo evitar preocuparse por él.

—Ya lo sé.

Colby alargó la mano para tocarle la mejilla, pero la echó atrás bruscamente y se dio la vuelta. Después de todo el dolor que le había causado, no tenía derecho a tocarla.

Fue hacia el joven mientras sacaba su móvil, consciente de que las cosas iban a complicarse si algún testigo ya había llamado a la policía; decidió que tendría que confiar en que todo saliera bien, y cuando llegó junto al chico, que seguía gritando obscenidades y retorciéndose como un pez varado en la acera, marcó un número de teléfono.

En ese momento, un chico algo mayor que el primero llegó corriendo y se paró a pocos metros de Colby. Llevaba un pañuelo en la cabeza y tenía tatuajes en los dos brazos, y Colby adoptó instintivamente una posición relajada de lucha, por si acaso.

El muchacho notó su posición amenazadora, y vaciló un segundo antes de decir:

—Usted ha venido a ver a la señorita Carrington.

—Sí.

—Va a llamar a la poli, ¿no? —le preguntó el joven, con actitud beligerante.

—No.

El chico pareció sorprendido, y dijo:

—Entonces, ¿qué...?

—¿Por qué te importa lo que le pase? —le preguntó Colby con frialdad.

—Soy Raúl. Es mi primo, Tito —miró hacia la puerta de la casa, y le preguntó—: ¿Ha visto a mi abuela...?

—Está con Sarina y con Bernadette, está bastante magullada.

—¡Tito, eres un idiota!

—No puede oírte, está drogado.

El chico se pasó una mano por la cara.

—Sólo nos tiene a Tito y a mí. Él es su sobrino, y vive con ella —le dijo, con voz ronca—. Va a comprar y cuida de ella, pero... ¡le dije que dejara de tomarse eso, que era un veneno...!

Colby levantó una mano para que se callara, porque el hombre al que había llamado acababa de contestar. Le dijo que tenía a un chico drogado que acababa de darle una paliza a una anciana, y que necesitaba ayuda, y asintió mientras escuchaba la respuesta del hombre, consciente de que Raúl lo miraba con expresión de sorpresa. A continuación le dijo a su interlocutor dónde estaba, y añadió que era mejor que llevara ayuda y que no había llamado a la policía, aunque no sabía si algún vecino lo había hecho. Asintió de nuevo, y tras unas escuetas palabras más, colgó y se metió el móvil en el bolsillo.

—¿A quién ha llamado? —le preguntó Raúl.

—A un amigo mío, un viejo... colega —añadió, con una pequeña sonrisa—. Dirige un centro de rehabilitación, así que va a llevarse a tu primo hasta que se recupere y después intentará ponerlo en tratamiento.

El chico soltó una carcajada seca, y dijo con frialdad:

—Es más de lo que se merece, después de lo que ha hecho, pero el muy idiota es de la familia. ¿Está seguro de que mi abuela está bien?

—Ve a verla si quieres, yo esperaré aquí a Eduardo.

—Vale —tras dudar un segundo, el chico añadió—: Gracias.

—Si no se rehabilita, esto es sólo posponer lo inevitable —le dijo Colby—. Y la próxima vez, a lo mejor mata a tu abuela.

—Sí, ya lo sé. Estaré pendiente de ella, y haré lo que pueda por él.

Raúl se fue hacia la casa de Sarina, y Colby se quedó junto al chico atado mientras hacía oídos sordos a sus exclamaciones de furia. Recorrió los alrededores con la mirada, y vio que varias cortinas se movían. Aquella gente sabía que era peligroso saber demasiado sobre un crimen, así que era poco probable que alguien llamara a la policía.

Al cabo de diez minutos, una furgoneta beis se paró en el aparcamiento que había cerca de allí, y un hombre vestido con ropa de sacerdote y dos jóvenes fornidos se bajaron y se acercaron a Colby. El hombre sonrió, y alargó una mano.

—Hola, compadre. ¿Cuánto tiempo ha pasado?

—Unos ocho años —dijo Colby, devolviéndole el firme apretón.

—Tienes buen aspecto.

—Lo mismo digo, aunque me choca cómo vas vestido —Colby indicó con un gesto el cuello blanco en la ropa de su amigo, que revelaba que era un sacerdote.

Eduardo se echó a reír, y admitió:

—A mí también me costó acostumbrarme.

Colby señaló hacia el chico, que seguía retorciéndose en el suelo.

—No sé lo que se ha tomado, pero por cómo se retuerce y por su expresión atontada, yo diría que es ácido o crack.

—No sé qué es peor, aunque es más fácil eliminar el

ácido –comentó Eduardo, con un interés casi clínico, antes de hacerles un gesto a los chicos que lo acompañaban.

Ellos levantaron entre los dos a Tito como si fuera un tigre en un palo, y se lo llevaron a la furgoneta mientras él no dejaba de maldecir y de retorcerse.

–No te preocupes, nos ocuparemos de él –añadió Eduardo.

–Qué forma de malgastar una vida –murmuró Colby.

–Es lo que pasa con las drogas –dijo el otro hombre, con seriedad–. ¿Te has dado cuenta de que el mundo está lleno de presión?, ¿que no podemos relajarnos nunca? Demasiado estrés, demasiada responsabilidad, demasiadas preocupaciones... y ésta es la respuesta –señaló hacia el chico, que estaba siendo introducido en la furgoneta, y añadió–: ¿Cómo está la anciana?

–Se recuperará, sólo está magullada y dolorida. Aunque parece que él es quien se ocupa de ella, le hace la compra y la cuida, así que va a quedarse sola.

–Haremos lo que podamos para ayudarle a rehabilitarse, y mientras tanto, me ocuparé también de ella. ¿Tiene más familiares?

–Un nieto, ahora está con ella. Parece un chico bastante responsable.

–Dile que podemos proporcionarle lo que su abuela necesite, sólo tiene que llamarme.

–Perfecto, gracias.

Eduardo volvió a estrecharle la mano, sacudió la cabeza y comentó con ojos chispeantes:

–Hace mucho tiempo, nos ganábamos la vida utilizando la violencia.

–Éramos más jóvenes –contestó Colby, y sus ojos parecieron apagarse un poco–. Y muy inconscientes.

—Sí, es verdad. Cuídate, compadre, y ven a visitarme cuando tengas tiempo. Apuesto a que aún puedo ganarte al ajedrez.

—Eso no te lo crees ni tú —dijo Colby, con una carcajada—. Hasta otra.

El sacerdote se despidió de él, y volvió a su furgoneta.

Colby volvió a la casa de Sarina y se la encontró mirando con expresión cautelosa a Raúl, que aguantaba con cuidado una bolsa de hielo sobre la cabeza de su abuela.

Los tres levantaron la mirada al oírlo entrar.

—Se lo han llevado al centro, y el padre Eduardo me ha dicho que si tu abuela necesita algo, la ayudará en lo que pueda. Es un buen hombre.

—Tiene que serlo, si se ha llevado a mi Tito para que no lo metan en la cárcel —dijo la mujer, que tenía los ojos hinchados de tanto llorar—. Gracias por todo lo que ha hecho por nosotros.

—De nada —dijo Colby, restándole importancia al asunto.

La anciana se levantó con la ayuda de su nieto, y el chico miró a Colby y le dijo con expresión solemne:

—Usted es un buen hombre, no lo olvidaré.

Colby los acompañó a la puerta, y una vez en el porche, Raúl dudó un momento y añadió:

—Si necesita algo, lo que sea, pídamelo. Lo que sea. Le debo una.

Colby se acercó un poco, para que Sarina no pudiera oírlo, y le dijo:

—Entonces, asegúrate de que a Sarina y a la niña no les pase nada. Este barrio es peligroso, y sé que algunas bandas operan por la zona. No puedo estar con ellas a todas horas.

Raúl lo miró con una extraña sonrisa que revelaba cierta sorpresa, y alargó la mano. Colby se la estrechó.

—Le doy mi palabra de que no les va a pasar nada aquí —le dijo el chico.

—Gracias —contestó Colby.

—Quiero mucho a mi abuela —añadió Raúl, antes de llevársela a paso lento hacia su casa.

Sarina salió al porche, y observó junto a Colby cómo se alejaban.

—Va a estar pendiente de vosotras dos —le dijo él con voz suave—. Así estaréis más seguras.

—Genial —contestó ella. Lo miró con una mezcla de sorpresa y exasperación, y añadió—: Le acabas de pedir al jefe de la mayor banda de la zona que me vigile, ¿crees que eso me tranquiliza?

Colby se la quedó mirando, sin saber qué decir.
—¿No lo sabías? —le preguntó ella.
—¿Cómo iba a saberlo? —le contestó él.
—Lleva los colores y los tatuajes de los Serpientes.
Colby enarcó una ceja, y se la quedó mirando con suspicacia.
—¿Has aprendido eso en el trabajo? —le preguntó con voz tersa.
Sarina vaciló un segundo, y luego se aclaró la garganta.
—Vale, Rodrigo me lo dijo —le respondió, sin mirarlo a los ojos.
—¿El oficinista que hace de enlace?
—Tiene un amigo en la policía —comentó ella, con total sinceridad.
—Entiendo.
En realidad, Colby no entendía nada, pero la cabeza aún le daba vueltas después de enterarse de la verdad sobre Bernadette y ella. Bernadette, su hija. Se acercó más a la puerta, y observó cómo la niña conectaba el

microscopio que le había regalado a un ordenador portátil.

—¿Sabe hacer eso? —dijo, sorprendido por su inteligencia.

—Sí, se le da muy bien la electrónica, como... como a ti.

Colby se volvió hacia ella, y la miró con expresión atormentada.

—Le dije a Hunter que el padre de la niña era un malnacido insensible, y tenía razón. Lo soy —dijo con voz ronca.

—No sabías lo que pasaba.

—No, no lo sabía, Maureen nunca me dijo una palabra sobre tu llamada —sacudió la cabeza, y dijo con tono seco—: Estaba cegado por la lujuria, la deseaba tanto que no podía ver más allá, y ¿qué conseguí de ese matrimonio?, unos años infernales, cuando la excitación se desvaneció. Por no hablar de tu vida, o de la de Bernadette —con un suspiro, añadió—: Me dijiste que Maureen y yo fuimos dejando vidas rotas a nuestro paso, pero hasta ahora no había entendido lo que quisiste decir —al verla sonrojarse, frunció el ceño—. ¿Hay algo más?

Sarina vaciló, sin saber qué hacer.

—Será mejor que me lo cuentes —le dijo él con amargura—. Parece que es la noche de las confesiones.

A pesar de sus palabras, Colby parecía incapaz de aguantar mucho más, pero no la estaba presionando para que hablara. Con una mueca, Sarina le dijo:

—Maureen estaba casada cuando salías con ella.

—¿Qué?

Ella tragó con dificultad.

—Mientras tú y yo salíamos juntos, ella estaba ocupada intentando conseguir el divorcio en Reno, pero su marido se negaba a dárselo. El día que tú y yo nos casamos, él... él se suicidó —Sarina apartó la vista, incapaz de mirarle a la cara—. Entonces ella fue a buscarte, por fin libre.

Colby tuvo que apoyarse en una pared para mantenerse de pie. Después de todo lo que había soportado esa noche, aquélla era la gota que colmaba el vaso. Cerró los ojos, y se estremeció al sentir una llovizna helada, ya que no llevaba la chaqueta. Para él era un riesgo enfriarse, porque se había contagiado de unas fiebres en África y sufría recaídas si no se cuidaba, pero estaba demasiado agitado para pensar en eso.

—Se suicidó —dijo, con voz ronca. Miró a Sarina, y vio el dolor y la angustia de su embarazo con más claridad de la que podía soportar—. Tú lo perdiste todo, hasta estuviste a punto de morir al dar a luz a Bernadette, y ella ha crecido sin un padre. Un hombre inocente murió para que Maureen pudiera casarse conmigo. Y yo pensaba vivir felizmente, después de causar tanta destrucción... ¡Dios!, tuve lo que me merecía.

Sarina no supo qué decir, no había sabido que la revelación iba a impactarle tanto. Aunque había soñado muchas veces con ver su reacción cara a cara cuando él se enterara de la verdad sobre su hija, no le proporcionaba la satisfacción que había esperado. Lo único que sentía era dolor al ver su desesperación.

—Colby... —empezó a decir, mientras intentaba encontrar las palabras adecuadas.

Él le dio la espalda, y le dijo con voz ronca:

—Dale las buenas noches a Bernadette por mí, ¿vale? Tengo que irme.

—Gracias por el regalo —le dijo ella, con voz temblorosa.

Colby ni siquiera pudo contestar. Un regalo. Se había perdido toda su vida hasta ese momento, la había tratado mal al conocerla, y le llevaba un regalo cuando debería de haberle dado docenas a lo largo de aquellos años; cumpleaños, fiestas, días especiales... se los había perdido todos. Mientras estaba intentando que Maureen volviera con él, su hija había crecido en la pobreza sin un padre. Fue hacia el todoterreno, apenas consciente de lo que hacía.

Horas después de que llegara a su casa, las palabras seguían martilleándole incesantemente en la cabeza, hasta que pensó que iba a enloquecer. Se alegraba de no tener nada de alcohol, porque estaba muy tentado de echar por tierra aquellos años de abstinencia y emborracharse.

Pero sabía que aquel camino sólo conducía al desastre, así que se duchó y se acostó, tan agotado por el estrés que se durmió de inmediato. A la mañana siguiente, se despertó con fiebre y náuseas, así que se tomó una aspirina y volvió a la cama, convencido de que sólo era un resfriado; sin embargo, por la noche empezó a delirar a causa de la fiebre, y fue incapaz de alcanzar el teléfono para pedir ayuda. Aunque lo cierto era que no quería hacerlo; si se moría, a lo mejor dejaría de sentir el dolor...

—¡Mamá!, ¡tienes que levantarte!

Sarina se despertó de inmediato, completamente alerta, ya que estaba acostumbrada a cuidar de Bernadette durante sus ataques.

—¿Estás bien, cielo? —le preguntó, mientras se sentaba en la cama.

—Sí, pero papá no —le dijo la niña—. Tenemos que ir con él, mamá, está muy mal... ¡creo que se está muriendo!

—Pero... —Sarina miró el despertador que tenía en la mesita de noche, y le dijo—: Cielo, son las tres de la madrugada, tengo que levantarme a las siete...

—¡Por favor!

—No sé si sabré llegar a su casa de noche, y estoy segura de que está dormido. Podríamos llamarlo —sugirió, porque la niña estaba muy nerviosa.

—¡No! ¡Tenemos que ir ahora mismo, o se morirá!

La urgencia en la voz de la pequeña la convenció. Bernadette sabía cosas que los demás ignoraban, y aunque no quería ni pensar en lo que iba a decir Colby cuando se presentara en su casa a aquellas horas, al final cedió.

Se puso unos vaqueros y una sudadera, mientras Bernadette se ponía el uniforme de la escuela y recogía sus libros.

—¿Qué haces? —le preguntó Sarina, perpleja.

—Tendrás que dejarme en casa del señor Hunter, iré al colegio con Nikki —le contestó la niña, con total naturalidad—. Papá está muy malito.

—¿Va a ponerse bien? —le preguntó Sarina, un poco vacilante.

—Sí, creo que sí —contestó la niña, aunque era obvio que seguía preocupada.

Sarina suspiró, y cerró la puerta cuando salieron. No tenía ninguna duda de que Bernadette estaba convencida de lo que le estaba diciendo, y su conexión con Colby era muy real; de hecho, parecía ser algo mutuo, a juzgar por el microscopio que le había comprado a su hija. Pero esperaba que Bernadette se equivocara sobre el supuesto peligro que corría.

El guarda de seguridad de la puerta de entrada las dejó entrar gracias a las lágrimas de Bernadette, e incluso las acompañó a la casa de Colby. La niña se dirigió directamente hacia su puerta, con serena confianza, a pesar de que nunca había estado allí.

—Está muy mal —le dijo al guarda de seguridad, muy preocupada.

El hombre abrió la puerta, y les dijo con firmeza:

—Dejen que yo entre primero.

Cuando él entró en la casa, Sarina empezó a hacer mentalmente una lista de buenos abogados defensores...

El guarda volvió al poco tiempo, con expresión de preocupación.

—¿Sabe qué médico lo atiende? —le preguntó.

Sarina pasó por su lado casi a la carrera, y se encontró a Colby en su cama, cubierto sólo con unos calzoncillos negros, temblando y empapado de sudor. Su piel estaba muy caliente al tacto, y sus ojos enfebrecidos.

Sarina se apresuró a llamar a Hunter por teléfono, y cuando él contestó al cabo de unos segundos, le dijo sin preámbulos:

—Colby está muy enfermo, tiene mucha fiebre y no me reconoce...

—Es malaria, ya le ha pasado otras veces —le dijo Hunter—. Mira en el botiquín, debería haber un frasco de quinina.

Sarina fue al cuarto de baño, y rebuscó en el botiquín hasta que encontró dos frascos de pastillas. Uno contenía unos calmantes muy fuertes para el dolor, y el otro, que estaba lleno, quinina.

Volvió al teléfono, y le dijo a Hunter:

—Ya lo tengo.

—A ver si puedes hacer que se trague dos pastillas, voy para allá.

Sarina fue a la cocina a por un vaso de agua, y bajo la atenta mirada de Bernadette y del guarda, consiguió que Colby se tragara dos pastillas.

—Es malaria —le dijo al guarda.

—¿Cómo ha podido contraer malaria en Houston? —dijo el hombre.

—La contrajo en África —dijo Bernadette, con un tono de voz apagado y lleno de preocupación—. Estaba en una misión.

—¿En una guerra?

—Estuvo en el ejército hasta hace unos años —dijo Sarina.

—Nunca se sabe con la gente, ¿verdad? —comentó el hombre—. Aunque tiene aspecto de ser un tipo duro, así que no es tan sorprendente.

Bernadette acarició el pelo oscuro y ondulado de Colby.

—Papá... —dijo, con voz rota.

Sarina la tomó en sus brazos, y la apretó contra su pecho con fuerza.

—Se va a poner bien —le prometió. Rogó tener razón, ya que Colby tenía muy mal aspecto. Se volvió hacia el guarda, y le dijo—: Phillip Hunter, su mejor amigo, está de camino. Los tres trabajamos para la Ritter Oil Corporation, y creo que Hunter ya lo ha cuidado en ocasiones parecidas —y entonces le describió a Hunter, por si acaso.

—Voy a esperarlo a la puerta, para dejarlo pasar. ¿Usted se queda?

Sarina asintió.

El hombre le revolvió el pelo a Bernadette, y le dijo:

—Espero que tu padre se ponga bien.

—Gracias —dijo la niña, mientras se secaba los ojos.

Cuando el guarda se fue, Sarina abrazó a su hija con más fuerza y la meció lentamente. Le resultaba doloroso ver así a un hombre sano y lleno de vitalidad, y sabía instintivamente que el trauma emocional del día anterior había contribuido a la reaparición de la enfermedad. Colby se había dejado la chaqueta en su casa, y los últimos días habían sido fríos y húmedos. Dejó a Bernadette en el suelo, y la miró con preocupación.

—Estoy bien, no te preocupes. Puedo respirar bien —le dijo la niña.

Sarina soltó un suspiro cargado de preocupación.

—¿Te has tomado tu medicina?

—Sí, mientras me estaba vistiendo —con una sonrisa, añadió—: La medicina nueva funciona de verdad, mamá.

—Sí, eso parece.

Cuando oyó el sonido de un coche parándose fuera, Sarina fue a abrir la puerta.

—¿Cómo está? —le preguntó Hunter con una sonrisa, aunque parecía medio dormido.

—Bastante mal —le contestó ella con sinceridad—. Sabe que Bernadette es su hija, y ayer tuvo varias sorpresas fuertes. Estuvo bajo la lluvia sin la chaqueta, y se enfrió.

—Le pasó lo mismo la última vez. Demasiado estrés y ningún descanso, y se niega a beber ni una copa.

—No lo culpo.

Hunter fue al dormitorio. Bernadette estaba sentada en una silla junto a la cama, con una mano posada en el brazo bueno de Colby, y le estaba susurrando algo en apache.

—No tengo que preguntarte si conociste a algún chamán —comentó Hunter, al reconocer el cántico que estaba entonando la pequeña.

Bernadette levantó la mirada hacia él, y sonrió.

—El abuelo decía que la medicina estaba muy bien, pero que nunca estaba de más rezar.

—Tenía razón.

Hunter se acercó a la cama y observó a Colby, que seguía ardiendo de fiebre. Con un suspiro, se quitó el abrigo y dijo:

—Va a ser una noche muy larga.

Hunter y Sarina se fueron turnando para bañar a Colby con una esponja, para intentar bajarle la fiebre. Hunter llamó a un médico amigo suyo; aunque el hombre vivía en Jacobsville, accedió de inmediato a ir a Houston para ayudarlos.

—¿No puedes llamar a alguien que esté más cerca? —le preguntó Sarina, con curiosidad.

—Sí, pero Micah conoce a Colby desde hace mucho tiempo, y está familiarizado con las fiebres; de hecho, estuvo en África con nosotros, y le salvó la vida amputándole el brazo cuando le dispararon.

Sarina se lo quedó mirando con suspicacia, al recordar de pronto que Cy Parks le había comentado que había ido a África con un equipo para intervenir en un conflicto armado.

—No te precipites en sacar conclusiones —le advirtió él.

—Parks y tú estuvisteis en África, igual que Colby —dijo ella, lentamente.

—Allí estuvieron muchas personas, algunas de ellas con el consentimiento de las agencias gubernamentales. Es información reservada, así que no puedo hablar del tema.

—Vaya, lo siento —contestó ella, aliviada—. Estaba recordando algo que oí sobre un grupo de mercenarios que ayudaron a restaurar el gobierno de un estado africano... de hecho, fue Rodrigo quien me lo comentó.

Hunter recordó que Rodrigo había estado con ellos en aquella misión, pero no pensaba decírselo a Sarina. Y tampoco iba a decirle la verdad sobre Colby, porque prefería que él mismo se la contara cuando estuviera preparado; por otro lado, se preguntaba cómo reaccionaría su amigo al enterarse del trabajo real de Sarina.

Al cabo de unos minutos, dejó de pasar la esponja por la cara y el pecho de Colby y le dijo a Sarina que tenía que ir a buscar algo al todoterreno; en cuanto salió a la oscuridad de la calle, llamó con el móvil a Micah para avisarle de que no dijera nada sobre el pasado de Colby delante de ella.

Mientras observaba al enorme individuo rubio que estaba examinando a Colby, Sarina pensó que parecía más un luchador profesional que un médico; sin embargo, era obvio que sabía lo que hacía.

—En fin, parece que no se ha hecho más listo con los años, ¿no? —comentó Micah, después de ponerle una inyección a Colby—. Sabe el efecto que le produce el estrés.

—Oye, al menos tiene malaria en vez de resaca —dijo Hunter.

—¿Quién tiene el título de médico aquí? —le preguntó Micah, con ojos chispeantes.

Hunter lo miró con indignación.

—Sé distinguir la malaria en cuanto la veo, yo mismo la he tenido tres veces.

Micah soltó un resoplido y cerró su maletín.

—Esta vez tienes razón, es malaria. La fiebre le bajará dentro de un par de días, así que seguid dándole quinina. Podría daros mepacrina, pero creo que preferirá tener un ligero zumbido en los oídos a ponerse amarillo.

—Creo que sí —sonrió Hunter.

—Intentad que no vuelva a enfriarse —Micah miró con curiosidad a Sarina, y le preguntó—: ¿Vas a quedarte con él?

Ella intercambió una mirada con Hunter, y finalmente dijo:

—Supongo que sí, al menos uno o dos días.

—Que esté bien hidratado y tapado, y dale quinina cada cuatro horas. Las instrucciones están en el frasco.

—Muy bien —dijo ella.

—No eres Maureen —comentó el médico, con los ojos ligeramente entornados.

La cara de Sarina se cerró en banda, y sus ojos brillaron con enfado.

—No, no lo soy, gracias a Dios.

—Amén —dijo el hombre, haciendo caso omiso de la expresión de preocupación de Hunter—. Estuvo a punto de cargárselo.

—Sarina fue su primera mujer —le dijo Hunter.

Micah abrió los ojos como platos, completamente atónito.

—¿Qué?

—Es la madre de su hija, la niña que hay en la sala de estar —añadió Hunter.

Micah se llevó la mano a la frente, y se quedó mirando a su amigo.

—Creo que necesito descansar, porque me ha parecido oír que tiene una hija. ¿Cómo es posible, si es estéril?

—No lo es —dijo Sarina, con firmeza—. Y si hubieras visto a mi hija, no tendrías ninguna duda, porque son iguales.

—Ya la he visto y me he dado cuenta de que se parecen mucho, no estaba cuestionando tu palabra —le dijo Micah—. Pero, si hubieras conocido a Colby cuando...

—Creo que no hay tiempo de ponerse a contar historias —le interrumpió Hunter con firmeza.

Micah le lanzó una rápida mirada, y entendió la indirecta.

—Sí, es verdad. Tengo que irme a casa, mi hija tiene un año —le dijo a Sarina—. No hay nada como tener hijos para hacer aún más feliz a un matrimonio.

Sarina volvió a quedarse totalmente inexpresiva, y Micah hizo una mueca.

—Te acompañaré a la puerta —le dijo Hunter.

—Gracias —Micah miró a Sarina, y le dijo con una sonrisa—: Va a ponerse bien.

—Gracias —contestó ella.

—De nada, Colby es un buen tipo.

—Sí, ya lo sé —dijo ella, esbozando una sonrisa.

—Lo suponía, teniendo en cuenta que tuvisteis una hija juntos —bromeó él, antes de tomar su maletín y salir de la habitación con Hunter.

Bernadette se levantó de un salto del sofá, y se acercó al hombretón.

—¿Va a ponerse bien mi papá? —le preguntó rápidamente.

Micah miró aquellos ojos oscuros cargados de preocupación, tan parecidos a los de Colby, y sonrió.

—Sí, va a ponerse bien.

—Gracias —le dijo ella, con una tímida sonrisa.

Él le revolvió el pelo, y contestó:

—De nada. Puedes entrar a verlo, si quieres.
—¡Gracias! —dijo ella, y salió corriendo hacia el dormitorio.

Micah se volvió hacia Hunter, y asintió. No había ninguna duda de que era la viva imagen de su padre.

—¿Por qué no has dejado de interrumpirme? —le preguntó el médico a Hunter, cuando llegaron a su Porsche.
—Sarina no sabe la verdad sobre el pasado de Colby, él ya se lo contará cuando esté listo.

Micah frunció el ceño.
—No hicimos nada malo. Éramos unos idealistas, hicimos mucho bien.
—Ya lo sé, pero no entiendes la situación. Ella no es lo que parece —dijo, sin entrar en detalles—. Créeme, cuando sepan la verdad el uno del otro, van a estallar fuegos artificiales.
—Callie y yo tuvimos nuestros propios fuegos artificiales —dijo Micah, con una enorme sonrisa—. Y ahora creemos que está embarazada otra vez.
—Felicidades —le dijo Hunter—. Jennifer y yo también pensamos que esperamos otro hijo.

Micah soltó un silbido suave, y comentó:
—Debe de ser el agua.

Hunter se echó a reír.
—Sí, puede que sí.

Bernadette permaneció sentada con su madre en el dormitorio de Colby, y cuando Hunter volvió, fue a buscar sus libros, porque iba a quedarse con Jennifer y con Nikki hasta que su madre volviera a casa. Sarina se había negado a irse, a pesar de que Hunter le había dicho que él podía cuidar de Colby si ella prefería irse.

–Tú tienes que ocuparte de otras cosas –le recordó ella con firmeza–. Cuidé del padre de Colby y trabajé al mismo tiempo, y es más fácil que yo pueda tomarme varios días libres.

Hunter la miró con sagacidad, y le preguntó:

–¿Tu interés es totalmente indiferente?

Sarina tragó con dificultad, y apartó la mirada.

–Fue mi marido –dijo con voz suave.

–En su mente, sigue siéndolo –dijo Hunter. Al ver su expresión sorprendida, añadió–: Si no me crees, menciónale a Rodrigo y espera a la explosión.

Ella se aclaró la garganta, y dijo con firmeza:

–Lo que pasa es que no se llevan bien.

–Venga ya, está celoso. Eso es parte de lo que le pasa. Mira, el hecho de que se haya enfrentado a un golpe así sin recurrir a la botella, debería decirte algo. Hace años, un mal día bastaba para que se emborrachara, pero ahora no quiere arriesgarse a recaer, por Bernadette y por ti. Preferiría morir.

–¿No intentará...? –empezó a decir ella, súbitamente aterrada.

–No, Colby no –le dijo Hunter–. Acaba de descubrir una razón para vivir; últimamente, sólo habla de Bernadette.

–¿De verdad? –le preguntó la niña desde la puerta, con los ojos llenos de asombro.

–De verdad –le aseguró Hunter–. Sabes dibujar muy bien, cantas como los ángeles y hablas español, está muy impresionado.

Bernadette sonrió de oreja a oreja, encantada.

Sarina la abrazó con fuerza, y le dijo:

—Pórtate bien con Jennifer, yo cuidaré de tu padre. ¿De acuerdo?

—Vale.

—¿Tienes tu medicina y el inhalador?

La niña asintió.

—Muy bien, cielo. Adiós.

—Buenas noches, mamá.

—Volveré en cuanto deje a Bernadette en casa —le dijo Hunter.

—Puedo arreglármelas sola unas horas. Tú tienes mucho trabajo y yo no soy tan necesaria en la oficina, pueden arreglárselas sin mí; y tampoco soy esencial para lo otro aún.

—Vale, entonces nos iremos turnando. Llamaré a Cy para que venga, o podría avisar a Rodrigo...

Sarina enarcó una ceja, y comentó:

—Rodrigo bañaría a Colby con agua hirviendo, y le daría cicuta para beber.

—Rivales hasta el fin —dijo Hunter, con una carcajada.

—Somos compañeros —protestó ella.

—Eso te crees. Venga, Bernadette, vámonos. Volveré por la mañana, ¿necesitas que te traiga algo?

—Sí, zumo de naranja y aspirinas.

—Hecho.

Cuando Hunter y Bernadette se marcharon, Sarina se sentó en una silla junto a la cama de Colby. Al cabo de unos minutos, él empezó a sacudirse y a moverse inquieto; su cuerpo poderoso estaba cubierto de sudor, tenía el pelo lacio y húmedo, y sus ojos abiertos estaban ciegos. Cuando ella se levantó y le puso con cuidado una mano en el hombro para comprobar su temperatura, él soltó un gemido; al parecer, una fiebre tan alta provocaba que hasta el roce más ligero resultara doloroso.

Sarina frunció el ceño, muy preocupada. Todo el mundo decía que iba a ponerse bien, pero era horrible permanecer allí sin poder hacer nada, presenciando su agonía con impotencia; además, en cierto modo se sentía culpable de que él hubiera recibido unos golpes tan terribles en tan poco tiempo.

En el pasado, había soñado con sacudirlo con la verdad de su crueldad, pero en la práctica no le había proporcionado ninguna satisfacción. Él no le había dicho a Maureen que no quería saber nada de ella ni del hijo que esperaba, ni siquiera se había enterado de que lo había llamado.

Sarina cerró los ojos ante la oleada de dolor que la inundó. Maureen había mentido, aquella mujer había destruido vidas y había pisoteado a todo aquél que se interponía en su camino, sin sentir ni una pizca de compasión o de remordimientos.

Sabía que Colby había amado a aquella mujer, y que enterarse de su crueldad había profundizado aún más sus heridas emocionales. Le dolía ver el precio que él había tenido que pagar por su obsesión con la otra mujer, porque era obvio que había sido un encaprichamiento. A lo mejor su devoción por Maureen había estado basada principalmente en un deseo ardiente, o quizás había sido su orgullo lo que le había impedido admitir el tremendo error que había cometido al casarse con ella.

Él se dio la vuelta hasta tumbarse de espaldas, y con los ojos entrecerrados y los labios resecos jadeó:

—Sed. Tanta... sed.

Sarina fue a la cocina, y mezcló agua y hielo picado en un vaso. Al volver al dormitorio, se sentó junto a él y le levantó con cuidado la cabeza para que pudiera beber un poco. Él gimió y tomó varios tragos, completamente sediento, y cuando terminó, ella volvió a bajarle la cabeza y dejó el vaso a un lado.

Al darse cuenta de que la almohada se estaba escurriendo, Sarina deslizó la mano por debajo para colocarla bien y se quedó helada. Rápidamente, sacó la pistola que había debajo, y después de comprobar que el seguro estaba puesto, la metió en uno de los cajones de la mesita de noche. Era una Glock del calibre cuarenta, probablemente la que Colby llevaba en el trabajo, y estaba cargada. No se le había ocurrido pensar que él dormía con una pistola bajo la almohada, pero no era demasiado sorprendente, porque era algo que hacían muchos antiguos militares y policías.

Fue a cambiar el agua de la palangana y a por una toalla y un paño limpios, y volvió a bañarlo con agua fresca y a secarlo bien para que no se enfriara. Cuando le pasó la toalla por su musculoso pecho y la fue bajando por su estómago, Colby se arqueó sensualmente y soltó un gemido. En ese momento, Sarina notó un cambio súbito en su cuerpo, y sintió que se acaloraba. Esperó unos segundos para poder recuperar la compostura, y entonces centró su atención en sus brazos y en su cuello.

—No lo sabía —susurró él, entre dientes—. ¡No lo sabía...!

Sarina le pasó el paño húmedo por la frente sudorosa, mientras intentaba calmarlo.

—Tranquilo, Colby. No pasa nada.

Él se movió, inquieto, y su respiración se aceleró.

—¡Maldito Ramírez! No puede... tenerla... ¡es mía!

—Colby... —susurró ella, atónita.

Sus ojos se abrieron, y la miró sin verla.

—No la dejaré marchar —dijo, con brusquedad—. ¡Nunca más! Mi hija... mi niña... ¡debería odiarme! —su voz se quebró, y volvió a arquearse—. ¡Maldito sea!

—Colby, no... —susurró ella con suavidad, mientras le acariciaba la mejilla.

De repente, Colby la agarró y la tumbó en la cama junto a él. Le cubrió las caderas con una pierna, y parpadeó al mirarla con expresión de confusión.

—¿Sarina? —susurró, desorientado.

—Tienes malaria —le dijo ella con ternura, antes de alzar la mano y acariciarle el mentón.

—Malaria... —Colby dudó por unos segundos, mientras se esforzaba por respirar—. Malaria —cerró los ojos, y añadió—: Me siento tan débil...

—Vas a ponerte bien. Te ha visto un médico, y te ha dado más medicinas. Se te pasará.

—Tengo... calor —Colby la soltó, y se acostó de espaldas en la cama—. Mucha sed.

Sarina se bajó de la cama por el lado opuesto, y la rodeó para ir por el vaso de agua.

—Ten —se sentó junto a él, y le ayudó a levantar la cabeza para que bebiera.

Colby tomó varios tragos, y de repente se estremeció.

—Frío... —gimió—, tengo frío —abrió los ojos, la observó mientras ella dejaba el vaso sobre la mesita, y susurró—: Caliéntame, túmbate conmigo.

Sarina dudó por un momento, pero él volvió a agarrarla, la ayudó a tumbarse a su lado y la apretó contra su cuerpo. Volvió a sacudirlo un estremecimiento violento de pies a cabeza.

—Abrázame.

Sarina sabía que no era una buena idea, pero fue incapaz de resistirse. Con un largo suspiro, se estiró completamente a lo largo de su cuerpo, rezando para que las costuras de sus vaqueros no le provocaran rozaduras en la piel desnuda de los muslos. Dejó que él la apretara contra su cuerpo febril, y tras rodearlo con los brazos, apoyó la cabeza en su hombro. Colby se estremeció una última vez, y después se relajó con un suspiro. Segundos después, su respiración se normalizó y Sarina se dio cuenta de que se había quedado dormido. Se dijo que debería levantarse, quiso hacerlo, pero la sensación de sus brazos rodeándola con ternura y la novedad de estar tumbada junto a él la superaron. Cerró los ojos, y también se quedó dormida.

La despertó una risa ahogada, y se dio cuenta de que tenía un pecho ancho y velludo bajo su cabeza. No estaba en su cama, estaba... ¿dónde estaba?

Empezó a levantar la cabeza, y se encontró con los enfebrecidos ojos de Colby fijos en ella.

—Si has planeado aprovecharte de mí, preferiría que esperaras a que se me pasen los escalofríos y la fiebre —le dijo él con voz ronca.

Sarina frunció los labios, y comentó:

—Supongo que te estás preguntando lo que hago aquí.

—¿Dónde?, ¿en mi casa, o en mi cama? —le preguntó él, intentando bromear.

—Bueno, supongo que en los dos sitios.

Colby inhaló bruscamente al recordar lo que había sucedido.

—Me enfrié... ¿vuelvo a tener malaria?

—Sí, Hunter y yo nos turnamos para cuidarte.

Colby enarcó una ceja y bajó la mirada hacia sus cuerpos, que estaban muy juntos.

—¿Él también ha dormido conmigo? —le preguntó.

—No digas tonterías.

—Hasta ahora no me gustaban los mosquitos, pero parece que la malaria tiene un beneficio inesperado —dijo él con una sonrisa, mientras recorría su mejilla con un dedo, hasta llegar a su boca.

—Tenías frío —se apresuró a decirle ella.

Colby bajó la vista hacia las sábanas, que estaban a los pies de la cama.

—No ha sido culpa mía, ¡me agarraste y te negaste a soltarme! —protestó ella.

—¿Acaso me estoy quejando? —Colby se inclinó un poco y le besó la nariz, pero el dolor regresó en cuanto se movió y soltó un gemido—. Me he sentido mejor durante unos minutos —dijo, con voz ronca, mientras lo sacudía un escalofrío.

Sarina se apartó de él y se levantó.

—¿Puedes comer algo?

—No lo sé. Creo que no tengo tanta fiebre, pero el dolor y las náuseas han vuelto —cerró los ojos, y empezó a temblar.

—¿Quieres un poco de leche?

—No puedo beber leche, tengo intolerancia a la lactosa —le dijo él.

—Igual que Bernadette —comentó ella, sin pensar.

—Bernadette... mi hija, mi pequeña —Colby volvió a gemir, cuando el dolor emocional lo golpeó con fuerza.

Sarina no supo qué decir.

—¿Por qué vives en ese barrio tan pobre?, y no me vengas con lo de los prejuicios.

—Bernadette tiene asma —le contestó ella, con sinceridad—. Hasta hace poco, cada vez que tenía un berrinche teníamos que ir corriendo a Urgencias, pero le han puesto un tratamiento que parece prevenir los ataques, al menos hasta ahora. Me gasto mucho en atención médica.

—Yo tenía asma de niño, pero al final se me pasó. A lo mejor a ella le pasa lo mismo —la miró con atención, y añadió—: Dices que el problema aparece cuando tiene berrinches... ¿como cuando la hice llorar al principio?

Sarina se sonrojó, y él volvió a gemir.

—Dios mío, mis pecados siguen y siguen, ¿verdad?

Sarina se sentó junto a él en la cama, y lo miró con dulzura.

—Has tenido demasiadas impresiones, pero tienes que dejar de mirar atrás. Eres muy importante para Bernadette, y está deseando tener un padre. Tienes que mirar hacia delante.

—Me merezco estar en el infierno, Sarina.

—No eres tan malo como crees, no sabías lo que estaba pasando... aunque intenté decírtelo.

—Debería haber ido a verte, aunque sólo fuera para comprobar que estabas bien, pero África me cambió. Después, bebía tanto...

—Pero ya no lo haces —lo interrumpió ella—. Anoche tenías la excusa perfecta para refugiarte en una botella, pero no lo hiciste.

—Estoy harto de intentar evadirme de mis problemas, ahora tengo responsabilidades.

Sarina enarcó las cejas.

—Lo primero que hay que hacer es sacarte del agujero

en el que vives, y después iremos a compraros a las dos todo lo que necesitéis —dijo él, con tono firme.

Sarina le puso los dedos en la boca para que se callara.

—Lo primero es que te pongas bien, y después discutiremos sobre si voy a permitir que asumas el control de nuestras vidas —lo corrigió.

—Cuidado, me gusta discutir contigo —le dijo él, con ojos chispeantes.

—Crees que me conoces, pero estás muy equivocado —bromeó ella.

—¿Eso crees? —Colby se tragó otro embate de náusea, y volvió a estremecerse—. Maldita enfermedad... la pillé por la época en la que estabas embarazada, y aunque hay diferentes variedades, a mí me tocó la que no tiene cura. Siempre tendré recaídas, si hago estupideces como quedarme bajo la lluvia sin un abrigo.

—No volverás a hacerlo —le dijo ella.

A Colby le gustó mucho su seguridad, y sonrió a pesar de lo mal que se encontraba.

—Sarina, te habría avasallado hace siete años —le dijo con voz suave—. ¿Te das cuenta ahora?

Él era un hombre con una personalidad muy fuerte, y ella había sido sumisa y lo había idealizado de joven.

—Sí, creo que sí.

—¿Cómo supiste que estaba enfermo? —le preguntó él de repente.

—Bernadette me despertó a las tres de la madrugada —le dijo, muy seria—. Me dijo que estabas muy mal y que teníamos que venir a verte, convenció al guarda para que nos dejara entrar y después vino directamente a tu casa. El guarda nos abrió, y llamé a Hunter. La niña va a quedarse con Jennifer y con Nikki unos días.

—Yo de ti, me habría dejado aquí tirado hasta que me muriera.

Sarina posó la mano en su hombro, y le dijo:

—No habrías podido hacerlo, con Bernadette llorando desconsolada. Se sentó a tu lado y te cantó mientras Hunter y yo hablábamos de llamar al médico.

—¿Me cantó?

—¿Es que no te acuerdas de que su abuelo era un chamán?, le enseñó sus técnicas de curación, ¿creías que la quinina habría sido suficiente para salvarte?

—¿Sabes de dónde ha heredado esa voz tan bonita?, mi madre cantaba como un ángel, solía sentarse a mi lado cuando estaba enfermo, y me cantaba para que me curara. Murió cuando yo tenía seis años —añadió con voz ronca—. Mi padre bebía demasiado, y no se dio cuenta de que tenía neumonía... murió mientras él dormía la mona después de una juerga de tres días. Ayudé a mis primos a reunir sus cosas y a quemarlas después del entierro, y como mi padre siguió refugiándose en el alcohol, acabé yéndome a vivir con un primo. Después de eso, nuestra relación fue muy tirante.

—Sí, ya lo sé, nos contó toda la historia —le dijo ella—. Sabía por qué no te ponías en contacto con él —añadió con voz ronca—, que se lo merecía por dejarla morir y por dejarte solo. También me dijo que a lo mejor lo que estaba haciendo por Bernadette serviría para pagar por sus equivocaciones, aunque fuera un poco.

Incapaz de hablar, Colby cerró los ojos mientras intentaba ocultarle a Sarina lo mucho que le habían dolido sus palabras. No se había tomado la molestia de hacer las paces con su padre, y aunque deseaba haberlo hecho, ya era demasiado tarde.

Sarina dejó que volviera a dormirse, y cuando Hunter llegó varias horas después, volvió a su casa para ducharse y preparar una bolsa con algo de ropa.

La aparente curación de Colby había sido un espejismo, y por la tarde la fiebre volvió a subirle y los temblores se intensificaron. Sarina y Hunter se turnaron para cuidarlo, aunque él fue unas horas a la oficina para asegurarse de que el empleado que había dejado al cargo tenía la situación controlada. Sarina se negó a dejar a Colby, y se limitó a dar algunas cabezadas a los pies de la cama cuando no estaba administrándole la medicina, dándole zumo de naranja o refrescándolo con una esponja.

Estaba muy preocupada, porque él no dejaba de gemir y de parlotear en sueños. Hablaba de África y de un tiroteo, de Bernadette, y se ponía furioso al revivir una especie de interrogatorio con alguien que parecía ser un terrorista. Nada de lo que decía tenía sentido, a no ser que estuviera recordando la época en la que había trabajado para el gobierno.

Sarina habló con Bernadette por teléfono y le aseguró que todo iba a salir bien, mientras rogaba que fuera así. Nunca antes había visto un ataque de malaria, y nunca olvidaría la experiencia.

El cuarto día, Colby empezó a mejorar y Hunter anunció con alivio que lo peor ya había pasado. Ya sólo era cuestión de descanso y buena comida.

Colby se dio cuenta de que necesitaba desesperadamente darse una ducha, y la sensación le recordó de forma demasiado vívida a cómo se había sentido cuando estaba inmerso en el alcohol, cuando no le importaba si vivía o moría, o si apestaba. Pero en ese momento las cosas eran diferentes, porque tenía la responsabilidad de una familia.

Se movió trabajosamente hasta el borde de la cama, y al levantarse se tambaleó un poco. No se había dado cuenta de lo débil que estaba hasta que las piernas habían empezado a temblarle.

Fue al cuarto de baño, y después de abrir el grifo de la ducha, se apoyó contra la pared para no perder el equilibrio, mientras respiraba hondo y maldecía su flojera.

—¿Qué crees que estás haciendo? —le preguntó Sarina, que llevaba una taza de café y un plato con tostadas en las manos—. ¡Te he traído algo para comer!

—Me lo comeré después, antes tengo que ducharme —le dijo él, con voz ronca—. ¿Puedes cambiarme las sábanas mientras tanto?, las limpias están en el armario.

Sarina se acercó a él y apagó la ducha, bajó la tapa del retrete y lo ayudó a sentarse en ella.

—Tú quédate aquí quieto mientras yo me ocupo de todo.

Colby obedeció, divertido al ver lo mandona y segura de sí misma que se había vuelto. Cuando volvió, la observó con un brillo travieso en la mirada, aunque no dejó que ella lo viera.

—Me quedaré fuera, justo delante de la puerta —le dijo ella—, y si no tienes tantas fuerzas como crees...

—No puedo permanecer de pie en la ducha yo solo, y mucho menos apoyarme en la pared y enjabonarme sólo con una mano —comentó él, mientras señalaba su muñón. La verdad era que sí que podía hacerlo, pero tenía motivos ulteriores.

—Bueno... —dijo ella, indecisa.

—Tendrás que meterte en la ducha conmigo, si no es mucha molestia —añadió Colby, con la mirada gacha—. Entiendo que un hombre en estas condiciones te parezca repulsivo.

Sarina sintió que se le encogía el corazón, y exclamó:

—¡Claro que no!

Colby se sintió eufórico.

—Entonces, ¿vas a ayudarme?

Sarina se aclaró la garganta, sin contestar, y él se levantó y se acercó a ella.

—Dime qué te pasa.

—En toda mi vida, sólo me he quitado la ropa delante del médico. Ni siquiera lo hice delante de ti aquella noche, porque estaba oscuro.

La cara de Colby se suavizó.

—A mí me pasa lo mismo —confesó—. Ya sabes que los apaches somos muy pudorosos por naturaleza, incluso de niño me ponía el bañador cuando iba a nadar con los demás en la época del monzón —sonrió al recordar lo escasa que era el agua en los ríos de la reserva.

La expresión tensa de Sarina se relajó un poco, pero al ver que seguía sin estar convencida, Colby se acercó más a ella y la miró con expresión seria.

—No me gusta sentirme sucio —insistió—. Además, me acabas de poner sábanas limpias, las dejaría hechas un asco si me metiera en la cama así, ¿no crees?

—Sí, supongo que sí —Sarina sintió que el corazón le martilleaba en el pecho, y se preguntó si él se había dado cuenta.

Colby le recorrió la mejilla con la punta de un dedo.

—Estuvimos casados, y me diste una hija —le recordó.

Ella soltó un suspiro fatalista, y cedió.

—Vale, pero intenta no darte cuenta de lo roja que me pongo.

Colby soltó una carcajada, abrió el grifo de la ducha y comprobó la temperatura. Después de quitarse los calzoncillos, se metió bajo el agua y apoyó la mano en la pared, sin dejar de darle la espalda a Sarina.

—No tardes mucho, estoy un poco tambaleante —le dijo, con total sinceridad.

Sarina vaciló por un segundo después de quitarse la blusa, los pantalones y los zapatos, pero entonces él se tambaleó visiblemente y soltó una maldición, y la preocupación superó a la vergüenza. Se quitó la ropa interior y la dejó con el resto de su ropa sobre un mueble, agarró un par de toallas de mano y entró en la ducha.

Colby la recorrió con la mirada, fascinado por la perfección de su cuerpo, desde sus pechos plenos y firmes coronados con sus oscuros pezones, hasta la curva de su cintura. Sus pómulos se tiñeron de rojo, y esperó estar demasiado débil para que la súbita oleada que lo inundó se reflejara físicamente.

Era una esperanza vana, ya que llevaba demasiado tiempo sin estar con una mujer.

Sarina bajó los ojos con timidez al ver su expresión ardiente, y al encontrarse con la mayor diferencia física que había entre ellos, se sonrojó y levantó la mirada a toda prisa hasta su pecho musculoso.

—Supongo que habrás visto algún que otro hombre desnudo en alguna revista —le dijo él.

Ella tragó con dificultad, y le dio una de las toallas.

—Como tú, no.

Colby se echó a reír, encantado con su respuesta, y se echó la pequeña toalla al hombro mientras abría el bote del jabón.

—Tiene un olor bastante masculino, pero tendremos que arreglárnoslas. ¿Puedes enjabonarme la espalda?

—Cla... claro.

Sarina se puso manos a la obra. La ancha espalda de Colby estaba llena de cicatrices, y no pudo evitar hacer una mueca de dolor mientras las recorría con la toalla enjabonada.

—Llevas la historia de tu vida en la espalda —le dijo, con tristeza.

Colby se tensó de inmediato, ya que se había olvidado de las cicatrices.

—¿Te dan asco? —le preguntó.

—Colby, no seas tonto —le dijo ella, con voz queda—. Sabes que no es eso.

Él estaba un poco acomplejado por aquellas marcas, y su respuesta lo tranquilizó.

—Supongo que algo es algo —comentó.

Sarina sintió una extraña sensación ante su obvia inseguridad, ya que parecía algo muy extraño en un hombre tan seguro de sí mismo y tan masculino. Sonrió mientras su mano bajaba hacia la firme curva de su trasero, y su mano vaciló un segundo.

—Gallina —la provocó él.

—La anatomía nunca fue uno de mis fuertes —dijo ella, con un suspiro.

—Pues ésta es la oportunidad perfecta para ponerte al día —bromeó él.

Sarina se echó a reír, y bajó la toalla por la parte posterior de sus piernas. Su musculatura era tan dura, que era como tocar el tronco de un árbol.

—Supongo que aún haces ejercicio a diario, ¿no? —comentó.

—Tengo que hacerlo. Aunque estoy en otro tipo de trabajo, sigue siendo muy físico. Cuando trabajaba para Hutton, tuve que encargarme de ladrones y hasta de terroristas una o dos veces. Hace tres años, tuvimos un tiroteo con unos asesinos justo a las afueras de Washington.

Sarina se mordisqueó el labio inferior, y dijo:

—No sabía que fuera tan arriesgado.

—Sólo lo es si bajas la guardia —comentó él—. En los viejos tiempos, bebía mucho, y pillé la malaria porque se me olvidó tomarme la dosis de quinina varias veces. También perdí el brazo por culpa del alcohol.

—Pero no bebiste ni una gota cuando te enteraste de lo de Bernadette.

—No podía hacerle algo así —admitió él, con voz ronca—. Sarina, no soy un padre ejemplar, pero no voy a volver a beber jamás, porque no quiero ponerla en ningún tipo de peligro. Ni a ti tampoco —se volvió hacia ella, y la miró con una expresión muy seria mientras el agua caía sobre ellos. Le quitó la toalla con suavidad, y dijo con voz temblorosa–: Ahora me toca a mí.

Cuando Colby empezó a enjabonarla, el roce de su mano y la caricia de la toalla hicieron que los pechos de Sarina se endurecieran de inmediato. Al ver que ella se sonrojaba, él dijo con suavidad:

–No estás acostumbrada a que te toquen.

–No –admitió ella.

–Pobre Rodrigo, no me extraña que parezca tan delgado y desesperado.

El rubor de Sarina se intensificó cuando Colby empezó a bajar por su estómago plano.

–No siento nada... especial con Rodrigo.

Colby se detuvo por un momento, y la miró a la cara para ver la verdad en sus ojos.

–¿Nunca?

–Nunca.

–Conmigo sí que vas a sentir algo especial –le aseguró él, con suavidad.

–Estás muy seguro de eso, ¿verdad? –comentó ella, intentando aligerar el ambiente.

Colby volvió a mover la mano, sin apartar la mirada de su rostro.

–Completamente seguro.

La hizo volverse con cuidado para lavarle la espalda, y al sentirlo tras ella de forma tan íntima, con el agua cayendo sobre sus cuerpos, Sarina sintió un deseo casi doloroso. Anhelaba volverse hacia él, y apretar su cuerpo contra el suyo.

Colby era lo bastante experimentado para notar su reacción, pero no quería arriesgarse a apresurar las cosas. Le dio la toalla para que la enjuagara, y después tomó el bote del champú. La colocó debajo del chorro de agua, le echó un poco de champú en el pelo y, después de volver a dejar el bote en su sitio, empezó a lavarle su larga cabellera rubia.

—Te desenvuelves muy bien —comentó ella.

—Uno aprende a arreglárselas cuando se tiene una invalidez.

—Claro.

Colby hizo que volviera a colocarse bajo el agua para aclararle el pelo, y cuando acabó, ocupó su sitio.

—Tu turno —le dijo.

Sarina se echó champú en la mano, pero cuando volvió a dejar la botella en su sitio, se dio cuenta de que tendría que ponerse de puntillas para llegar a su pelo, porque él era mucho más alto. Cuando lo hizo, sus cuerpos se tocaron con una intimidad que no habían compartido desde la noche que habían concebido a Bernadette.

La reacción de Colby fue un poco desconcertante; en cuanto sus pechos tocaron su espalda, se puso totalmente rígido y gimió de forma audible.

Ella se quedó helada, con las manos en su pelo, y su expresión de sorpresa se encontró de lleno con los ojos oscuros y brillantes de él.

—Hace mucho tiempo que no estoy con una mujer —admitió él, con voz ronca.

Ella vaciló por unos segundos, y finalmente dijo:

—¿Hace... hace daño?

Colby deslizó su mano hasta la base de su espalda, y la atrajo con fuerza contra sí.

—Esto sí que hace daño —le dijo, presionando su miembro erecto contra su vientre.

Sarina entreabrió los labios, y se estremeció ante su poderoso físico, que le resultaba un poco intimidante.

—Tuviste a Bernadette de forma normal, ¿verdad? —le preguntó él con voz tensa.

Cuando ella asintió, los pómulos de Colby volvieron a inundarse de color.

—A lo mejor podría penetrarte completamente sin dolor, después de todo —añadió él, en un tono suave y sensual.

La mente de Sarina se inundó de imágenes eróticas; estaba tan cerca de él, que ya estaba prácticamente vibrando de deseo. La mirada en su rostro duro, sumada a las vívidas imágenes que dibujaban sus palabras en su imaginación, hicieron que se sonrojara y que la recorriera un escalofrío.

Colby retrocedió hasta colocarse de nuevo bajo el chorro de agua, y se aclaró el pelo; segundos después, se inclinó y cubrió lentamente sus labios entreabiertos con su boca. Rozó su labio superior y deslizó la punta de la lengua por debajo de forma provocativa, excitándola, mientras una de sus poderosas piernas se colocaba poco a poco entre las suyas en un movimiento sensual. De forma instintiva, Sarina quiso facilitarle las cosas, y al abrir un poco las piernas jadeó cuando él apretó íntimamente su cuerpo contra el suyo.

Al sentir su respuesta inmediata, Colby abrió la boca sobre sus labios y profundizó el beso. Sarina gimió ante la intensidad de la caricia, y su cuerpo empezó a estremecerse por la fuerza del deseo que sentía por él.

Colby se apartó un poco, cerró el grifo de la ducha y agarró un par de toallas. Después de que se secaran el uno al otro, él le dio el secador sin decir una palabra, mientras la miraba con una expresión elocuente.

Sarina apenas podía respirar. Aunque sentía cierto temor residual al recordar el dolor que había sentido años atrás, a su cuerpo no parecía importarle, porque estaba deseando tumbarse en la cama junto a él y dejarle hacer lo que quisiera.

Tanto la tensión del cuerpo de Colby como el brillo de sus ojos mientras ella acababa de secar su pelo oscuro y su propia melena rubia revelaban que él sabía lo que ella estaba pensando. Cuando le quitó el secador de las manos y lo desconectó, ella hizo un ademán vacilante hacia su ropa, pero él la detuvo y la acercó a su cuerpo.

Sarina fue incapaz de resistirse. La curiosidad y el deseo se mezclaron en su interior, y la dejaron indefensa.

—No va a dolerte. Ven aquí —le dijo él, completamente tenso.

La besó con una pasión desenfrenada, devorando su boca mientras su mano se deslizaba por su cuerpo, probando el suave peso de sus pechos y la textura aterciopelada de su piel. De repente, se inclinó y cubrió uno de sus duros pezones con los labios y empezó a succionar.

Sarina jadeó y se arqueó contra él. El placer era enloquecedor, increíblemente estimulante, incontrolable. No quería que él se detuviera, y el deseo inundó cada una de sus células cuando su boca descendió hasta su vientre.

Segundos después, la tomó de la mano y la condujo hacia el dormitorio. De alguna forma, se acordó de cerrar la puerta antes de acercarse a la cama.

—Colby, no deberíamos... —Sarina se quedó sin palabras cuando él la hizo tumbarse de espaldas y se colocó a su lado.

—Me gustaría ser racional, pero creo que no tengo tiempo... ¡oh, Sarina! —susurró él, mientras empezaba a recorrer su cuerpo tenso con los labios.

La forma en que la tocaba y el doloroso anhelo que provocaban las caricias de su boca en su piel parecían casi indecentes. El placer fue creciendo, y Sarina se estremeció y se retorció bajo sus expertas caricias. Nunca se había sentido tan fuera de control, tan desesperada, ni siquiera aquellos maravillosos minutos en su noche de bodas que después habían dejado paso al dolor.

A pesar de su propio deseo desesperado, Colby la acarició lentamente, con ternura, y se aseguró de que ella estuviera excitada y lista para él antes de cubrir su cuerpo tembloroso con el suyo.

—No voy a hacerte daño —susurró sobre su boca, mientras se colocaba entre sus piernas—. No importa lo que me cueste, no voy a hacerte daño. Confía en mí.

Sarina le clavó las uñas en los hombros cuando sintió que él empezaba a penetrarla lentamente. Colby levantó la cabeza para mirarla, y al ver el brillo de miedo en sus ojos, le susurró con ternura:

—Nunca te haría daño a propósito, aunque me costara la vida, y no pienso saciar mi deseo de forma egoísta, sobre todo ahora.

Colby cerró los ojos al sentir una oleada de placer mientras la penetraba más profundamente, y sintió que ella jadeaba y lo apretaba con más fuerza contra su cuerpo.

—Me diste una hija... —añadió, estremeciéndose de placer.

Sarina sintió una sensación indescriptible al sentir su cuerpo llenándola de forma tan íntima, y sus uñas cortas se clavaron en sus hombros mientras se arqueaba hacia él y saboreaba aquel contacto cada vez más profundo. Había esperado sentir dolor a pesar de sus palabras tranquilizadoras, pero lo único que sentía era un intenso placer que se alimentaba a sí mismo mientras los movimientos lentos y tiernos de Colby se hacían cada vez más íntimos.

—¿Estás bien? —susurró él, sonriendo al sentir su respuesta entusiasta.

—Es... es increíble —jadeó ella, estremeciéndose con cada una de sus embestidas.

—Pues apenas hemos empezado —le dijo él, con voz ronca.

Sarina abrió los ojos de par en par al oír aquello. El placer se estaba adueñando de ella, y la estaba elevando hacia algún punto intangible que estaba un poco más allá, justo al alcance de sus dedos. Fijó la mirada en el rostro de Colby, pero sus facciones apenas se registraron en su mente, porque su cuerpo entero estaba centrado en los profundos movimientos que fueron intensificándose, en la tensión que se acrecentó hasta que empezó a estremecerse con cada subida y bajada de sus poderosas caderas. Su boca se abrió sin emitir sonido alguno, y se movió con más y más fuerza y exigencia mientras intentaba alcanzar aquel nivel superior de placer que seguramente iba a matarla.

—Tranquila, no tenemos prisa —susurró él, sujetándola por las caderas.

—No puedo soportarlo más —jadeó ella, con un sollozo—. ¡Por favor...!

Colby sonrió con ternura, porque ella no sabía lo que estaba a punto de suceder y sólo pensaba en términos de una satisfacción inmediata; sin embargo, él no estaba pensando en los segundos siguientes, sino en los minutos que les quedaban por delante, y la suave cadencia ondulante que incrementaba el placer segundo a segundo.

Se apoyó en un codo, tan inmerso en la pasión ciega que sentía por ella, que apenas notó la falta del brazo, y deslizó la mano hacia abajo hasta llegar al centro de su feminidad. La acarició lentamente, con ternura, mientras sus caderas se apretaban aún más contra las suyas.

Sarina lo miró con incredulidad cuando los suaves movimientos de sus dedos la lanzaron más allá del límite de la cordura, y se sumergió en una ardiente agonía de satisfacción mientras sollozaba contra su boca.

Cuando su cuerpo se relajó, sintió un poco de vergüenza, pero de inmediato Colby se movió hacia arriba y su cuerpo, que estaba increíblemente sensible, reaccionó con un clímax aún más explosivo que el primero. Se convulsionó mientras él la contemplaba, eufórico, y lo agarró por los muslos para acercarlo aún más.

Colby estaba sudando. Aún estaba un poco débil, y las piernas le temblaban por la tensión y por el desgaste de energía; sin embargo, no habría podido detenerse por nada en el mundo.

—Por favor —gimió ella contra su boca—, ¡más cerca...!

—Es arriesgado —susurró él, aunque también deseaba acercarse aún más.

Tras dudar por un instante, agarró una almohada y la colocó debajo de las caderas de ella. La postura elevada volvió a lanzarla por el borde del precipicio, y Colby sintió su cuerpo aceptando el suyo, cómo lo rodeaban y lo acogían su calidez y su suavidad. No pudo contenerse más, y se movió ciegamente en busca de su propia satisfacción. El placer lo sacudió con una fuerza brutal, tensó su cuerpo y la explosión de éxtasis lo catapultó a las estrellas. Soltó un grito interminable mientras su cuerpo se convulsionaba una y otra vez, acunado por la suavidad de Sarina.

Ella lo contempló, fascinada, y aunque su cuerpo estaba lánguido y saciado, respondió a los fieros movimientos de sus caderas. La sacudió otro clímax, más poderoso y atemorizante que todos los otros juntos, y sollozó cuando el delicioso placer siguió y siguió.

Finalmente, Colby se desplomó pesadamente sobre su cuerpo húmedo mientras intentaba recuperar el aliento. Sarina se sentía completamente saciada, más viva que nunca, y se estremeció con el placer que le proporcionaba su peso cubriéndola por completo. No había sentido ningún dolor, sólo un éxtasis como nunca había podido soñar.

—¿Estás bien? —le preguntó él al oído.

—Sí —le contestó ella, con voz estrangulada.

Colby levantó la cabeza para mirarla. Tenía el pelo húmedo de sudor, como ella, pero nunca lo había visto tan relajado.

La miró con una expresión dulce, cargada de sentimiento, incapaz de encontrar las palabras adecuadas para decirle lo que sentía. Se inclinó y trazó tiernamente su boca con sus labios, le besó las mejillas, la frente, los párpados cerrados, con una devoción sobrecogedora.

Sarina se estremeció. Cada vez que él se movía, la recorría una corriente de placer, y se movió ligeramente para volver a sentirla.

Colby la miró con expresión seria, y le agarró la cadera para detenerla.

—No. Después te dolería, tenemos que parar —susurró.

Sarina se ruborizó, y se quedó inmóvil.

—Perdona...

—Seguiría durante horas si no fuera a dolerte, me vuelve loco mirarte —le dijo él con voz tensa, mientras la contemplaba con ojos ardientes de pasión—. Pero después estarías dolorida.

—Soy... nueva en esto —admitió ella, con un suspiro.

—Ya lo sé —dijo él, emocionado. Le cerró los párpados con los labios, y se estremeció cuando empezó a salir de su cuerpo lentamente, con mucho cuidado. Al tumbarse de espaldas, se estremeció y admitió—: Hace una hora, pensaba que era un inválido.

Ella se apoyó en un codo, y contempló su rostro sonriente.

—¿Qué quieres decir?

—No había hecho el amor desde que perdí parte del brazo, me daba miedo. No sabía si podía, sin la prótesis.

—Hace mucho tiempo que te lo amputaron —dijo ella.

—Sí —dijo. La sencilla respuesta estaba cargada de significado. Enarcó una ceja, y comentó—: Tú y yo encajamos muy bien.

—Ya me he dado cuenta —Sarina se sonrojó.

Colby estiró sus músculos doloridos, y se estremeció.

—Aún no estoy recuperado del todo.

Sarina trazó su boca con los dedos, y comentó preocupada:

—Espero que esto no te perjudique.

—No me importaría ni aunque me matara, habría valido la pena.

—Ha sido muy distinto a la otra vez —dijo ella, mirándolo con curiosidad.

—Estabas asustada, y eras virgen —contestó él con

calma. Hizo una mueca, y añadió—: Además, yo no estaba sobrio. Aún me atormenta saber el daño que te hice.

—Fue una época dolorosa para los dos —le dijo ella, mientras le acariciaba el brazo dañado hasta el muñón—. ¿Es... normal, sentir tanto...?

—Normal, pero no usual —le contestó él, con expresión solemne—. Nunca en mi vida había sentido algo tan poderoso. Con nadie.

Aquellas palabras la reconfortaron, y sonrió encantada.

Colby se puso de lado, y tras atraerla hacia sí, suspiró mientras cubría sus cuerpos con las sábanas.

—Tendríamos que dormir un poco —dijo, antes de apagar la luz.

—Pero...

—Pero estamos desnudos y no es de noche, ya lo sé —soltó una ligera carcajada, y la apretó aún más contra su cuerpo—. Dame el gusto, estoy enfermo.

Sarina deslizó una pierna contra la suya, y suspiró.

—Deja de hacer eso, estoy molido —murmuró él, medio dormido.

Ella sonrió contra su hombro, cerró los ojos y se quedó dormida en cuestión de segundos.

Horas después, se vistieron y fueron a la cocina a comer un poco de sopa, y Sarina empezó a sentirse avergonzada por lo que había pasado; a pesar de que habían estado casados en el pasado, ya no era así, y le remordía la conciencia.

Colby notó su actitud decaída, y no supo qué pensar; con voz suave, le dijo:

—Sarina, estamos empezando a conocernos en las cosas importantes, así que tenemos que aprender a confiar el uno en el otro. Nada de secretos. Nunca.

Sarina se sintió muy incómoda, porque le estaba ocultando un gran secreto que podía cambiar su percepción de ella. Quería contárselo, pero se lo habían prohibido; además, no quería romper aquella nueva intimidad que se había desarrollado entre ellos de forma tan inesperada.

Lo que ella ignoraba era que Colby también se sentía culpable por su propia falta de honestidad en lo referente a su pasado.

—Nada de secretos —accedió ella tras un segundo, con una sonrisa.

Colby le devolvió la sonrisa, aunque sabía que tenía que contarle la verdad cuanto antes, mientras estuviera a tiempo. Esperaba que ella pudiera aceptar su pasado.

Sarina se obligó a regresar a su casa aquella misma noche; no quería hacerlo, pero ya había dejado a Bernadette con los Hunter demasiado tiempo y Colby podía arreglárselas solo.

Cuando fue a la oficina al día siguiente, no tardó en verse inmersa en un torbellino de actividad, ya que debía ponerse al día y tenía mucho trabajo atrasado.

Rodrigo fue a verla y la observó como un halcón, claramente irritado por el tiempo que había pasado cuidando a Colby, y le dijo:

—Va a empezar a sospechar algo.

—¿Y qué? —espetó ella, más bruscamente de lo que había pretendido—. El trabajo no es mi vida entera, Rodrigo.

—Antes sí lo era —comentó él.

—Es el padre de Bernadette, no puedo mantenerlo apartado sin más —le dijo ella, con voz queda.
—¿Por qué no? —Rodrigo entrecerró los ojos, y le preguntó—: ¿Cómo crees que va a reaccionar cuando se entere de cuál es tu verdadero trabajo?

Sarina no quería enfrentarse a aquella pregunta. Colby pensaba que era una simple oficinista con un trabajo relajado, una sombra de la mujer en la que se había convertido en aquellos años, y de repente sintió miedo. Debería habérselo dicho, a pesar de que se había comprometido a guardar silencio, porque sabía que Colby creería que no había confiado en él; además, no iba a gustarle nada enterarse de que ella corría tantos riesgos, y seguramente pensaría que tendría que haberlo dejado por Bernadette. Quizás debería haberlo hecho.

Al ver su expresión atormentada, Rodrigo se sintió culpable por lo que le había dicho y respiró hondo. Estaba claro que Sarina estaba enamorándose otra vez de su ex marido, y él estaba atrapado en medio sin poder hacer nada para evitarlo; se planteó contárselo todo sobre el antiguo trabajo de Colby, pero sabía que no tenía derecho a atormentarla aún más.

—Pronto podrás aclarar las cosas con él —le dijo con calma.

Sarina asintió, y lo miró con tristeza.

—Lo siento, sé que tenías algunas... esperanzas —le dijo con voz suave.

Rodrigo se encogió de hombros, y consiguió esbozar una sonrisa.

—Seguiré estando cerca, por si me necesitas.

—Ojalá hubiera podido ser sincera con él desde el principio, no sé cómo va a tomárselo.

Rodrigo tampoco lo sabía, pero tenía la certeza de que él no tenía ninguna posibilidad.

—Por ahora, tenemos otras cosas en las que pensar. Le hemos dedicado demasiado tiempo a este caso, para arriesgarnos a estropear las cosas ahora.

—Ya lo sé —le dijo ella, con preocupación.

Rodrigo se levantó de la silla, y comentó:

—¿Vamos a practicar el tiro cuando salgamos de aquí?, nos iría bien ejercitarnos un poco.

—Tienes razón. Le preguntaré a Jennifer si le va bien que deje a Bernadette con Nikki por un par de horas.

—Perfecto, hasta luego.

Sarina asintió con gesto distraído.

Estuvieron una hora en el campo de tiro. Sarina sumó más puntos que Rodrigo, y lo miró con una sonrisa traviesa.

—Eso, restriégamelo por la cara —rezongó él.

—A pesar de todo, me ha gustado mucho trabajar contigo —le dijo ella, mientras descargaba su automática.

—Lo mismo digo.

—Ojalá...

Rodrigo levantó una mano, y sonrió con algo de nostalgia.

—No puedes controlar tus sentimientos —le dijo.

—Supongo que no —Sarina posó una mano en su brazo, y añadió—: Gracias por ser mi amigo.
—Siempre lo seré, sin importar lo que pase.

Colby no fue a trabajar en todo el día, y cuando Sarina fue a buscar a Bernadette a casa de Hunter, le dijeron que no había llamado. Estuvo a punto de hacerlo ella al llegar a su casa, pero estaba nerviosa después de su apasionado interludio, y se sentía un poco insegura. Se dijo que a lo mejor él se arrepentía de lo que habían hecho y que por eso no se había puesto en contacto con ella, y le dolió que la intimidad que habían compartido hubiera creado más problemas en vez de arreglar las cosas, que hubiera interpuesto tanta distancia entre ellos.

Entonces pensó que quizás había tenido una recaída, y le dio un vuelco el corazón al imaginárselo en la cama, incapaz de alcanzar el teléfono. Finalmente, se decidió y marcó su número, pero le saltó el contestador y se sintió demasiado insegura de sí misma para dejarle un mensaje. Intentó llamar a Hunter, pero tampoco pudo localizarlo, y no volvió a intentarlo porque Bernadette le estaba lanzando miradas de extrañeza y no quería preocuparla.

Aun así, su preocupación no se desvaneció. Tras hornear dos panes de plátano, los metió en un recipiente de plástico y los guardó en su coche debajo de una revista, para que Bernadette no preguntara por ellos, pero no pudo dejar de pensar en Colby. Hunter le había comentado aquella mañana que estaba mejor y que pensaba volver al trabajo el lunes, pero, aun así, había esperado que él la llamara en persona.

El sábado, después de dejar a Bernadette en casa de los Hunter para que pasara el día con Nikki, decidió ir a verlo a su casa.

Un poco insegura, llamó a la puerta mientras practicaba la excusa que iba a darle para explicarle su presencia allí, en caso de que él no se alegrara de verla. Apretó con fuerza el recipiente con los panes de plátano mientras esperaba, sin saber si él iba a enfadarse con ella por aparecer por allí sin que la hubiera invitado.

Cuando la puerta se abrió, se llevó la impresión más fuerte y desagradable de su vida al encontrarse cara a cara con una guapa rubia que llevaba sólo un albornoz.

—¿Sí? —le dijo la mujer, con una sonrisa amable.

Sarina fue incapaz de articular una sola palabra al comprender por qué Colby no se había molestado en llamarla, por qué la había evitado. Se había ido de inmediato con aquella mujer, igual que se había ido con Maureen años atrás. ¿Por qué había creído que había cambiado?, los hombres infieles siempre reincidían, ¿por qué se había engañado a sí misma?

La otra mujer vaciló al ver su rubor y su expresión indignada, pero antes de que pudiera hablar, Colby apareció en la puerta con el pelo húmedo de la ducha y una toalla azul alrededor de las caderas.

—Cecily, iba a... —se detuvo en seco, con una expresión casi cómica y la boca abierta, y se sonrojó violentamente al darse cuenta de la pinta que tenía la situación. Cecily y él estaban recién salidos de la ducha, aparentemente solos, y Sarina los contemplaba destrozada—. Sarina...

Ella tragó con dificultad, y consiguió recuperar algo de compostura.

—Bernadette y yo preparamos pan de plátano, y me

pidió que te trajera un poco —mintió entre dientes, con una sonrisa forzada—. Pareces... muy recuperado.

Colby no supo qué decir; de hecho, ni siquiera podía hablar. Sabía lo que ella creía, y que las probabilidades de que escuchara su explicación eran las mismas de que le tocara la lotería. Estaba claro que ella no iba a creerse que todo era un malentendido.

Sarina le dio el recipiente de plástico a Cecily con un gesto brusco.

—Ten, podéis compartirlo —le dijo, antes de irse a toda prisa hacia el refugio de su coche.

Al ver la expresión angustiada de Colby, Cecily supo que estaba muy afectado. Hacía mucho tiempo que eran amigos, así que sabía que él no querría hablar de lo sucedido, y soltó un suspiro mientras deseaba que su marido saliera de la ducha cuanto antes.

—¿Quién es? —le preguntó finalmente, incapaz de contenerse, cuando volvieron a entrar en la casa.

—Mi ex mujer —le contestó él con voz tensa, sin volverse hacia ella.

Cecily se lo quedó mirando, boquiabierta, y exclamó:
—¿*Tu qué?*

—He estado casado dos veces —admitió él, sin ninguna inflexión en la voz—. Sarina fue mi primera mujer —tragó con dificultad, y añadió—: Tenemos... tenemos una hija, Bernadette. Tiene siete años.

Cecily se dejó caer de golpe en una silla de la cocina.

En ese momento, Tate Winthrop entró en la habitación, secándose su pelo largo con una toalla. Era un siux lakota, y su ascendencia era mucho más visible que la de Colby. Sus ojos oscuros fueron de su mujer a su mejor amigo, y les preguntó:

—¿Qué pasa?

—La ex mujer de Colby ha venido, y nos ha visto así —dijo Cecily, mientras se acercaba a su marido.

—¿Maureen? Es imposible, su marido y ella están de camino a Nassau. Por eso me pidió que te diera esos papeles que encontró —dijo Tate, perplejo.

—No era Maureen —le dijo Colby.

—Al parecer, tiene dos ex mujeres —comentó Cecily—. Ésta es rubia, y tienen una hija juntos.

Tate se apoyó contra la encimera.

—¿Una hija?, creo que tengo fiebre —dijo, mientras se llevaba una mano a la frente.

—Puede, pero él sigue teniendo una hija. ¿Tú lo sabías? —le preguntó a Colby.

—No, me enteré hace unos días. Fue toda una sorpresa —confesó.

—Entonces, ¿qué haces aquí?, ve a buscarla —le dijo Cecily—. ¡Haznos una foto a los tres, y explícale que no pasaba nada!

—Haz que te escuche —intervino Tate.

Colby no se dejó convencer.

—Es más fácil decirlo que hacerlo. Será mejor que le dé un rato para que llegue a casa y se tranquilice, después la llamaré.

No añadió que tendría suerte si Sarina no le colgaba el teléfono en cuanto oyera su voz, porque Cecily no sabía que ella debía de estar recordando que la había dejado tirada por Maureen; seguramente, pensaba que la historia se estaba repitiendo, sobre todo porque no la había llamado después de su apasionado encuentro. Sarina estaría dolida y resentida, culpándolo de todo el dolor que había tenido que soportar en el pasado. Apenas acababan de empezar de nuevo y ya la estaba perdiendo, y todo porque se había sentido inseguro de sí mismo y de los nuevos y frágiles sentimientos que habían surgido entre ellos, y no se había atrevido a llamarla porque estaba avergonzado de haberla seducido deliberadamente. Había tenido la intención de llamarla ese mismo día para intentar averiguar en qué punto estaban las cosas, pero por la expresión que había visto en sus ojos, sabía que ya era demasiado tarde y que nunca creería que Cecily y él sólo eran amigos.

Cecily lo miró disimuladamente. Al ver que se mostraba reacio a llamar a la mujer, quiso decirle que se equivocaba al posponer la explicación aunque fueran unos minutos, pero Colby salió de la cocina antes de que pudiera abrir la boca.

Tate la miró con una expresión elocuente. Colby parecía tener un afán autodestructivo, y aunque había dejado de beber, seguía sin encontrar su camino.

Colby intentó llamar a Sarina al cabo de unos minutos, pero tal y como había esperado, ella le colgó de inmediato. Intentó localizarla en el móvil, pero parecía tenerlo desconectado, así que se conformó con enviarle un mensaje de texto con la esperanza de que acabara recibiéndolo.

La razón por la que había dudado cuando ella se había ido corriendo era lo mal que la había tratado en el pasado, pero no quería admitirlo ante sus amigos, que iban a marcharse a la mañana siguiente. Finalmente, decidió que lo mejor era ir a su casa para explicarle lo que había pasado; aunque aún seguía un poco débil, sería capaz de meter el pie en la puerta y negarse a marcharse hasta que ella lo escuchara. Sarina tenía que recordar lo compenetrados que habían estado, lo mucho que ella le importaba; no se lo había dicho con palabras, pero ella había tenido que darse cuenta. Todo saldría bien.

Quizás habría sido así, si el destino no hubiera decidido interponerse en su camino. Justo después de comer, recibió una llamada urgente de Hunter.

—¿Estás bastante bien para entrar en acción?

Aunque aún no estaba recuperado del todo, Colby estaba harto de estar inactivo, así que contestó:

—Claro, ¡qué pasa?

—Nos han soplado que esta noche va a haber movimiento en el almacén, hemos organizado un grupo conjunto para preparar la trampa, y me gustaría que vinieras.

—Claro —dijo Colby de inmediato—. ¿Donde, y cuándo?

Hunter le dio las indicaciones, y se despidieron minutos después.

—Tengo que irme —les dijo a Tate y a Cecily—. Tenemos un problema desde hace bastante tiempo, y con un poco de suerte, esta noche zanjaremos el asunto.

—No dejes que te disparen antes de arreglar las cosas con Sarina —le dijo ella con firmeza. Sacó una foto de su bolso, en la que estaban Colby y ellos con su hijo, y se la dio antes de añadir—: Enséñasela, entenderá muchas cosas.

—De acuerdo, gracias —contestó Colby, mientras se metía la foto en la cartera.

—Todo va a salir bien, ya lo verás —le dijo ella, con una sonrisa tranquilizadora.

Colby soltó una carcajada, la abrazó y después hizo lo mismo con Tate.

—Bueno, al menos aún me quedan esperanzas —dijo.

Retrocedió un paso, y admitió–: No sabía lo mucho que podía llegar a significar un hijo hasta que supe que Bernadette era mía. Ojalá pudierais conocerla –añadió, con cierta tristeza.

–No te preocupes, la conoceremos la próxima vez que vengamos a verte –le dijo Tate.

–Trato hecho. Bueno, será mejor que me ponga en marcha.

–Colby, quería comentarte una cosa –le dijo Tate, mientras lo seguía a su dormitorio–. Hablé con Maureen antes de venir.

–Eso está acabado y enterrado –dijo Colby con brusquedad.

–Ya lo sé, pero hay algo que tienes que saber –insistió Tate–. Podemos hablar mientras te vistes, ¿no?

Colby suspiró con enfado, pero al final asintió.

Tate cerró la puerta tras ellos, y dejó un grueso sobre encima del tocador.

–Me dio esto para ti.

Colby frunció el ceño, abrió el sobre y se encontró con...

–¿Los papeles de la anulación? –exclamó, mientras hojeaba las páginas–. Sarina los firmó, pero... ¡yo no lo hice! –dijo, mirando con incredulidad los espacios en blanco donde debería figurar su firma–. Pensé que su padre se las había ingeniado para hacerlo sin mi ayuda... estaba fuera del país cuando llegaron y nunca llegué a verlos, Maureen me dijo que los había firmado por mí... ¡me mintió!

–¿No te preguntaste nunca por qué te resultó tan fácil casarte con Maureen? –le preguntó Tate, con mucho cuidado–. Ni siquiera tuviste que presentar documentos identificativos, ¿verdad?, y no viste el contrato matrimonial.

Colby sintió un frío súbito en la boca del estómago.

—¡Suéltalo de una vez! —exclamó, impaciente.

—Maureen me confesó que nunca estuvisteis casados legalmente —admitió Tate—. Según una cláusula en el testamento de su primer marido, ella no habría heredado nada si volvía a casarse.

—No pudo recibir ni un penique del seguro, porque él se suicidó. Sarina me lo dijo.

—Sí, pero la nombró beneficiaria de unos miles de dólares y de unas cuantas acciones de una petrolera, y Maureen no estaba dispuesta a renunciar a su herencia.

Colby intentó asimilar todo aquello, y fracasó estrepitosamente.

—Aún estoy casado con Sarina.

—Exacto. Maureen no tuvo el valor de decírtelo a la cara. Me dijo que lo sentía, pero que, de todas formas, tampoco había planeado quedarse contigo para siempre.

—Ya lo sé. Le gusta el horario del banquero y el hecho de que el tipo heredará la fortuna de su padre algún día.

—Según tengo entendido, se quedó embarazada de él para tenerlo todo bien atado —comentó Tate con frialdad—, porque su nuevo suegro quería asegurarse de que no se había casado con su hijo por su dinero.

Colby se limitó a asentir, y no le dijo a su amigo que Maureen le había hecho creer que era estéril. No era necesario. Recorrió con un dedo los documentos sin firmar, pensando que suponían una complicación más; ¿cómo iba a decirle a Sarina que aún estaban casados, si ella volvía a odiarlo?

—Me pregunto por qué el padre de Sarina no insistió en la anulación —comentó Tate.

Colby apenas lo estaba escuchando, pero le dijo:

—Seguramente, pensó que el abogado se había ocupado del asunto, nunca se preocupaba de los detalles que podían solucionar sus subordinados; además, yo ya había salido de la vida de Sarina, y eso era lo único que le importaba... al menos, hasta que se enteró de que estaba embarazada. La echó a la calle, y ella estuvo a punto de perder a Bernadette; estuvo viviendo prácticamente como una indigente y además enferma, sin que yo lo supiera. Me llamó cuando yo estaba en África, y Maureen le dijo que se mantuviera apartada de mi vida, que yo no quería saber nada de ella... ¡ni siquiera me dijo que había llamado!

Al ver que Tate hacía una mueca, Colby dijo:

—Maureen ha tenido suerte de no haberme llamado a mí directamente.

—A lo mejor ni siquiera te habría enviado los documentos si hubiera sabido que estás en contacto con Sarina. El destino nos lleva por caminos sorprendentes, ¿verdad?

—Sí.

—Háblame de tu hija, ¿cómo es?

La cara de Colby se iluminó con una sonrisa.

—Es igualita a mí —dijo, lleno de orgullo—. Es tozuda y orgullosa, no le tiene miedo a nadie y además es muy inteligente, como su madre.

—¿A qué se dedica Sarina?

—Es oficinista en una compañía petrolífera —admitió Colby, con un suspiro.

—Entonces, no es una mujer de carrera, ¿no? —murmuró Tate.

—Por suerte para mí —dijo Colby, mientras sacaba su

ropa del armario–. Nunca podría tener una relación estable con una mujer con una profesión estresante.

Colby no dejó de hablar mientras se vestía de la miniatura femenina que era clavadita a él, y Tate sonrió al ver su entusiasmo, porque siempre había pensado que Colby sería un buen padre. Años atrás, había tenido miedo de que su amigo eligiera a Cecily como la madre de sus hijos, pero ella lo había elegido a él y llevaban mucho tiempo felizmente casados.

–¿Cómo es Sarina? –le preguntó.

–Rubia, esbelta y muy guapa. Tiene los ojos oscuros, y es una madre fantástica.

–A lo mejor Cecily y yo podemos conocerla en mejores circunstancias.

–Es una pena que las cosas hayan salido así hoy. Había planeado ir a verla, pero no puedo dejar tirado a Hunter. Queremos atrapar a unos traficantes de drogas, y tengo que estar allí.

–Dispara recto, y acuérdate de agacharte –le dijo Tate.

–Oye, que no se me ha olvidado todo –Colby soltó una carcajada, y le dio una palmada a su amigo en el hombro–. Espero volver esta misma noche.

–Si no puedes, cerraremos con llave cuando nos vayamos. Pero quiero saber lo que pasa con Sarina y con los traficantes.

–No te preocupes, te lo contaré aunque sea por teléfono.

Al llegar al aparcamiento de la oficina, Colby vio que el coche de Hunter ya estaba allí. Tras comprobar su arma y sacar un cargador de repuesto de la guantera, salió del todoterreno y fue directamente al despacho de Ritter. Allí ya estaban Eugene, dos agentes de la DEA incluyendo a Alexander Cobb, y cinco miembros de los departamentos antidroga de diferentes cuerpos policiales. Hunter se los presentó a todos, y después se lo llevó a un lado para poder hablar con él.

—Aún estás pálido. Si no estás en condiciones de hacer esto, dímelo —le dijo en voz baja.

—No habría venido si estuviera mal, sabes que nunca pondría en peligro la vida de un compañero de forma deliberada —le contestó Colby con firmeza.

Hunter sonrió, y le dio una palmada en la espalda.

—Muy bien —dijo, antes de entregarle una HK MP-5.

—Echo de menos mi vieja Uzi —bromeó Colby, mientras sopesaba el arma—. ¿Es legal utilizar éstas?

—Sí, cuando se está colaborando con agentes federales. No te preocupes, y úsala sin preguntarme de dónde la he sacado —dijo Hunter con una carcajada, mientras miraba de reojo al equipo del SWAT, que ya había empezado a pertrecharse.

—De acuerdo.

Colby enfundó su Glock, y comprobó el cargador de la MP-5 antes de poner el seguro.

Alexander Cobb se colocó frente al grupo, y dijo:

—Tenemos a dos agentes en el almacén. Los empleados los conocen, y aparentemente sólo están comprobando un envío para el señor Ritter, así que su presencia no levantará sospechas. Si ven algo sospechoso, nos...

Cobb se detuvo en seco cuando su móvil empezó a sonar, lo abrió y respondió de inmediato. Tras escuchar durante unos segundos, contestó que iba de camino y cortó la comunicación.

—Tenemos luz verde —les dijo—. Están justo antes de la primera fila de palés, y ha habido disparos. No os disparéis entre vosotros —añadió, con una pequeña sonrisa.

Los agentes se pusieron de inmediato sus chaquetas, donde aparecían en grandes letras las siglas que identificaban sus respectivos cuerpos policiales, y Hunter y Colby intercambiaron una mirada, ya que ellos no tenían nada para que se les reconociera.

Se distribuyeron en varios coches, y se dirigieron a toda velocidad al almacén principal, que estaba muy cerca de allí. El aparcamiento estaba muy bien iluminado, y vieron de inmediato una furgoneta vacía junto al muelle de carga. Justo cuando los agentes se bajaron de los vehículos y empezaron a entrar en el almacén con las pistolas empuñadas, se oyeron más disparos.

Colby se detuvo un segundo junto a la puerta para sacar su arma y amartillarla, pero cuando se disponía a entrar, un agente de la policía local se acercó a él.

—¡Quieto ahí!, ¡no llevas identificación! —le dijo el hombre, con voz amenazante—. ¿Quién eres?, ¿qué haces aquí? Nos dijeron que esperáramos a recibir órdenes.

—Soy del equipo de seguridad de Ritter —le dijo Colby.

—Ah, un poli de alquiler —comentó el hombre, con cierto desdén—. No te pongas en medio cuando entremos, puede que te hagas daño.

Colby le lanzó al tipo una mirada gélida, y le dijo con firmeza:

—Tú quédate esperando órdenes si quieres, yo voy a entrar —antes de que el policía pudiera decir una palabra, entró en el almacén con la MP-5 en posición.

Dos hombres con armas automáticas abrieron fuego, parapetados tras unas cajas amontonadas sobre unos palés de madera que había a lo largo de un pasillo.

Colby se echó al suelo, rodó y disparó dos veces seguidas, y cuando uno de los dos hombres se desplomó, él volvió a levantarse y empezó a correr por el pasillo. Después de los largos años que había pasado en contrainteligencia y operaciones encubiertas, aquello le resultaba más que familiar. Era vagamente consciente de que el policía iba detrás de él, y al ver algunas siluetas escondidas en las sombras de la pared opuesta del enorme almacén, supuso que probablemente era el grupo de asalto.

Se preguntó dónde estarían los agentes que Cobb había mandado a vigilar, pero no tenía tiempo de preocuparse por civiles, porque estaba hasta el cuello con los traficantes. Parecía que salían de todas partes.

Le dio un golpecito al transmisor que tenía en el oído y que lo mantenía en contacto con Hunter y los demás, pero no funcionaba. Rápidamente, se llevó la mano a la espalda, y tocó un cable suelto. La conexión estaba rota, pero no podía pararse a arreglarla, porque otro tipo le estaba disparando.

Se escondió de un salto detrás de unas cajas apiladas, y cerró los ojos para concentrarse en los ruidos que había a su alrededor. Cuando sintió que una tabla crujía sobre su cabeza y el sonido de alguien respirando justo detrás de él, se volvió como una exhalación con la MP-5 preparada y apuntando... justo a la nariz del policía.

El hombre apenas tuvo tiempo de soltar una exclamación antes de que Colby, con una maldición, levantara la pistola en un ángulo de cuarenta y cinco grados y disparara varias ráfagas a una sombra que se movía. Tras detenerse por una milésima de segundo, disparó varias veces más justo por delante de un segundo crujido que acababa de oír. Se oyó un grito de dolor, y el golpe de algo al caer sobre las tablas.

Colby se volvió, haciendo caso omiso de la mirada cargada de curiosidad del policía, y avanzó por el pasillo tan sigilosamente como pudo, con una falta de ritmo deliberada. En su papel de cazador, había aprendido que los pasos rítmicos siempre indicaban la presencia de un ser humano, sobre todo en la jungla, y allí también podía ser un sonido revelador, a pesar de que llevaba suelas de goma. A su espalda, los pasos del policía imitaron su táctica.

Respiró hondo mientras iba avanzando. Al oír varios disparos, se preguntó si Hunter estaba en algún atolladero, y maldijo el inútil aparato electrónico que llevaba al oído. No tenía ni idea de dónde estaban los otros miembros del grupo, o dónde estaban los agentes infiltrados... ni siquiera sabía quiénes eran, o qué aspecto tenían. La situación tenía todas las papeletas para convertirse en una tragedia, sería un milagro si la operación acababa bien.

Pensó en Sarina y en Bernadette, y en lo desoladora que iba a ser su vida sin ellas si no conseguía arreglar las cosas; sin embargo, sabía que era peligroso distraerse en ese momento, y se concentró en la situación que tenía entre manos.

Dos hombres empezaron a cruzar corriendo el pasillo, disparando sin parar, y Colby derribó a uno de ellos con un tiro en la pierna.

—¡Ocúpate del otro! —le gritó al policía.

El hombre avanzó por el pasillo con la pistola levantada cerca de la oreja, preparado para disparar. Un tiro cercano quebró el súbito silencio, pero lo siguieron dos más, que provenían de dos armas distintas. Colby había aprendido a detectar la diferencia mucho tiempo atrás.

Al doblar la esquina, llegó a tiempo de ver cómo un hombre vestido de negro cruzaba el pasillo y desaparecía detrás de unas cajas. En el suelo, doblado sobre sí mismo, había un individuo con una gorra de béisbol y una chaqueta negra con el distintivo de la DEA en grandes letras a la espalda. El tipo parecía estar herido.

Colby se acercó corriendo al agente y se arrodilló a su lado, sin dejar de controlar la zona por si aparecían más hombres armados.

—¿Te han dado? —le preguntó con voz cortante.

—Es sólo... una herida superficial —contestó una voz extrañamente familiar—. ¡No te quedes aquí parado, ve a por él!, ¡no dejes que ese malnacido se escape!

Colby se volvió hacia ella, completamente boquiabierto, y se encontró de lleno con sus ojos marrones y su cara acalorada. La gorra escondía su melena rubia.

—¿*Sarina*? —exclamó, aturdido—. ¡Sarina!, ¿qué demonios estás haciendo aquí?

Ella lo fulminó con la mirada, y le dijo hecha una furia:

—Eso no importa, es Brody Vance. Está con los traficantes, me ha disparado. ¡Ve a por él!

—¡Estás herida! —dijo él con brusquedad. Tenía la mirada fija en la parte superior de su manga, que estaba rasgada, mientras intentaba encajar lo que estaba viendo con su trabajo de oficinista.

—Me ha atravesado limpiamente. Colby, estoy bien, de verdad. ¡No dejes que Vance se escape! Ah, y no le dispares a Rodrigo, es de los nuestros.

En ese momento, el policía llegó junto a ellos y se quitó la corbata rápidamente.

—Yo me ocupo de ella, estás mejor armado que yo —le dijo a Colby con expresión solemne—. ¡Ve, rápido!

Colby le lanzó a Sarina una última mirada angustiada, antes de ponerse de pie y de alejarse rápidamente por donde Vance se había ido.

11

Colby tuvo que obligarse a pensar de nuevo con lucidez. El golpe de ver a Sarina herida ya había sido bastante duro, sin la certeza casi total de que estaba trabajando para la DEA. Tenía una pistola y aparentemente sabía utilizarla, así que tenía destrezas que no le había revelado ni siquiera después de acostarse juntos, y las implicaciones de aquello le dolían. Le había mentido, le había hecho creer que tenía un trabajo seguro y aburrido, y de repente se la encontraba participando en una peligrosa redada... ¡tenía una hija!, ¿acaso se había vuelto loca?

Cuanto más pensaba en ella, más se avivaba su enfado, pero el súbito sonido de disparos desde el fondo del almacén captó su atención. Se acercó sigilosamente, con la MP-5 levantada y lista, y los ojos brillantes de furia. Que Dios se apiadara del traficante que se le pusiera delante en ese momento.

Con la espalda contra un montón muy alto de cajas, asomó cuidadosamente la cabeza para echar un vistazo y vio a Rodrigo Ramírez en medio del pasillo de espaldas a él, y con las manos levantadas. Él también llevaba una chaqueta de la DEA, y de repente, todo encajó en su lugar: ¡Rodrigo y Sarina no eran amantes, sino compañeros! De hecho, estaba seguro de que eran los dos agentes infiltrados de los que Cobb le había hablado. Habían estado justo delante de sus propias narices sin que él se diera cuenta de nada, y se preguntó si Hunter sabía la verdad.

Apretó los dientes con fuerza, completamente furioso, pero en ese momento no tenía tiempo para entretenerse con especulaciones. Estaba claro que uno de los traficantes había atrapado a Rodrigo, y estaba hablando por teléfono y asintiendo de vez en cuando sin quitarle la vista de encima.

Aprovechando que estaba distraído, Colby salió al pasillo de repente y lo derribó con un rápido disparo en la cadera. Sin perder ni un segundo, le apuntó con el arma sin prestar atención alguna a Rodrigo, y le dijo:

—¿Dónde está Vance?, ¡contéstame!

El hombre hizo una mueca de dolor, y tras apartar de una patada su móvil, Colby apoyó una rodilla en el suelo y puso un pulgar justo encima de la carótida del hombre.

—Dímelo, o te mato aquí mismo —le dijo suavemente, con una voz más cortante que un cuchillo.

Al ver el brillo de sus ojos, el tipo se dio cuenta de que hablaba muy en serio, y después de conseguir tragar con dificultad, confesó que Vance había escapado hacia una barcaza que estaba anclada en el canal que había detrás del almacén.

Rodrigo se acercó a ellos, y se agachó a sacar su cuarenta y cinco del cinturón del traficante.

—Entonces, vamos a tener que trabajar entre civiles

—comentó con frialdad, mientras comprobaba el arma y le ponía el seguro.

Colby se levantó, y miró a Rodrigo por primera vez.

—Sarina y tú sois de la DEA —le dijo, con voz tensa.

Rodrigo le devolvió la mirada con la misma furia contenida, y admitió:

—Sí, y tú no eres un militar. Sabía que me sonabas de algo, pero me costó acordarme. Yo estaba en África hace seis años, cuando Cy Parks te hizo interrogar a un prisionero, y nunca olvidé tu técnica. La información que conseguiste salvó muchas vidas, así que te debíamos un favor, aunque tus métodos fueron... poco usuales.

Colby recordó a un hombre vestido de camuflaje y con unas gafas de sol, que había formado parte de otro grupo paramilitar en el que estaban Dutch, Archer y Laremos.

—Estabas con Archer —dijo, mirándolo con atención.

—Sí, y tú con Parks. Los dos éramos mercenarios.

—¿Lo sabe Sarina?

—No, no sabe nada... sobre ninguno de los dos —le dijo Rodrigo, mirándolo con fría antipatía.

Colby no hizo ningún comentario al respecto, pero le sorprendió que no le hubiera delatado.

—Crees que me tienes acorralado, ¿verdad? —añadió Rodrigo—. A Sarina no le importaría saberlo, somos compañeros desde hace tres años.

—Sois agentes de campo de la DEA, ¿verdad? ¡Tiene una hija pequeña!

Rodrigo había pensado que Colby se enfadaría al enterarse del verdadero trabajo de Sarina, pero no había esperado que reaccionara tan mal. ¡El tipo estaba lívido!

—Es igual, no podemos perder el tiempo con problemas personales —añadió Colby con sequedad—. Tenemos que atrapar a los traficantes.

—¿Dónde está Sarina? —le preguntó Rodrigo.

—Con un agente local. Tiene una herida de bala, pero sólo es superficial —dijo Colby, apartando la mirada.

Rodrigo luchó contra el impulso de ir corriendo a su lado. Sabía cuál era su deber, y tenía que cumplir con él. Volvió a sacar su arma, y miró a Colby antes de decir:

—¿Por qué tienes una MP-5, y yo una simple pistola?

—Me la ha dado Hunter, le caigo bien —le dijo Colby, con una expresión de superioridad.

—Yo también le caigo bien —protestó Rodrigo, con tono cortante.

—¿Ah, sí? Pues yo le caigo mejor. Venga, vamos —dudó un momento antes de doblar otra esquina, y le dijo—: Si tu transmisor aún funciona, será mejor que le digas a los demás adónde vamos.

El canal estaba lleno de embarcaciones, desde lanchas a barcazas, y discurría entre los almacenes y las oficinas navieras que salpicaban la orilla. Había civiles por todas partes.

—¡Maldición!, ¿cuál será? —dijo Colby, al ver por lo menos tres barcazas amarradas en distintos embarcaderos.

Rodrigo estaba pensando a toda prisa, comparando los nombres de las embarcaciones con las listas de carga que había estado revisando horas antes.

—La negra, la *Bogotá* —dijo de inmediato.

—¿Estás seguro?

—No, pero las probabilidades son muy altas —dijo, mientras corría hacia la barcaza en cuestión—. Cara Domínguez es de Colombia.

—No está mal —admitió Colby, a regañadientes.
Rodrigo enfundó su arma, y le dijo:
—Será mejor que guardes la tuya. Si saben que estamos buscando a Vance, no nos dejarán subir a bordo.
—Él mismo les dirá que vamos tras él —le dijo Colby.
Rodrigo se quitó la chaqueta de la DEA y la dejó sobre unas cajas.
—Seguro que está escondiéndose en la parte de abajo, probablemente ni siquiera nos vea llegar.
—¿Se te ocurre cómo vamos a poder subir a la barcaza?
—Espera y verás —le dijo Rodrigo, sonriente.
Sin hacer caso de la mirada feroz que le lanzó Colby, fue hacia la embarcación con paso firme y se detuvo cerca del capitán, que estaba comprobando la lista de la carga con otros dos hombres.
—Buenas tardes —le dijo Rodrigo en español—. Tenemos entendido que está preparándose para zarpar en breve.
—Sí —contestó el capitán, mirándolo con suspicacia—. ¿A usted qué le importa?
Rodrigo se sacó la cartera y le dejó ver la placa por un segundo, lo justo para que el hombre viera lo que era, pero sin poder leerla.
—Somos de la sección de Inmigración y Aduanas, y tenemos razones para creer que hay dos pasajeros ilegales en su embarcación. Hemos venido a detenerlos.
El capitán, que se había puesto tenso y nervioso, se relajó de golpe.
—¿Buscan a ilegales?, bueno, a lo mejor llevamos uno o dos, no tengo tiempo para comprobar los papeles de toda mi tripulación. ¿Cómo se llaman?
—No tenemos sus nombres, sólo su descripción —con-

testó Rodrigo, sin inmutarse–. Los reconoceré en cuanto los vea, he visto fotografías suyas.

El capitán frunció el ceño, y le echó un vistazo a su reloj.

—Tengo un horario que cumplir... —empezó a decir.

—Quince minutos —lo interrumpió Rodrigo—, sólo necesito eso. Mi ayudante y yo los encontraremos enseguida, si nos permite subir a bordo —al ver que el capitán seguía dudando, añadió—: Tardaremos más si tengo que llamar a mis superiores para pedirles que me envíen refuerzos.

El capitán debió de darse cuenta de que aquello atraería aún más atención, porque carraspeó y dijo:

—Vale, pero sólo quince minutos.

—Por supuesto —le aseguró Rodrigo.

Le hizo un gesto a Colby, y subieron a la barcaza sin ningún problema.

—Eres bastante útil —comentó Colby.

—Trabajo mucho de forma encubierta, por eso me asignaron a esta misión —le lanzó una rápida mirada, y admitió—: Me infiltré en la organización de López hace varios años, tengo información de primera mano sobre cómo se transporta la droga.

Muy a su pesar, Colby se sintió impresionado.

—Cy Parks comentó que conocía a un agente infiltrado, supongo que se refería a ti.

—Un primo mío trabajó para López, pero lo mataron poco después de la última redada a gran escala en Jacobsville. López también mató a mi hermana. Trabajaba en un club nocturno y él se encaprichó de ella, pero la mató cuando lo rechazó.

—Lo siento —le dijo Colby, con sinceridad.

—Podría haber sido yo, pero tuve suerte.

Rodrigo no le contó que Alexander Cobb se había puesto furioso al descubrir que él era uno de los dos agentes infiltrados de la DEA, porque le había registrado el despacho después de la muerte de su hermana.

Cuando llegaron a cubierta, siguieron caminando con naturalidad. Los marineros con los que se fueron cruzando los miraron extrañados, sin saber cómo reaccionar al ver a dos tipos trajeados paseándose tan tranquilos por allí.

—Si Vance nos ve, echará a correr, sobre todo después de haber herido a Sarina. El asalto a un agente federal...

—Es un delito —acabó Rodrigo por él. Le lanzó una mirada inexpresiva, y enfatizó—: Lo queremos vivo.

Colby lo miró con un brillo gélido en sus ojos oscuros.

—Estará vivo... más o menos.

—No —le dijo Rodrigo con firmeza—, tenemos que localizar a sus cómplices. Cara Domínguez sigue en libertad, dirigiendo los asuntos del cártel de drogas, y Vance puede llevarnos hasta ella.

—Eres un aguafiestas —le dijo Colby, furioso.

—A mí también me gustaría pegarle un tiro, pero no podemos hacerlo. Aún no.

Colby se animó de inmediato.

—Vale, después podríamos hacernos pasar por agentes de policía, y ofrecernos a llevarlo al juzgado.

Rodrigo ahogó una carcajada.

—Tienes que dejar de pensar como un mercenario, aquí hay que seguir unas normas.

—Aunque no haya que romper las normas, tampoco hay que seguirlas al pie de la letra.

—¿No fue por eso por lo que te mandaron de vuelta a casa cuando estabas en África?, ¿por no seguir las normas al pie de la letra con tus... originales técnicas de interrogación?

—Conseguí que me dieran la información —protestó Colby.

—Pero no de forma voluntaria —cuando llegaron a la escalera que llevaba a la bodega de carga, Rodrigo se detuvo por un segundo y le dijo—: Ten cuidado, aún está armado y esperará que alguien le haya seguido.

Colby le lanzó una mirada rebosante de sarcasmo, y se metió la mano en la chaqueta para sacar su arma automática.

Al verla, Rodrigo frunció el ceño y refunfuñó:

—A mí también tendrían que haberme dado una de ésas.

—¿No quieres admitir lo mal tirador que eres?

—¿Y tú?

Cuando entraron en la bodega de carga, Colby se quedó quieto y le indicó a Rodrigo con un gesto que se hiciera a un lado. Permaneció completamente inmóvil, sin apenas respirar, y se sintió agradecido de que Rodrigo tuviera un historial similar al suyo, porque un compañero ruidoso habría hecho que los mataran. Justo delante de ellos había dos hombres hablando con Brody Vance, que estaba temblando de miedo mientras se apartaba el pelo sudoroso de la cara.

—¿Te han reconocido? —le preguntó uno de los hombres.

—¡No! —exclamó Vance—. Estoy seguro de que no... bueno, el agente al que le he disparado me ha visto, pero no estaba lo bastante cerca para reconocerme. Aunque había algo familiar en él... en fin, que... —se quedó callado durante un segundo, y soltó un gemido—. ¡Le he disparado!, ¡puede que lo haya matado!

—Eso no importa —le dijo el otro hombre, con una voz sin acento alguno—. Si no te han reconocido, puedes volver.

—¡No!, ¡me descubrirán, iré a la cárcel!

El primer hombre le apuntó al corazón con una pistola, y le preguntó:

—¿Qué prefieres, ir a la cárcel o morir?

Vance levantó las manos, aterrorizado.

—¡Por favor! ¡Por favor, no me mates!

Colby estaba pensando a toda velocidad. Rodrigo y él podían tomarlos por sorpresa, dispararles a los tres y arrestar a los supervivientes, pero si Vance no sabía que lo habían reconocido, sería útil que continuara en su puesto. Si sabían manejarlo bien, acabaría llevándolos hasta Cara Domínguez, porque el tipo era un cobarde.

Miró a Rodrigo por encima del hombro, vio el brillo de astucia en su mirada y le señaló con la cabeza la escalera de acceso. Sin emitir ni un sonido, Rodrigo retrocedió hasta perderse de vista, y empezó a subir. Colby lo siguió, y cerró su chaqueta para ocultar su arma.

Bajaron juntos por la pasarela hasta el embarcadero, y se acercaron al capitán.

—Está limpio, no hemos encontrado ningún ilegal en su embarcación. Gracias por su tiempo —le dijo Rodrigo, con una sonrisa.

—De nada —contestó el capitán, visiblemente aliviado.

—Que tenga un buen día —añadió Rodrigo, antes de volver con Colby hacia el almacén.

—Eres rápido, no sabía si me entenderías antes de que nos vieran. De momento, Vance es más valioso en su puesto que en la cárcel —comentó Colby, cuando llegaron a la puerta del almacén.

El equipo del SWAT, el personal de la DEA y los otros agentes estaban ocupándose de limpiar la zona.

—Sí, es verdad —dijo Rodrigo—. Tengo que arreglar las cosas con Cobb antes de que me pegue un tiro, le debo varias disculpas —dijo, sin entrar en detalles—. Pero antes quiero ver cómo está Sarina.

Colby entró tras él en el almacén. Aunque sabía que ella estaba bien, que sólo tenía una herida superficial sin gravedad, sentía una mezcla extraña de culpabilidad, indignación y furia.

Ella estaba en la parte delantera con los auxiliares médicos, y aunque levantó los ojos cuando los oyó acercarse, fue incapaz de enfrentarse a la fría mirada de Colby.

Rodrigo se agachó junto a ella, y la miró con preocupación.

—¿Estás bien? —le preguntó con suavidad.

La sonrisa que ella le regaló a su compañero hizo que Colby se tensara.

—Sí, no te preocupes —Sarina le puso una mano en el hombro, y le preguntó—: ¿Y tú?

Él asintió, y le cubrió la mano con la suya.

—¿Habéis pillado a Vance? —le preguntó ella a Colby, mientras lo miraba por primera vez.

—No. No te ha reconocido, y como aún está relacionado con la operación de Domínguez, vamos a fingir que no sabemos nada para intentar atraparla.

Sarina empezó a protestar, indignada, pero Rodrigo le dio un apretón en la mano.

—Colby tiene razón, no podemos detener aún a Vance —le dijo con firmeza.

—¡Me disparó!, ¡el asalto a un agente federal es un delito! —exclamó ella. Fulminó con la mirada a Rodrigo, y le preguntó—: ¿Y por qué te pones ahora de parte de Colby?

—Me ha salvado la vida —admitió—. Uno de los amiguitos de Vance me estaba apuntando, y Colby lo derribó de un disparo y consiguió que le dijera dónde estaba Vance.

—Oh, no... —gimió Colby.

—¿Te sientes culpable por haberme salvado la vida? —le preguntó Rodrigo.

—No, no es eso. Mencioné a Vance delante de su amiguito, tendremos que conseguir que la policía lo mantenga incomunicado hasta que cerremos el caso —evitó que su mirada se cruzara con los ojos acusadores de Sarina, y añadió—: Iré a hablar con ellos.

—Tranquilízate, te está saliendo humo de las orejas —le dijo Rodrigo, cuando Colby se alejó de ellos.

Sarina estuvo a punto de echarse a temblar por la fuerza de su enfado.

—¡Ay! —exclamó, cuando un auxiliar empezó a ponerle un vendaje provisional.

—Lo siento, señorita, pero tenemos que prepararla para llevarla al hospital.

—Sólo es una herida superficial —le dijo ella entre dientes—. ¡No necesito que me lleven a ninguna parte!

—¿De verdad?, ¿cuánto hace que se puso la antitetánica?

Sarina se quedó muda; ni siquiera recordaba habérsela puesto alguna vez, aunque quizás se la habían puesto en su infancia.

—Si no se acuerda, ya tenemos otra razón para meterla en la ambulancia, Rambo —le dijo el hombre, con una risita.

—Una herida de bala puede infectarse con mucha facilidad —intervino Rodrigo—. Yo me pasé varias semanas en el hospital por hacer lo que tú estás intentando, no vas a arreglar nada yéndote a casa y limpiándola con agua oxigenada.

Sarina soltó un suspiro, impaciente.

—Vale, iré al hospital, pero no pienso quedarme allí —dijo, mientras la metían en la ambulancia.

Rodrigo no dijo ni una palabra, pero el auxiliar y él intercambiaron una mirada elocuente.

Mientras tanto, Colby había localizado al policía que había ido tras él en el almacén.

—Necesito un favor —le dijo al hombre, que según su placa era un cabo.

—¿De qué se trata? —le preguntó él.

Colby empezó a meterse una mano en el bolsillo, pero se dio cuenta de que uno de los servos de su brazo artificial se había estropeado. Maldiciendo entre dientes, se quitó la chaqueta, la dejó encima de una barandilla y se levantó la manga para dejar al descubierto la prótesis, que tenía una bala incrustada.

—¡Maldita sea!, ¡esta cosa sólo me da problemas!

El policía la miró con curiosidad, y le preguntó:

—¿Cómo perdiste el brazo?

—En una operación especial en África —contestó él distraídamente, mientras comprobaba el alcance de los daños—. Voy a tener que ir a casa a por la de repuesto.

—Mira, siento mi actitud de antes —le dijo el policía—, pero es que he tenido algunos problemas con guardas de seguridad que se creían Eliot Ness.

Colby sonrió, y admitió:

—Yo también; de hecho, conocí a un tipo así cuando trabajaba en la Hutton Corporation. Como no dejaba de estorbar, tuvimos que encerrarlo en un armario con un terrorista, y cuando salió dijo que iba a volver a ganarse la vida paseando perros.

—¿Con un terrorista? —dijo el policía.

Colby asintió, mientras volvía a bajarse la manga de la camisa y se ponía la chaqueta.

—Intentó volar por los aires una de las plataformas petrolíferas de Hutton. Se lo entregamos a la Interpol.

—Hutton estuvo relacionado con aquel secuestro en el extranjero, ¿verdad?, el que estuvo a punto de hacer estallar una guerra. Estuvo en todos los periódicos.

—Eso fue antes de que yo fuera a trabajar con él, me mandó una de las agencias gubernamentales —se inclinó hacia el policía, y añadió—: Que quede entre tú y yo, pero en el sector privado el sueldo es mejor.

—A lo mejor te llamo para que me consigas trabajo un día de estos —bromeó él.

—¿Ah, sí?, pues a lo mejor te contrato —contestó Colby, con una sonrisa—. Mira, hemos decidido dejar que Vance vuelva al trabajo, y fingir que no sabemos que está involucrado en todo esto, pero le pregunté por él al tipo al que disparé. Tenemos que asegurarnos de que no le pasa la información a sus colegas.

—¿Es que no te has enterado?

—¿De qué?

—El muy tonto intentó quitarle la pistola a un agente mientras lo estaba esposando, forcejearon y el arma se disparó. El tipo está muerto.

—Vaya. Resuelve mi problema, aunque no de la mejor forma.

—Te entiendo. Bueno, será mejor que te ocupes de

ese brazo —le dijo, cuando los servos empezaron a moverse ruidosamente, de forma descontrolada

—Sí. Por cierto, gracias por cubrirme las espaldas.

—De nada. Me gusta trabajar con los agentes de la DEA, porque nunca se quedan con todo el mérito cuando trabajamos juntos. Adiós.

—Adiós.

Colby fue a buscar a Hunter, y dejó su MP-5 junto al resto de armas especiales que su amigo había pedido prestadas.

—Maldita sea, Hunter, ¿quieres dejar de robarnos material? —rezongó el sargento del SWAT mientras comprobaba y descargaba las armas.

—A Dios pongo por testigo, que no sé cómo ha llegado esa pistola a mi cinturón —le dijo Colby al hombre, con la mano en el corazón.

Hunter se lo llevó a rastras de allí justo a tiempo.

Cuando se quedó solo, el humor de Colby no tardó en agriarse. Le había dicho a Sarina que no volverían a tener secretos el uno con el otro, y ella había accedido, pero le había estado mintiendo todo el tiempo. ¿Cómo podía acostarse con un hombre en el que no confiaba?, su falta de fe en él lo destrozaba.

Pero tenía que pensar en Bernadette, y sabía que no podía darle la espalda a su hija, sin importar lo que sintiera por Sarina. Con una mueca, admitió para sí que no sabía lo que sentía por ella, porque estaba muy confundido.

Aun así, al salir del almacén se fue directo al hospital, a pesar de su brazo estropeado. No podía dejar de preocuparse por Sarina aunque sabía que la herida no era grave, y tampoco quería dejar que Rodrigo la cuidara, sin importar que hubiera cambiado su opinión sobre él.

La encontró en un apartado de la sala de Urgencias. Le habían hecho unas radiografías, y estaba esperando a que llegara el radiólogo para comentarlas.

—Le he dicho que la bala no me había tocado el hueso —le estaba diciendo a Rodrigo—, pero no me ha hecho ni caso.

—Tendrías que haberle enseñado tu título de Medicina —bromeó él.

Sarina lo fulminó con la mirada.

—¿Qué ha dicho el médico? —les preguntó Colby al llegar junto a ellos, mientras mantenía el rostro deliberadamente inexpresivo.

—Es un residente —lo corrigió ella con tono cortante—. Me ha dicho que tengo una herida de bala.

Colby no pudo contener una sonrisa.

—Se ha ido a dar parte a la policía —añadió ella.

—¿Le has enseñado tu identificación? —le preguntó él, sorprendido.

La expresión de ella se nubló aún más.

—¡No he podido! Se cree que soy una criminal a la fuga, así que no he querido privarle de su entretenimiento de esta noche.

Rodrigo se encogió de hombros, como pidiéndole que intentara hacerla entrar en razón.

Colby empezó a hablar, pero el residente, un chico joven y alto de expresión seria que llevaba unas gruesas gafas, llegó en ese momento acompañado por un agente de policía.

Rodrigo, Colby y Sarina sacaron sus placas al mismo tiempo, y después de observar la de Colby durante unos largos segundos, el agente le lanzó al residente una mirada que decía más que mil palabras y se fue después de disculparse por molestar a una agente herida.

Sólo por fastidiar, Colby dejó que el joven vislumbrara su identificación; era la vieja, por supuesto, la de la «Agencia».

El residente se aclaró la garganta, y comentó:

—Las normas del hospital me obligan a informar a la policía de cualquier herida de bala.

Colby se guardó la cartera, y comentó con voz firme:

—Tienes mi palabra de que esta mujer no es una fugitiva, pero si no le curáis pronto la herida, voy a ir a hablar con el administrador del hospital.

El residente se puso manos a la obra.

Más tarde, un médico fue a comprobar el diagnóstico y aprobó el tratamiento, pero no quiso dejar que Sarina volviera a su casa. Cuando ella empezó a protestar, el hombre la interrumpió levantando la mano y le dijo:

—Tenemos muchas camas libres y es mejor prevenir que curar, sobre todo teniendo en cuenta que la bala ha pasado muy cerca del hueso. Si mañana estás bien, te daré el alta a primera hora del lunes.

—¿Del lunes? —protestó ella.

—¿Ves lo que se siente cuando no le dejan a uno hacer lo que quiere? —le peguntó Colby.

—¡Tú tenías malaria!, ¡tenías que quedarte en la cama!

—Donde las dan, las toman —le dijo él.

—Colby tiene razón —intervino Rodrigo—. No tendrías que quedarte sola en tu casa, Bernadette no sabría qué hacer si pasara algo.

Sarina lo miró con ojos centelleantes, pero al darse cuenta de que protestar no iba a servirle de nada, le dijo:

—Está con los Hunter. Llamaré a Jennifer para preguntarle si le va bien quedársela hasta el lunes, puede llevarla al colegio con Nikki. Pero, ¿qué le digo?

—Yo me pasaré mañana por allí —le dijo Colby—, y le diré que has tenido que ir a una reunión urgente fuera de la ciudad con el señor Ritter.

Sarina vaciló por un segundo, pero finalmente contestó:

—De acuerdo.

—Podría llevarla al zoo —sugirió él.

Los ojos de Sarina se encendieron con indignación.

—¿Vas a llevarla con tu nueva amante? —le preguntó.

Rodrigo se puso alerta, y contempló con curiosidad cómo el rubor se extendía por las mejillas de Colby.

Él lo ignoró por completo, y miró a Sarina con expresión pétrea. No pensaba admitir la verdad, que ella pensara lo que le diera la gana.

—Resulta que tiene que tomar un vuelo por la mañana, así que estaré solo —le dijo.

—Qué lástima. Se te da bien guardar secretos, ¿verdad?

—Mira quién fue a hablar, ¿qué clase de madre arriesgaría su vida con una hija a la que criar?

12

Sarina empalideció de golpe. Había esperado aquella pregunta desde que Colby la había encontrado en el suelo del almacén, pero aún no sabía cómo responder; de hecho, no quería hacerlo. Él le había hecho concebir esperanzas, creer que sentía algo por ella, que quería un futuro a su lado, y de repente la había ignorado por completo y se lo había encontrado medio desnudo con otra mujer. La historia se repetía, porque en el pasado había tenido a Maureen mientras fingía estar interesado en ella. Ya la había traicionado una vez, ¿por qué no iba a volver a hacerlo? Nunca sería un marido fiel, y aunque ella había estado viviendo en un mundo imaginario con finales felices, se había dado de bruces con la realidad.

Levantó la barbilla en actitud beligerante, y le dijo:

—Soy una buena agente, y me enfrento a situaciones peligrosas muy pocas veces. Rodrigo puede decírtelo.

—No me importa lo que él me diga —le contestó Colby, antes de que el otro hombre pudiera hablar—. Esta noche te han pegado un tiro en el brazo, ¡un par de centímetros más a la izquierda, y estarías muerta!

—Pero no lo estoy. Además, tu trabajo es más peligroso que el mío. ¿Estás pensando en dejarlo por Bernadette?, ¿vas a dedicarte a algo más tranquilo?

—No estamos hablando de mí.

—¡Eres su padre! —exclamó ella.

—¡Y tú su madre!, ¿es que piensas criarla entre tiroteo y tiroteo?

—¡Tú has disparado a un hombre!

—¡Y tú has intentado hacerlo! —respondió él, furioso.

Rodrigo se interpuso entre ellos, y comentó:

—Sarina está herida y tú estás estropeado, así que los dos necesitáis algunas reparaciones. Creo que no sería mala idea posponer la Tercera Guerra Mundial hasta que os recuperéis un poco.

Colby lo miró con ojos centelleantes, pero al cabo de unos segundos se encogió de hombros y respiró hondo.

—Supongo que no es mala idea —admitió—. Tengo que ir a buscar mi brazo de repuesto a casa.

Sarina se agarró el brazo, y confesó:

—A mí me iría bien un calmante.

—Eso está mejor —dijo Rodrigo, satisfecho.

—Te has puesto de su parte —lo acusó ella.

—Me ha salvado la vida, así que le debo una... por ahora —añadió, lanzándole a Colby una mirada cargada de ironía.

—Cuando te vaya bien, puedes salvarme la vida a mí para que estemos en paz —le dijo él con tranquilidad.

—Aún te debo una por lo de la otra vez —le dijo Rodrigo sin pensar, al recordar lo que había pasado en África. Al darse cuenta de lo que había dicho, se quedó callado y miró a Sarina con incomodidad.

—¿Qué otra vez? —le preguntó ella.

—Había dos tipos en el almacén —se apresuró a decir

Colby–. Bueno, tengo que irme. No dejes que ataque al residente y se escape –le dijo a Rodrigo.

–No es mi tipo, no me gustan los hombres rubios –contestó ella, irritada.

–Ya nos hemos dado cuenta –bromeó Rodrigo.

Colby lo fulminó con la mirada, pero el residente volvió antes de que pudiera hacer algún comentario.

El joven miró a los dos hombres y después a Sarina, que le lanzó una mirada gélida y posó la mano en la culata de su arma.

–Oiga, que sólo estaba cumpliendo las normas –se apresuró a decir el joven.

Ella levantó la pistola y se la dio con movimientos lentos a Rodrigo.

–Guárdamela –le dijo.

–Yo no me preocuparía, no le dio al último tipo al que disparó –le dijo Rodrigo al residente, con una sonrisa inocente.

Colby había empezado a sentir los efectos de la agitada noche. Miró a Sarina, intentando que no se notara que aún seguía preocupado.

–¿Vas a estar bien?

–Sí, sólo es...

–Una herida superficial. Claro.

–Exacto.

–Vamos a ingresarla en una habitación –les dijo el residente–. Tiene que rellenar unos papeles, pero le enviaremos a alguien a la habitación para que se ocupe de todo eso. Eh... ¿está lista? –añadió, antes de lanzarles a los dos hombres una mirada elocuente, pero que revelaba su nerviosismo.

–Tengo que irme –dijo Rodrigo. Acarició la mano de ella con suavidad, y le dijo–: Llámame si me necesitas.

—Gracias —le contestó ella, con una sonrisa.
Cuando Rodrigo se fue, Colby respiró hondo y le dijo:
—No le diré nada a Bernadette de lo que ha pasado. Vendré el lunes a buscarte y a llevarte a tu casa.
—Rodrigo puede encargarse de eso.
—Ya lo sé, pero no va a hacerlo —contestó él—. El lunes por la tarde, podemos ir juntos a buscar a Bernadette al colegio, si te sientes con fuerzas.

Sarina quiso protestar, pero le dolía el brazo y estaba un poco mareada.

Colby le hizo un gesto afirmativo al residente, y le dijo:
—Me voy, ocúpate de que esté cómoda en la habitación —al ver que ella hacía una mueca de dolor al bajarse de la camilla, comentó—: Ya sé lo que duele, a mí me han herido de bala varias veces. Mañana te alegrarás de que te hayan obligado a quedarte.

—Tiene razón —dijo el residente—. Va a sentir mareos y más dolor que ahora, le daré algún calmante.

—Buenas noches —dijo Colby.

Sarina quiso lanzarle una mirada furiosa, pero ya estaba perdiendo fuerzas y no le salió demasiado bien. Colby se volvió sin añadir nada más; tenía más razones que ella para estar enfadado, pero ése no era el momento de discutir sobre el tema.

Cuando salió del apartado, aún se sentía traicionado. Sabía que debería haberle enseñado la foto de Tate y Cecily, pero estaba demasiado molesto. Que pensara que tenía a otra mujer, a él no le importaba. Ella le había mentido.

Iba de camino a casa, cuando de repente apareció en su mente la imagen de una carita desolada. Era Bernadette, llorando angustiada. No podía quitársela de la cabeza, aunque no tenía sentido; además, era casi media noche y estaría dormida, no podía ir a casa de los Hunter y despertar a todo el mundo... claro que podía. De hecho, eso fue lo que decidió que iba a hacer.

Poco después, llamó a la puerta. Cuando Hunter abrió, soltó un suave silbido al verlo y dijo:

—Gracias a Dios que estás aquí, aunque no sé por qué has venido.

En cuanto Hunter se hizo a un lado, Bernadette fue corriendo hacia Colby. Llevaba un pijama morado, y tenía la cara húmeda de lágrimas y los ojos hinchados y enrojecidos.

—¡Papá! —exclamó, antes de lanzarse a sus brazos—. ¡Papá, le han disparado a mamá, igual que en mi sueño!, ¿está muerta?

En ese momento, Colby recordó que la niña había tenido una premonición, en la que había visto a su madre herida en un sitio grande y lleno de cajas. Le había prometido que cuidaría de Sarina, pero por aquel entonces no tenía ni idea de que ella trabajaba para la DEA. Levantó a Bernadette en sus brazos y entró con ella en la casa, mientras intentaba tranquilizarla.

—No pasa nada, cielo. Mamá está bien —susurró—. Mamá está muy bien.

—Pero le salía sangre, ¡lo he visto! —gimió la niña.

Los brazos de Colby apretaron con más fuerza a la pequeña. El servo estropeado no dejaba de hacer ruido, pero él ni siquiera se dio cuenta. Se sentó en el sofá con Bernadette en el regazo, y sacó un pañuelo para secarle los ojos.

—Cielo, escúchame. Tu madre es muy valiente, así que tú también tienes que serlo. Va a quedarse en el hospital hasta el lunes, pero te prometo que ella y yo iremos a buscarte al colegio el lunes por la tarde. Te lo prometo, Bernadette.

La niña empezó a calmarse un poco. Miró a su padre a los ojos, y al ver su completa sinceridad, su respiración fue normalizándose.

—Vale, papá.

Aquella palabra, que aún le resultaba tan extraña, hizo que se sintiera más alto, más fuerte. La miró con una sonrisa, y le apartó el pelo húmedo de sus enormes ojos marrones. El flujo de lágrimas se iba deteniendo poco a poco.

—Nunca te mentiré —le dijo a la pequeña.

Ella asintió, y dijo con voz aún algo temblorosa:

—Tenía mucho miedo. ¿Por qué veo estas cosas malas?

—No lo sé, cielo, pero a tu abuelo le pasaba lo mismo. Un día, vino a caballo al colegio porque sabía que me había caído; nadie se lo había dicho, pero él lo sabía de alguna forma. Me había roto la pierna, y él apareció justo cuando llegaba la ambulancia.

—Me lo contó —le dijo ella, con una sonrisa.

Los tres miembros de la familia Hunter estaban de pie junto al sofá, escuchando la conversación. Nikki tenía puesto un camisón, y los adultos pijamas y bata.

—Supongo que no estoy vestido para la ocasión —comentó Colby, con un suspiro—. Debería ponerme un pijama, o irme a mi casa.

Hunter se dio cuenta del ruido que estaba haciendo la prótesis, y comentó:

—Yo diría que la segunda opción es la mejor —hizo un gesto hacia el brazo dañado, y le preguntó—: ¿Sólo te han dado en la prótesis?

—Sí, es un incordio.

—Yo no diría eso —sonrió Hunter.

Colby se levantó, y volvió a dejar a Bernadette en el suelo.

—¿Puede quedarse hasta el lunes por la mañana?, puedo llevarla al colegio —comentó.

—No hace falta, puede ir con Nikki —le dijo Jennifer, mientras se abrazaba somnolienta a Hunter.

—Vale, entonces Sarina y yo iremos a recogerla el lunes por la tarde al colegio —miró a la niña, y le dijo—: ¿Quieres que vayamos al zoo mañana?

—¡Sí! —exclamó la niña—. ¿Puede venir Nikki también?

—Claro —dijo Colby, con una sonrisa.

—Entonces, iremos todos —intervino Hunter—. Podemos pasar todo el día allí, me gustan los zoos.

—Eso es porque te has pasado mucho tiempo entre animales —bromeó Colby.

—¿Exceptuando a los presentes? —dijo Hunter, con una carcajada.

—Más o menos —Colby se tocó el brazo, y comentó—: Será mejor que me lleve este cacharro a casa, antes de que empiece la cuenta atrás para autodestruirse. ¿A qué hora quedamos mañana?

—¿Te va bien a eso de las doce y media?

—Perfecto, así podré levantarme tarde. Aún no estoy al cien por cien después de la malaria, y esta noche no ha sido exactamente tranquila —levantó a Bernadette con su brazo bueno y la abrazó con fuerza, en un gesto que cada vez le parecía más natural. Le dio un beso en la mejilla, y le dijo—: Vete a dormir, ¿vale?

—Vale. Buenas noches, papá.

—Buenas noches, cielo.

Colby disfrutó muchísimo de la excursión al zoo; no había estado en uno desde su infancia, y de hecho había sido más una granja de animales exóticos que un zoológico. Había recintos al aire libre muy bien acondicionados para los animales, que no daban la sensación de estar enjaulados, pero lo que más le gustó fue el terrario de los reptiles; a Bernadette también pareció gustarle mucho, y no mostró ningún miedo por los animales.

La niña se mantuvo agarrada a su mano con orgullo, y sonreía a los otros niños con los que se iban cruzando, como alardeando de él. Al notar lo orgullosa que su hija se sentía de él, Colby sintió que le daba un vuelco el corazón.

Se comieron unos perritos calientes y pasearon hasta que a Colby le dolieron las piernas, y después fueron al parque; al parecer, a las niñas no les afectaba demasiado el frío, porque se fueron corriendo a los columpios mientras los Hunter y él descansaban en unos bancos. Colby se sentía satisfecho por lo bien que iba el día, y se dio cuenta de que ser padre no se parecía en nada a sus expectativas del pasado; era mucho mejor.

Más tarde, Jennifer llamó por teléfono al hospital, porque Colby se había negado a hacerlo sin alegar razón alguna. Sarina le dijo que Rodrigo había ido a verla, pero que se sentía un poco olvidada, sobre todo por Colby.

—Hemos ido al zoo —le dijo Jennifer—. Tendrías que haber visto a Bernadette con los reptiles; no le tiene miedo a nada, como Colby. El cuidador dejó que tocara a una pitón albina, y ella estuvo encantada.

—Le gustan las serpientes —comentó Sarina, mientras sonreía para sí misma. Hizo una mueca de dolor al cambiar de postura en la cama, porque el brazo le dolía bastante y tenía náuseas y un poco de fiebre—. ¿Ha dicho Colby algo sobre mí?

—No, creo que aún no se ha recuperado de la sorpresa. Phillip me dijo que él no sabía a qué te dedicas, y no se lo ha tomado demasiado bien.

—Pues tendrá que acostumbrarse —dijo Sarina, muy enfadada—. ¡No pienso dejar mi trabajo!

—Los dos vais a tener que hacer ajustes considerables un día de estos —le dijo Jennifer con suavidad—. Sabes que la niña os necesita a los dos.

Tras un breve silencio, Sarina admitió:

—Tienes razón. Supongo que aún estoy un poco enfadada.

—¿Por el tiroteo? —le preguntó Jennifer.

No, por la rubia casi desnuda que se había encontrado en casa de Colby, pero Sarina no se sentía cómoda hablando de aquello con Jennifer, así que optó por mentir.

—Sí, por el tiroteo. Tengo fiebre y el brazo me duele bastante, así que supongo que tenían razón al querer que me quedara aquí.

—Siento que te hayas perdido la excursión al zoo, Bernadette se lo ha pasado como nunca.

—Me alegro. Me he pasado tanto tiempo trabajando en los últimos años, que no hemos podido salir a pasarlo bien tanto como me habría gustado.

—Colby la sacará por ahí de vez en cuando, ya lo verás —le dijo Jennifer—. A Nikki le encanta salir a pasarlo bien con su padre, y presumir de él.

—Phillip es un buen padre.

—Colby también va a serlo.

Sarina no contestó, y tras unos segundos, Jennifer añadió:

—Supongo que no sabes que Colby se presentó en casa en medio de la noche, ¿verdad?

—¿Qué?, ¿por qué?

—Nos dijo que había visto a Bernadette llorando, y

Phillip me dijo después que había sido una visión. Cuando llegó, estábamos todos en la sala de estar, intentando convencerla de que no pasaba nada. Colby le contó un poco de lo que había pasado, pero consiguió tranquilizarla y la dejó sonriendo cuando se fue.

Sarina permaneció en silencio un momento, y finalmente suspiró y dijo:

—Sospechaba que Colby tenía una conexión especial con ella, igual que su padre la tenía con él —dijo con tono suave—. Bernadette tuvo una visión en la que lo herían en África, y el día que se conocieron tuvieron un encontronazo porque ella mencionó lo que le había pasado.

—Sí, Phillip me lo contó. Es increíble, ¿verdad?

—Sí. Su abuelo era igual que ella, nos explicó que siempre sabía cuándo le pasaba algo malo a Colby.

—Debe de ser hereditario. Conocía a una mujer que tenía ascendencia irlandesa y escocesa, que era clarividente y tenía ese tipo de conexión con su madre. Tomó un avión y voló tres mil kilómetros para estar junto a ella, porque sabía que acababa de sufrir un ataque al corazón. Nadie se lo había dicho, ella lo supo sin más.

—El abuelo de Bernadette decía que era un don, un regalo, pero a Bernadette le da un poco de miedo porque sólo ve cosas malas.

—Aun así, debe de ser reconfortante poder saber si algo va mal. Según el tipo de premonición que se tenga, hasta se podrían salvar vidas.

—Sí, supongo que sí, pero me gustaría que las visiones no fueran tan angustiosas —tras dudar un segundo, Sarina añadió—: Colby no ha mencionado a ninguna otra mujer, ¿verdad?

—Claro que no —le contestó Jennifer, con una ligera risita—. ¿Por qué iba a hacerlo, sobre todo ahora?

—Por nada. No me hagas caso, estoy un poco mareada —se apresuró a decir ella—. Gracias por llamarme, dale un beso de buenas noches a Bernadette de mi parte, y dile que la veré mañana. El médico me ha prometido que me dará el alta si no empeoro, y no pienso hacerlo —dijo con firmeza.
—De acuerdo. Buenas noches.
—Buenas noches.

Colby fue a trabajar con el brazo de repuesto, después de enviar el estropeado al laboratorio con una nota en la que pedía que se lo arreglaran cuanto antes... como la vez anterior. Empezaba a preguntarse si aquel trasto llegaría a ser fiable algún día.

Sarina pasó una mala noche, y el domingo fue aún peor. Dormitó entre tomas de antibióticos y de calmantes, mientras maldecía para sus adentros a Colby por haberla traicionado con aquella mujer. No habría sido tan malo, si no siguiera reviviendo una y otra vez la noche que había pasado en su casa; había sido la experiencia más dulce de los últimos años, y había construido un montón de sueños sobre sus cimientos. Pero los sueños se iban derrumbando al enfrentarse a la dura realidad.

Se preguntó lo que habría pensado su nueva amiguita al verla aparecer en la puerta con el pan de plátano, y pensó esperanzada que a lo mejor la mujer se había puesto como una fiera y no había dejado de darle la lata en todo el día. No tenía sentido que la hubiera dejado por otra a los pocos días de hacer el amor apasionadamente, pero la verdad era que su historial con los hombres no era ninguna maravilla.

Pensó en lo bien que se había portado Rodrigo con Bernadette y con ella, y deseó con todo su corazón poder amarlo; sin embargo, no había sido posible, ni siquiera antes de que Colby reapareciera en su vida. La primera vez que había visto a Colby, se le había acelerado el corazón, y su reacción no había cambiado con los años. Detestaba lo que sentía por él, sobre todo en ese momento.

Sabía que él tenía cierta razón en lo referente a su trabajo, pero no pensaba admitirlo. Había resultado herida en acto de servicio, pero se preguntó qué habría sido de Bernadette si el disparo la hubiera matado. Quizás Colby habría accedido a quedarse con ella, pero ¿podría arreglárselas con una niña en su vida? Al parecer, era nuevo en el sector de la seguridad, y su antigua vida aún resurgía de vez en cuando.

Sarina se preguntó si él sería capaz de dejar a Bernadette con alguien para volver al servicio activo. Su carrera profesional estaba centrada en el ejército, así que debía de resultarle duro renunciar a su estilo de vida, sobre todo porque su nuevo trabajo podía resultar un poco aburrido a veces.

Recordó la facilidad con la que había reducido al drogadicto enloquecido que había atacado a su vecina, y cómo había saltado la valla a caballo en el rancho, con un brillo triunfal en los ojos. Tenía una vena salvaje imposible de domesticar, y resultaba un poco extraño que hubiera encajado tan bien en las fuerzas de seguridad. La mayoría de militares eran personas conservadoras, estrictas y reservadas, pero Colby no se ajustaba a ese perfil; de hecho, tenía más en común con los hombres que vivían al filo de la navaja, como los que participaban en operaciones especiales o los de los equipos de los SWAT. Según había leído, ningún hombre que pudiera pasar un examen psicológico estaba cualificado para formar parte de las fuerzas especiales.

A lo mejor Colby había tenido problemas disciplinarios, y por eso se había retirado antes de tiempo. No sabía en qué rama del ejército había servido, porque nunca se lo había preguntado.

Se recostó sobre las almohadas, e intentó ver un poco la tele. Echaba de menos a Bernadette y estar en su propia casa, y no estaba acostumbrada a permanecer inactiva.

El lunes al mediodía, Colby apareció con el doctor en su habitación.

—Puedes irte a casa —le dijo el médico—. La enfermera te dará las recetas para un antibiótico y un calmante —la miró por encima de las gafas, y añadió—: No te tomes el calmante si tienes que usar tu arma.

Sarina lo miró con indignación, y contestó:

—Nunca me tomo nada si voy armada.

—Buena chica, sigue así. Bueno, tengo que irme —añadió, mientras le lanzaba una mirada divertida a Colby, que tenía cara de pocos amigos—. Llámame si surge cualquier cosa.

—De acuerdo, gracias —sonrió ella.

Cuando el médico se fue, Sarina se levantó. Llevaba la misma ropa que cuando había llegado, y la manga tenía un agujero de bala y estaba manchada de sangre.

—No tenía otra ropa —comentó, al ver que los ojos de Colby estaban fijos en la manga en cuestión.

—Tendría que haber pensado en eso, y haberte traído algo —dijo él, con voz apagada.

—No pasa nada, voy directa a casa. Puedo cambiarme antes de que vayamos a buscar a Bernadette.

—Había pensado que podríamos comprar algo para comer de camino —comentó él.

—Como quieras.

—¿Chino?

Sarina lo miró, sorprendida. En los viejos tiempos, cuando mantenían una relación estrecha, habían ido muchas veces a restaurantes de comida china.

—De acuerdo —dijo. Soltó una risita nerviosa, y admitió—: Hace mucho tiempo que no compro comida china para llevar.

—Igual que yo —comentó él, con voz seca.

Sarina recorrió la habitación con la mirada para asegurarse de que no se le olvidaba nada, y después fueron al mostrador de enfermería. Tuvieron que esperar unos minutos a que localizaran sus recetas, y después se detuvieron en la farmacia que había cerca del aparcamiento para comprar los medicamentos. Cuando se pusieron en marcha, ya había pasado la hora punta de la comida.

Sarina esperó en el todoterreno mientras Colby entraba en el restaurante; él volvió al poco rato, y le dio la bolsa de plástico con la comida, cerdo agridulce para ella y pollo para él, antes de ponerse al volante.

Cuando notó que ella tenía la mirada fija en su prótesis, Colby suspiró y dijo:

—No parece tan real como la otra, pero va muy bien. La verdad es que el garfio es lo más eficiente, pero la gente se asusta al verlo.

—Colby, ¿en qué rama del ejército servías? —le preguntó ella de repente.

Él sintió que su cuerpo entero se tensaba. No quería responder a aquello, y de todas formas, las explicaciones necesarias requerirían bastante tiempo.

—¿Es que era algo ultrasecreto? —insistió ella.
—Algo así —contestó él—. ¿Estás cómoda?, puedo subir la calefacción si tienes frío.
—Estoy bien.
—Tendremos el tiempo bastante justo para comer antes de ir a buscar a Bernadette —comentó él.
Aquel comentario la distrajo del tema de su trabajo, y durante el resto del trayecto hablaron de naderías.

Colby puso la comida en la mesa mientras Sarina sacaba platos y un par de bebidas. Ambos se mostraron inusualmente callados durante la comida, porque sus problemas aún seguían latentes; ella no podía dejar de pensar en la mujer que había visto en su casa, y él en su inesperada profesión y en la certeza de que ella acabaría descubriendo su truculento pasado.
—Gracias por venir a buscarme —le dijo Sarina finalmente.
—De nada.
Ella tomó un poco de arroz con el tenedor, y se lo llevó a la boca sin prisa.
—¿Hay alguna novedad sobre Vance?
—No, aún es demasiado pronto —le contestó Colby—. Si hoy ha vuelto al trabajo, sabremos que vamos por buen camino, pero no he hablado con Hunter esta mañana.
—Yo tampoco. Supongo que alguno de los dos tendría que llamar a la oficina.
Colby sacó su móvil, marcó un número y esperó unos segundos.
—Sí, soy yo. Acabo de traer a Sarina a casa desde el hospital, me tendrás ahí en cuanto vayamos a buscar a Bernadette al colegio —escuchó la respuesta de Hunter,

y siguió diciendo—: Sí, suponía que lo haría. Bien, entonces supongo que aún vamos bien —volvió a escuchar, y comentó—: Sí, ya lo sé, pero creo que tendremos una oportunidad antes o después —miró a Sarina, y dijo—: Mejor, pero aún no está al cien por cien. Se lo diré, gracias. Hasta luego.

Colby colgó, y volvió a meterse el móvil en la chaqueta.

—Me ha dado un mensaje de Ritter y Cobb para ti. Dicen que no vayas a trabajar hasta mañana, si estás decidida a seguir infiltrada.

—Tengo que hacerlo, no puedo dejar tirado a Rodrigo —dijo ella, sin mirarlo.

—Cobb estaba como loco intentando averiguar quiénes eran los agentes infiltrados de la DEA, y creo que se puso furioso cuando se enteró de que Rodrigo era uno de ellos. Ya se conocían de antes —la miró con el ceño fruncido, y admitió—: Ramírez y tú me teníais completamente engañado.

—No es la primera vez que trabajamos de incógnito. Trabajé para Ritter cuando estaba embarazada y mientras fui a la universidad, así que pensó en mí cuando le surgieron los problemas, y decidí traer también a Rodrigo.

—Elegiste una profesión peligrosa —comentó él.

—Igual que tú, ¿o es que crees que el ejército es un trabajo relajado? —Sarina bajó la mirada hacia su plato de arroz, y le preguntó—: ¿Fue allí donde la conociste?

—¿A quién te refieres?

—A la mujer rubia que estaba en tu casa —le dijo ella, con voz tensa.

Colby empezó a contestarle, pero lo interrumpió el sonido de golpes en la puerta.

13

Colby intercambió una mirada cargada de tensión con Sarina, y metió lentamente la mano en su chaqueta, contra la fría culata de su arma automática, mientras iba sigilosamente hacia la puerta y echaba un vistazo a través de las persianas de una de las ventanas.

Sarina estuvo a punto de sacar su propia pistola para servirle de apoyo, pero sabía que no hacía falta, porque lo había visto en acción. Estaba convencida de que él podía ocuparse de la situación, fuera cual fuese.

Era Raúl, el nieto de la señora Martínez. El joven se apresuró a entrar en la casa, cerró la puerta tras él y le dijo a Colby:

—He venido a decirle que mi primo está en tratamiento y que vuelve a ser el de antes, gracias a su amigo, el sacerdote reformado —con una gran sonrisa, comentó—: Me ha explicado muchas cosas sobre ustedes dos en África.

—Era uno de nuestros mejores hombres, antes de que se hiciera sacerdote.

—Sigue siendo uno de los mejores —dijo el chico. Al mirar a Sarina, hizo una mueca y comentó—: No tuve tiempo de avisarles del asalto. Siento mucho que la hirieran, señorita.

Sarina logró esbozar una sonrisa.

—Gracias.

—Pero he venido para compensarles —siguió diciendo Raúl—. Esa mujer, la tal Domínguez, nos está destruyendo a todos. Sólo piensa en su propio beneficio, y nos pisotea como si fuéramos hormigas. Mi otro primo, que tenía quince años, murió en el almacén y ella ni siquiera fue a ver a su madre para decirle que lo sentía. Sólo dijo que había muerto por su estupidez y su torpeza.

—Ni siquiera López mataba a niños, a pesar de ser un criminal —dijo Colby, furioso.

Raúl enarcó una ceja, y le dijo:

—Había oído que su grupo tuvo algo que ver en su desaparición.

—Un antiguo miembro de él —contestó Colby, consciente de que Sarina estaba pendiente de la conversación y de que no sabía nada sobre su pasado real.

—Ahora, tenemos que elegir entre la mujer o un compatriota suyo que es un poco menos sanguinario, así que hemos decidido que ella tiene que irse. Sólo le interesan los beneficios, y no le importan las vidas que destruye —dijo el chico.

—Te escucho —le dijo Colby, muy serio.

—No debe saberse que yo los he ayudado.

—Nunca se sabrá —dijo Colby, mientras Sarina asentía su conformidad.

—Están planeando trasladar pronto el cargamento a un pueblo que está al sur de aquí, se llama Jacobsville. López tuvo una base allí hace tiempo, y aún está a su nombre por medio de una compañía.

—¿Es que no sabe que Jacobsville está lleno de antiguos mercenarios?

—No —dijo el chico, con una sonrisa—. Cree que eso era un rumor que se creó para que López pareciera estúpido.

Colby se echó a reír, y dijo:

—Pues está muy equivocada.

—Sí. No sé nada más, pero los avisaré si me entero de algo —miró a Sarina, y añadió—: Les debo mucho a los dos, por la recuperación de Tito y la vida de mi abuela, pero no voy a traicionar a mis compañeros.

Colby alargó la mano, y el chico se la estrechó.

—Te doy mi palabra de que nunca se sabrá que nos has ayudado en todo esto.

—Sé que puedo confiar en usted. Tengo que irme.

—¿Cómo está tu abuela? —le preguntó Sarina.

—Muy bien, gracias. El sacerdote le envía a dos hombres cada semana para que le hagan la compra, y uno de ellos hasta le limpia la casa. Parece que los mercenarios saben hacer de todo. ¡Adiós!

Cuando Raúl se fue, Sarina se quedó mirando a Colby sin parpadear y le dijo:

—¿Cómo es que eres amigo de un sacerdote que estuvo contigo en África, trabajando como mercenario?

Colby respiró hondo y se volvió hacia ella.

—Yo no he estado trabajando todos estos años en los servicios de inteligencia militar, exactamente.

—¿No?

—No encajé bien el ejército, incluso me sentí fuera de lugar en la CIA, así que decidí trabajar por libre.

La expresión de Sarina se tensó.

—Por eso fuiste a África —empezó a decir lentamente, y sus ojos se abrieron de par en par al entenderlo todo—. ¡Formaste parte de un golpe militar que hubo allí!

—Sí. Derrocamos a un dictador que estaba asesinando a centenares de personas inocentes a diario —confesó él—. Pusimos en su lugar un gobierno menos brutal, y afín a nuestro país.

—¿Quiénes erais?

—Eb Scott, Cy Parks, Micah Steele y yo.

Sarina lo miró con la boca abierta.

—¿Cy era un mercenario?

Colby sabía que Sarina estaba a punto de llevarse más de una sorpresa, sobre todo cuando se enterara de que Ramírez, su amigo y compañero, había estado hasta el cuello en aquel tipo de trabajo; sin embargo, no le parecía bien contarle aquello, aún no.

—Y Micah Steele también —dijo Sarina, pensando en voz alta—. Por eso Phillip le pidió que viniera, porque estuvo con vosotros en África. Supo lo que te pasaba antes de verte.

—Sí, me salvó la vida... me amputó el brazo con la única ayuda de un interno de la zona, en condiciones de combate.

Sarina se volvió y le dio la espalda, muy afectada.

—Bueno, ahora ya sabes cómo me sentí cuando me enteré de golpe de que eras una agente de la DEA, y que te dedicabas a meterte en tiroteos con narcotraficantes —le dijo él, a la defensiva.

Sarina tuvo que apretar los dientes con fuerza para controlar un arranque de furia, consciente de que Colby tenía razón. Ambos habían guardado unos secretos muy peligrosos, pero al menos sus propias acciones eran comprensibles. Las de él, no.

—Tuve que salir adelante con mi hija, que estaba muy enferma de asma y podría haber muerto de pequeña —dijo, sin mirarlo—. Tuve que aceptar el trabajo que me ofrecía el mejor sueldo, y trabajar de oficinista para una petrolera no cumplía los requisitos.

—Podrías haber ascendido hasta la dirección —le dijo Colby, con brusquedad.

—Sí, claro —contestó Sarina, con una risa vacía, antes de sentarse en el brazo del sofá—. No se me da bien mandar a la gente, por eso soy una agente de campo. No sirvo para dirigir. Eso depende de la personalidad de cada uno, no significa que no pueda ser buena en mi trabajo.

—Eso es verdad, tienes agallas y eres muy inteligente. Lo tuyo es trabajar en el campo de la seguridad.

—Me gusta lo que hago —le respondió ella.

Colby se acercó a ella, y la miró con una expresión calmada.

—Pues no debería ser así. Si te pasara algo, Bernadette tendría que quedarse conmigo, y no es sensato apostar por mí.

Sarina no supo cómo interpretar aquellas palabras, y sus ojos se oscurecieron de dolor. ¿Acaso estaba diciéndole que no tenían un futuro juntos, a pesar de los apasionados momentos que habían compartido?

Colby vio su expresión, y la entendió de inmediato. Dio un paso hacia ella, y le acarició la mejilla con la mano buena.

—He cometido demasiados errores, ¿verdad? —le preguntó con suavidad—. Tengo tanto por lo que compensaros a Bernadette y a ti, que no sé por dónde empezar.

—A lo mejor sería un buen comienzo que fueras sincero conmigo.

—Mira quién fue a hablar —dijo él, con una ceja enarcada.

Sarina se sonrojó.

—Tenía órdenes estrictas de no revelarle mi verdadera identidad a nadie.

—Le dijiste la verdad a Hunter —la acusó él.

—Me lo ordenó un oficial regional de la DEA, con rango superior al de Cobb —contestó ella con firmeza—. Sabía que Cobb tenía al menos un topo en sus filas, y como no quería correr riesgos con una operación tan grande, me dijo que le explicara la situación a Hunter. Pero tú acababas de llegar y el oficial no sabía si eras de fiar, porque no te conocía.

—Supongo que es comprensible.

Sarina vio el brillo de dolor en su mirada, y le dijo:

—No me gustaba tener que ocultarte cosas, pero después de aquel domingo por la mañana en tu casa... —apartó la mirada, y le preguntó—: ¿Quieres una taza de café?

—Sí.

Sarina fue a la cocina, y preparó una cafetera. Al echarle un vistazo a su reloj, comentó:

—Nos quedan veinte minutos antes de ir a buscar a Bernadette, podría preparar algo para merendar.

—Estoy lleno de la comida.

—Yo también.

—Pero podríamos pasarnos por la pizzería a la vuelta, y comprarle a Bernadette algo con montones de *pepperoni* y champiñones.

Sarina se echó a reír.

—¿Cómo sabes que...?

—No dejo de tener unos antojos muy raros, y como me di cuenta de que no podía estar embarazado, los atribuí a la conexión que tengo con mi hija.

—Sabe un montón de cosas sobre ti —admitió Sarina, con una sonrisa—. No sé cómo funciona exactamente, pero tu padre también tenía ese don.

—Y mi tío también. Es un comanche, y enseña Historia en una universidad pública de Oklahoma. Su hijo, mi primo Jeremiah Cortez, trabaja en el FBI.

—Apuesto a que es un investigador de primera —comentó Sarina mientras servía el café.

—La verdad es que no tiene el don de su padre, igual que yo. Bernadette nos supera a todos —se sentó en la mesa de la cocina, y tomó su taza de café solo—. ¿Se meten mucho con ella en el colegio?

—Intenta esconderlo, su capacidad le da un poco de miedo —le dijo Sarina.

—Es comprensible, si vio cómo me herían. Uno de mis hombres vomitó.

Sarina miró de reojo la prótesis, intentando no imaginarse el dolor. Y dudaba que Maureen se hubiera mostrado demasiado comprensiva.

—Colby —empezó a decir, sin mirarlo—, aquella mujer rubia...

Él ladeó la cabeza y la miró con una expresión gélida.

—Sigo siendo el mismo, aunque hayas descubierto algo sobre mí que no sabías. ¿Crees que soy un hombre capaz de ir de una mujer a otra sin ninguna conciencia?

—Me abandonaste y te fuiste con Maureen.

Él hizo una mueca, tomó un sorbo de café y finalmente admitió:

—Estaba obsesionado con ella, desde antes de conocerte. Me sentí atraído por ti y te deseaba, pero estaba cegado por lo que sentía por ella. Fue un espejismo, porque al vivir con ella me di cuenta de que sólo se preocupaba por sí misma, y de que no le importaba nadie más. Cuando perdí el brazo, le parecía repulsivo y no podía soportar verme sin camisa —la miró a los ojos, y sonrió—. Tú ni siquiera pareciste darte cuenta de que no lo tenía.

—No me importó —le contestó ella, incapaz de mentir—. Aún no me has dicho...

Con un largo suspiro, Colby sacó de su cartera la foto que Cecily le había dado, la puso encima de la mesa y la empujó hacia ella.

Sarina la levantó, sorprendida, y le preguntó:

—¿Quién es el hombre que está junto a ella?

—Tate Winthrop, su marido y mi mejor amigo. Es un lakota oglaga, y ella se llama Cecily. Tienen un hijo de un año, y están esperando otro. Tate estaba en la ducha cuando llegaste.

Sarina se sintió avergonzada. Había dado por hecho que le había sido infiel, y había actuado en consecuencia sin darle siquiera el beneficio de la duda. Volvió a mirar la fotografía, y dijo:

—Siento haber sacado conclusiones precipitadas.

—Es normal, teniendo en cuenta mi historial, pero a partir de ahora tenemos que intentar ser completamente sinceros el uno con el otro.

—Eso puede que me resulte un poco difícil —admitió ella.

—A mí también, porque estoy acostumbrado a guardar secretos. Podemos empezar desde cero.

—¿Para qué?

—Bernadette nos necesita a los dos, necesita una madre y un padre —le dijo él, con suavidad—. Sé que voy a empezar a ejercer como tal bastante tarde, pero no estoy dispuesto a renunciar a ella.

—Mi hija también es muy importante para mí.

—¿Qué pinta Ramírez en tu futuro? —le preguntó él de repente.

—Colby, es mi compañero. Llevamos tres años trabajando juntos, y ya sabes cómo es cuando se trabaja con alguien en situaciones peligrosas. Hay un vínculo entre nosotros.

—¿Ah, sí? —a Colby no le gustó nada oír aquello.

—Me necesita —insistió ella.

Aquello era una solemne tontería. Ramírez era un tipo aún más solitario que él, y cuando Sarina se enterara de su pasado, su relación laboral con él iba a resentirse; aun así, parecería que estaba celoso si sacaba el tema. Estaba celoso, claro, pero no quería que ella se diera cuenta. Ramírez se reiría de su debilidad.

—¿Qué te parece si por ahora vamos día a día? —le sugirió—. Podemos esperar hasta que se zanje todo este asunto de las drogas, y entonces ya veremos lo que pasa.

—Es una buena idea —dijo ella.

—Ahora que sabemos que los narcos van a trasladar la mercancía, no tiene sentido seguir vigilando el almacén. Tendremos que ir a Jacobsville, y organizar el plan de acción con Eb y Cy.

—Pero, mi trabajo... tu trabajo...

—Lo arreglaremos con Cobb, Ritter y Hunter. Todo el mundo en la oficina sabe que tú y yo pasamos mucho tiempo juntos, y que cada vez me llevo mejor con Bernadette, así que parecería perfectamente normal si nos tomáramos unos días de vacaciones para ir a visitar a unos amigos a Jacobsville.

—Bueno, no está mal como tapadera —comentó ella.

Colby frunció el ceño. Ella lo había malinterpretado, pero quizás era demasiado pronto para hacer planes a largo plazo.

—Ojalá supiéramos dónde está escondida la droga —dijo Sarina, tras un incómodo silencio.

—Sí, pero si Raúl no nos ha engañado, al menos tenemos una pista de adónde van a llevarla. Cy conoce la zona, y con la ayuda de unos amigos, consiguió deshacerse de López. Pueden volver a hacerlo.

—Supongo que sí.

—Me gusta Jacobsville —comentó él, de repente—. Es un sitio pequeño, pero eso no tiene por qué ser algo negativo. Cuando era pequeño y alguien se ponía enfermo, el pueblo entero iba a intentar ayudarle. En las ciudades no es lo mismo.

—La verdad es que no tengo demasiada experiencia con comunidades pequeñas —admitió Sarina con voz queda—. Llevaba una vida de lujo y tenía de todo, menos amor —soltó una risa seca, sin mirarlo, y añadió—: El dinero no da la felicidad.

—Bernadette te quiere muchísimo —comentó él.

El rostro de Sarina se iluminó con una sonrisa.

—Sí, es verdad. Y yo la adoro, es lo más importante de mi vida.

—Estoy empezando a entender ese sentimiento. Me gustaría estar cerca, por si me necesita.

Sarina sintió que se le aceleraba el corazón. Se preguntó si él estaba ofreciéndole un futuro, o simplemente diciéndole que estaría en contacto con su hija.

—¿De verdad vas a estar cerca?, ¿y qué pasará cuando tengas ganas de acción? —le preguntó con total seriedad—. Has estado impaciente y agitado desde que llegaste a la compañía.

Colby rodeó la taza de café con ambas manos, y admitió:

—No voy a negar que es duro renunciar a los subidones de adrenalina, pero me estoy volviendo demasiado lento para combatir. Ya no estoy en plena forma, y además, quiero llegar a ser abuelo.

Sarina sonrió, pero evitó mirarlo a los ojos.

—¿Realmente crees que algún día serías capaz de echar raíces en un pueblo?

—¿Por qué no?, a lo mejor me gusta disfrutar de la seguridad entre los vecinos y los amigos en una localidad pequeña, sobre todo teniendo en cuenta que allí viven un montón de antiguos mercenarios —añadió, en tono de broma—. ¿Y tú?, ¿te has planteado alguna vez mudarte con Bernadette a un sitio pequeño? Y en ese caso, ¿dejarías el trabajo de campo?

—No lo sé, puede que sí —dijo Sarina—. Pero, aunque consiguiera un empleo y un sitio donde vivir, no sé cómo podría explicárselo a Rodrigo —se detuvo de golpe, temerosa de haber revelado sus deseos con demasiada claridad.

—Yo podría explicárselo por ti —le ofreció él, con un brillo travieso en los ojos—. Creo que aún me quedan unas cuantas balas en el bolsillo...

—Déjalo ya, Bernadette lo quiere mucho.

—Le gustan las serpientes, tendrías que haberla vista en el terrario del zoo. Hasta se sabe los nombres en latín.

—Se los enseñé yo, a mí también me gustan las serpientes —admitió Sarina, sonriente.

—¡Vaya!, ¡qué suerte para Ramírez! —bromeó él.

—¡Colby!

Él miró su reloj, y comentó:

—Será mejor que nos vayamos, o llegaremos tarde.

Sarina se rindió, y decidió dejar el tema. La actitud de Colby hacia Rodrigo no iba a cambiar, a pesar de que Bernadette y ella sintieran mucho cariño por él. Pero se preguntaba si había sido sincero en lo de echar raíces...

Colby llegó a la oficina poco antes que Sarina, y fue directamente a ver a Hunter, para contarle lo que le había dicho Raúl y para proponerle su plan de ir a Jacobsville a comprobar la situación.

—El problema es que tendremos que explicar nuestra ausencia aquí, sin levantar sospechas —le dijo—. Además, Jennifer y tú tendréis que quedaros tres o cuatro días con Bernadette, y tenemos que tener una razón sólida para ir.

Hunter frunció los labios, mientras consideraba la cuestión.

—Podríamos tener una conversación ficticia para que Vance se enterara —dijo.

—No es mala idea —admitió Colby—. Le diré a Cy que haga circular el rumor de que quiero comprar una casa allí, para irme a vivir con Sarina y Bernadette. Los cotilleos corren como la pólvora en las poblaciones pequeñas, lo sé de cuando era niño.

—Estoy seguro de que Cy y Micah estarán dispuestos a ayudarnos.

—Le debo una a Micah por venir a Houston cuando tuve malaria —dijo Colby, con una sonrisa.

—Tú habrías hecho lo mismo, en su lugar.

—Sí, es verdad.

—Me pregunto por qué Vance parece tan tranquilo últimamente, no ha hecho ni un solo movimiento desde lo del almacén —comentó Hunter.

—Seguramente cree que sospechamos de él, y no está desencaminado —Colby entrecerró los ojos, que brillaban de furia, y dijo—: Podía haber matado a Sarina, le debo una por herirla. Si pudiera reunir pruebas suficientes...

—Te entiendo, pero tenemos que seguir esperando hasta que surja algo sólido —le dijo Hunter—. La información que has conseguido puede ayudarnos mucho si es cierta, pero hasta que los pillemos con las manos en la masa, no podemos probar nada. Y si Sarina denuncia a Vance, no podremos atrapar a Cara Domínguez y a sus compinches.

—Supongo que tienes razón —admitió Colby, a desgana.

—No seas tan impaciente, te prometo que los pillaremos a todos. No te olvides del tiempo que tardaron Cy y los demás en deshacerse de López.

—Ya lo sé, las cosas avanzan despacio.

—Pero todo llega. Mientras Sarina y tú estáis en Jacobsville, nosotros le apretaremos un poco las tuercas a Vance para ver lo que hace. Uno de nuestros hombres controlará los transmisores que le pusiste en el coche, de momento no ha hecho nada sospechoso.

—Acabará metiendo la pata, siempre lo hacen —le dijo Colby, convencido.

—Dale recuerdos a Cy de mi parte, a lo mejor podríamos quedar todos un día para hablar de los viejos tiempos.

—Veré si puedo arreglarlo —contestó Colby.

Dos días después, Colby y Sarina se instalaron en habitaciones separadas en el Hotel Jacobsville. Colby había estado a punto de sugerir que podían reservar una sola, pero aún no estaba listo para contarle la verdad sobre su matrimonio; a pesar de la intimidad que habían compartido en el pasado reciente, Sarina seguía mostrándose cautelosa y distante con él, y no quería presionarla demasiado. Lo mejor era darle tiempo para que pensara en lo que le había dicho.

Fueron al campo de entrenamiento de Eb Scott, y Colby se sintió como en casa entre mercenarios. En cierta manera, estaba un poco más tranquilo respecto a su pasado desde que se lo había contado a Sarina, porque ella no había reaccionado como había esperado. Como era una mujer muy convencional y rigurosa, había creído que a lo mejor no querría saber nada de él cuando se enterara, pero no había sido así. A pesar de eso, tampoco le había permitido acercarse a ella; se comportaba con educación y frialdad.

—Estás muy callada —le dijo, al salir del coche en el rancho de Eb.

—No tengo nada que decir —le contestó ella.

—Aún estás enfadada por lo de Vance, ¿verdad? Yo quería detenerlo, pero Hunter no me dejó. Según él, no podemos permitirnos una onda en el estanque —Colby se sentía furioso y frustrado a la vez.

Sarina se sorprendió al ver su enfado, y lo miró con cierta curiosidad.

—Creía que no te importaba que siguiera libre.
—Te pegó un tiro —contestó él, con voz cortante.
Ella se volvió, pero Colby pudo vislumbrar la sonrisa que se había formado en sus labios.

Eb Scott era alto y fuerte, y tenía el pelo castaño bruñido por el sol y los ojos verdes. Le estrechó la mano a Colby con calidez, y comentó:

—Cuánto tiempo, tienes buen aspecto.
—Tú también —contestó Colby. Echó un vistazo a su alrededor; las instalaciones contaban con los últimos avances tecnológicos—. Has hecho ampliaciones desde la última vez que vine.

—Hacía años que no venías —le recordó Eb, con una sonrisa.

—Sí, es verdad —Colby se volvió hacia Sarina, y le dijo—: No conoces a Eb, ¿verdad?

—No, pero he oído hablar de él, claro. Cy quería presentarnos, pero nunca encontró el momento —alargó la mano hacia el hombre, y añadió—: Soy Sarina Carrington, de la DEA.

Eb le estrechó la mano, y le lanzó a Colby una mirada que revelaba su curiosidad.

—Estuvimos casados, y tenemos una hija de siete años —le dijo él.

Eb sabía que su amigo había estado casado, pero creía que su mujer era morena, y Sarina era rubia.

—Seguramente, conociste a su segunda mujer —comentó ella, anticipándose a la pregunta—. Yo soy la primera, sólo estuvimos casados un día.

Eb enarcó una ceja.

—Debes de ser una mujer inteligente, si te diste cuenta tan pronto de que te habías casado con un zoquete.

Colby se echó a reír y Sarina se sorprendió, porque

había esperado que se ofendiera; al parecer, los dos hombres se conocían muy bien.

—¿Qué hacéis aquí? —les preguntó Eb—. Creía que estabas trabajando para Ritter en Houston, Colby.

—Sí, pero hemos tenido problemas con unos traficantes de droga, y creemos que van a intentar esconder en esta zona un cargamento de cocaína bastante grande. Hemos venido para intentar pillarlos.

—Perfecto, por aquí ya hemos tenido bastantes problemas con traficantes. Micah, Cy y yo echamos por tierra el negocio de López con la ayuda de Harley Fowler.

—Sí, ya me enteré. Hicisteis un buen trabajo.

—No fue tan difícil, López nos subestimó.

—Su sucesor va por el mismo camino —le dijo Colby—. Cara Rodríguez cree que los hombres que quedaron de la organización de López se inventaron a los mercenarios, para intentar explicar su fracaso.

—Está claro que no lee los periódicos —comentó Eb, al recordar que se había publicado información sobre la operación antidroga tras la muerte de López.

—Se cree que es muy superior a los demás, pero se apoya en las personas equivocadas —intervino Sarina—. Uno de sus hombres se fue de la lengua, y comentó que iban a intentar trasladar la droga de nuestro almacén. Dio por sentado que era el único en la empresa que hablaba en español —con una sonrisa irónica, añadió—: Se equivocó.

—Si sabéis que la droga está en el almacén, ¿por qué no os limitáis a hacer un inventario? —les preguntó Eb.

—Porque es un local enorme, no te imaginas la cantidad de cajas que habría que abrir —le contestó Colby—. Además, no creo que la droga esté en las cajas, me parece que la han escondido en otro sitio.

—¿Dónde? —le preguntó Sarina.

—No estoy seguro, es sólo una corazonada.

—Tus corazonadas solían ser muy fiables —comentó Eb.

—Y aún lo son —murmuró Sarina, sin mirar a Colby.

—Bueno, tendremos que llamar a Micah y a Cy para planearlo todo. Tengo contactos por todas partes, y Cy conoce a un tipo que estuvo infiltrado en la organización de López...

—Yo también lo conozco —se apresuró a decir Colby, mientras le lanzaba una mirada de advertencia a su amigo.

Eb entendió de inmediato que no debía mencionar a Rodrigo delante de ella, y dijo con voz despreocupada:

—En fin, ya hablaremos después del tema, antes os enseñaré las instalaciones. Sally llegará del colegio a eso de las cuatro, y también conoceréis a nuestro hijo de cuatro años.

—Tienes una mujer y un hijo —comentó Colby, sacudiendo la cabeza—. ¿Quién se lo habría imaginado, hace seis años?

—Podría decirse lo mismo de ti —le contestó Eb, con una sonrisa—. Pero hemos cambiado, ¿verdad?

—Sí, completamente —admitió Colby.

Miró a Sarina con una cálida sonrisa, y ella se sonrojó.

El campo de entrenamiento era gigantesco. Había dos barracones que contenían todo tipo de dispositivos electrónicos y de artilugios, un enorme edificio metálico para la práctica de artes marciales, un campo de tiro, recorridos de entrenamiento a través del bosque y áreas señalizadas, incluyendo un decorado urbano donde se llevaban a cabo simulacros de combate. Había incluso una pista, donde uno de los expertos de Eb enseñaba tácticas defensivas de conducción. Era una escuela de antiterrorismo que cualquier gobierno habría deseado tener.

—Trabajamos para distintos gobiernos, y voy añadiendo personal conforme lo voy necesitando. El campo de tiro y la zona de combate son nuevos, tenemos que estar al día según las nuevas tácticas terroristas. La lucha callejera es algo que hemos incorporado recientemente, después de lo de Iraq. Tenemos un instructor que enseña árabe, farsi y algunos dialectos beduinos, y me había planteado ampliar a demolición y desactivación de explosivos, pero Sally se negó en redondo —se encogió de hombros, y añadió—: Algunas veces se gana, y otras se pierde.

—Seguramente, no quería que saltaras por los aires —comentó Colby.

Eb soltó una carcajada.

—De todas formas, había pensado en pedirle a Cord Romero que se ocupara del curso, pero se ha casado y está esperando un hijo. Va a retirarse del trabajo de mercenario, quiere empezar a criar toros.

—Maggie y él salieron en el periódico hace unos meses, desmantelaron una banda de tráfico de menores y mataron al jefe en Ámsterdam.

—Sí. Imagínate, ella trabajaba de asesora de inversiones.

—Y Sarina era oficinista, pero resulta que es una agente de la DEA, y de las mejores.

—Me alcanzaron con un disparo —le recordó ella con sequedad, aunque estaba encantada con su elogio.

—Eso puede pasarle a cualquiera —comentó Eb—. A mí

también me han hecho unos cuantos agujeros, y no porque me descuidara. Las heridas acaban curándose.

—Sí, con el tiempo —dijo Colby.

Sally llegó a eso de las cuatro con el niño, que era la viva imagen de su padre. El pequeño se mostró un poco tímido con ellos, pero era un encanto.

La mujer de Eb era profesora de gramática; era rubia y esbelta, y era obvio que estaba locamente enamorada de su marido. Sarina y ella se fueron conociendo, mientras Eb y Colby charlaban de los viejos tiempos.

El día siguiente lo pasaron en el rancho de Lisa y Cy. Se arregló todo para que estuvieran vigiladas las antiguas madrigueras de Manuel López, y se designaron a algunos vaqueros de confianza para que controlaran las cercas y mantuvieran los ojos bien abiertos.

—¿Sabías que un rancho cercano está en venta? —comentó Cy.

—No, ¿qué clase de rancho? —le preguntó Colby.

—No es muy grande para esta zona, pero tiene mucho potencial. Tiene buenos pastos y mucha agua, es ideal para criar caballos.

Colby le lanzó una mirada a Sarina, que los estaba escuchando con atención.

—¿Dónde está? —le preguntó a Cy.

—Vamos, te lo enseñaré —contestó su amigo, con una sonrisa.

Lisa decidió quedarse en la casa, así que Cy subió a sus invitados en su enorme todoterreno rojo y pasó junto al próspero rancho de ganado de Judd y Christabel Dunn, hasta llegar a la antigua propiedad de Hob Downey.

—A Hob lo mató uno de los hermanos Clark —les explicó—. Era un buen hombre, todo el mundo le quería. La propiedad ha estado abandonada desde que murió —paró el vehículo delante de la casa, que estaba bastante destartalada, y al ver que la observaban sin demasiado entusiasmo, comentó—: La casa es un caso perdido.

—Sí, yo la echaría abajo y volvería a construir desde cero... una casa de estilo español colonial iría bien con las pitas y los cactus.

Sarina lo miró con una cálida sonrisa, y comentó:

—Sí, y pintada en un tono amarillo claro, como el de la arena del desierto...

—Sería perfecta. A Bernadette le encantaría, podría montar a caballo cada día.

A Sarina le dio un vuelco el corazón, y cuando sus ojos se encontraron con los suyos desde el asiento trasero del todoterreno, dijo con suavidad:

—Sí, es verdad.

Intercambiaron una mirada ardiente, y Cy carraspeó para intentar llamarles la atención.

—Bueno, salgamos a echar un vistazo —dijo, ocultando una sonrisa mientras salía del vehículo.

Al final del camino de entrada había una señal que indicaba que la propiedad estaba en venta; por lo estropeada que estaba, era obvio que llevaba allí algún tiempo.

—Andy Webb, de la Inmobiliaria Jacobsville, se ocupa de la venta —les dijo Cy—. Como el viejo Hob no tenía familiares vivos, no hay herederos; parte de las ganancias se usarán para pagar los gastos de su funeral, y el resto se invertirá en beneficio del fondo social de la comunidad. Hob siempre decía que los pobres necesitan más ayuda de la que reciben del gobierno, y de esta manera podrá seguir ayudándolos aunque ya no esté aquí.

—Debía de ser una buena persona —comentó Sarina.

—Sí, lo era. ¿Por qué no echáis un vistazo?, os esperaré en el todoterreno, mientras hablo con Lisa por el móvil —con una sonrisa un poco tontorrona, admitió—: No nos gusta estar separados demasiado tiempo, sobre todo con el parto tan cerca.

Colby sonrió, y se alejó con Sarina hacia la casa.

—Si lo hubieras conocido hace seis años, pensarías que es otro hombre. El matrimonio lo ha cambiado.

—Parece muy enamorado —comentó Sarina.

—Lo está —le contestó él, mientras la tomaba de la mano.

Se acercaron a la casa, que tenía un jardín lleno de rosales y arbustos despojados de flores. Más allá, había un enorme campo abierto de pasto que se extendía hasta una línea de árboles que había a lo lejos, en el horizonte.

—Hay mucho espacio. Como en la reserva, cuando era pequeño —comentó Colby.

—Tu padre solía hablar de eso —le dijo Sarina con voz suave—. Sabía que había cometido muchos errores en su vida, y se arrepentía de todos, sobre todo de haber perdido el contacto contigo. Se sentía culpable.

Colby le apretó la mano con un poco más de fuerza.

—Le culpaba por todo lo malo que me pasaba, incluso de adulto, pero estoy empezando a entender cómo se sentía. Quería a mi madre, pero no pudo renunciar al alcohol, y debió de odiarse a sí mismo cuando ella murió. Eso hizo que su alcoholismo empeorara aún más.

—Es verdad que se odió durante mucho tiempo, pero cuando se enteró de que yo estaba embarazada de su nieta, se rehabilitó y no volvió a beber ni siquiera una cerveza. Creía que cuidar de Bernadette mientras yo trabajaba era una manera de subsanar un poco los errores del pasado, quería muchísimo a la niña.

—Yo también la quiero, Sarina. Y más cada día.

Sarina contempló su cara, sus ojos oscuros y serenos. Había amado a aquel hombre la mitad de su vida, y no sabía cómo había podido vivir sin él; el amor era un sentimiento tenaz, además de aterrador.

Colby le acarició la boca con los dedos, y dijo con voz tensa:

—Sabía que me querías, pero te hice pasar por un infierno. Me merecí lo que me pasó con Maureen, no puede construirse la felicidad sobre el dolor de otra persona.

Sarina sintió que le daba un vuelco el corazón.

—Estabas enamorado de ella —empezó a decir.

—La deseaba, pero nunca me gustó como persona. Era egoísta y codiciosa, y nunca se preocupó por nadie más. Siento pena por su hijo, probablemente estará en un internado antes de los trece años. Maureen no va a ser precisamente una madre perfecta —Colby sacudió la cabeza, y agregó—: Y yo quería tener hijos con ella... tuve suerte de que no tuviéramos ninguno.

—¿No se te ocurrió que pude haberme quedado embarazada aquella noche? —le preguntó ella.

Él soltó una carcajada suave, asqueado consigo mismo.

—Recuerda que pensé que tenías experiencia, así que di por sentado que estabas tomando la píldora. Nunca se me ocurrió pensar que podíamos haber concebido un hijo —la miró a los ojos, y añadió—: ¿Te has preguntado cómo habrían sido las cosas si Maureen no hubiera ignorado tu llamada de auxilio?

Sarina consiguió esbozar una débil sonrisa, y admitió:

—A veces. No podía evitar preguntarme lo que habrías hecho.

—Habría ido a verte de inmediato. Deseaba tener hijos más que nada en el mundo, pero estaba convencido de que no podía —dijo él, con amargura.

—Entonces, a lo mejor no te habrías creído que Bernadette era tuya... —empezó a decir ella.

Colby le puso un dedo en sus labios para silenciarla, y le dijo con suavidad:

—Hoy en día es muy fácil hacerse una prueba de paternidad, así que la duda no habría durado demasiado, y menos aún al ver a la niña. Nunca creí que fueras una mujer capaz de ir de un hombre a otro con tanta rapidez, sobre todo después de lo que te hice.

Sarina se acercó a él, lo abrazó por la cintura y susurró:

—A lo mejor no estamos recordando lo mismo, porque yo estoy pensando en la ducha que nos dimos juntos, mientras te recuperabas de la malaria.

Colby se estremeció y buscó su boca con la suya; al encontrarla, empezó a besarla en la fría brisa otoñal que los rodeaba. Al sentir que ella respondía de inmediato, gimió y susurró con voz ronca:

—Fue algo glorioso, nunca había sentido nada igual... —se detuvo en seco, y susurró con expresión tensa—: Oh, Dios...

—¿Qué pasa? —le preguntó ella.

—Sarina, no usamos protección. Cielo, podrías estar embarazada en este momento.

La cara de ella se iluminó con una sonrisa cálida.

—Sí, supongo que sí —dijo, abrumada de placer al ver la mezcla de asombro y felicidad en su rostro.

—¿No te importaría? —sonrió Colby.

—Me encantan los niños —de repente, su sonrisa se desvaneció—. Pero...

—Pero no estamos casados —dijo él. La miró con una expresión rebosante de ternura, y añadió—: Cuando el caso quede resuelto, decidiremos lo que vamos a hacer, ¿de acuerdo?

—De acuerdo —contestó ella, que sentía como si estuviera paseando entre las nubes.

Colby volvió a besarla, y la soltó a regañadientes.

Dieron un paseo por la propiedad, mientras discutían sobre sus pros y sus contras. Él la tomó de la mano, y al sentir que su cuerpo entero vibraba de deseo, se preguntó si ella también podía notar la pasión que los unía. Al bajar la mirada hacia ella, vio que sus ojos ardían de deseo, y le apretó la mano con más fuerza.

Cuando llegaron de nuevo frente a la puerta principal de la casa, Cy se unió a ellos.

—¿Cuánta parte del terreno es para pasto? —le preguntó Colby, esforzándose por mantener la voz calmada.

—Unos dos tercios —le dijo Cy—. El resto es bosque y lo atraviesa un riachuelo, así que no tendrías problemas de agua. ¿Qué te parece?

—¿Dónde podemos encontrar a Andy Webb? —le preguntó Colby de repente. Se volvió hacia Sarina, y sonrió al ver su obvio entusiasmo.

Cy sonrió de oreja a oreja, y les dijo:

—Da la casualidad de que sé dónde está su oficina.

Colby decidió comprar el rancho, aunque no sabía si Sarina querría ir a vivir con él de forma permanente; si ella decidía hacerlo, ambos tendrían que tomar decisiones muy duras, pero Bernadette tendría a sus padres y además disfrutaría de un ambiente seguro. Se dijo que a lo mejor podía convencer a Sarina con ese argumento, ya que sabía que no podría soportar volver a perderla. La niña y ella formaban ya parte de su alma.

Cy los llevó al rancho, y después de merendar café y unos bocadillos, volvieron al hotel.

Colby se detuvo delante de la puerta de Sarina sin saber qué hacer, porque aquél era un pueblo pequeño y no se les conocía. Tenían habitaciones separadas, y aunque en sus largos viajes al extranjero nunca le había importado llevar a alguna mujer a su habitación, estaba en una comunidad donde todo el mundo se conocía y donde se estaba planteando formar su hogar, y no quería hacer nada para manchar la reputación de Sarina. Además, ella no sabía la verdad sobre la supuesta anulación de su matrimonio, y era una baza que aún no estaba dispuesto a usar.

La atrajo hacia sí, e inhaló el limpio y dulce aroma de su pelo y de su cuerpo.

—¿Cómo tienes el brazo? —le preguntó.

Sarina sonrió, mientras intentaba aparentar calma a pesar de que el cuerpo entero le hormigueaba al entrar en contacto con el de él. Lo único que quería era meterlo en su habitación y tirarlo sobre la cama más cercana; estaba segura de que Colby no se resistiría, porque era obvio que la deseaba tanto como ella a él.

—Mucho mejor —le contestó.

Él enarcó una ceja, y la acercó aún más.

—No estarás intentando seducirme, ¿verdad? —le dijo, con ojos chispeantes—. Porque la verdad es que soy un tipo fácil.

—¿Qué pasa si eso es lo que estoy intentando?

—Que no te vas a salir con la tuya, monada —murmuró él—, porque tengo en mente algo mucho más permanente que una hora robada... sobre todo con público.

—¿Qué público?

Colby hizo un gesto disimulado hacia un lado, donde el propietario del hotel estaba barriendo su puerta... aunque no estaba sucia.

Sarina soltó una suave carcajada.

—Se nota que estamos en un pueblo —comentó.

—Sí. Creo que me gustaría vivir aquí, Sarina —admitió él, tras unos segundos—. El único lugar al que me he sentido arraigado es la reserva, pero me he distanciado demasiado para poder volver. Aquí estaría entre antiguos compañeros, personas a las que conozco desde hace años y que comparten mi misma historia.

—¿Qué quieres decir?, ¿que quieres dejar de trabajar para Ritter? —le preguntó ella, un poco preocupada.

Él la miró a los ojos, y le dijo:

—Me gustaría intentarlo, intentarlo de verdad.

—Ah.

Colby frunció el ceño, y le levantó la cabeza para que lo mirara directamente. Los ojos de Sarina tenían un brillo de tristeza.

—¿Qué pasa?

Ella respiró hondo antes de contestar.

—Yo no trabajo para el señor Ritter, sino para la DEA en Tucson, y tengo que volver.

—¿Por qué?

—¡Porque es mi trabajo! Colby, tengo que ganarme la vida.

Él tomó su mano izquierda, y la posó sobre su propio pecho.

—A lo mejor estás embarazada —le recordó—. ¿De verdad quieres tener otro hijo sola?

—Claro que no, pero no es eso... —empezó a decir ella, con expresión de angustia.

—Entonces, ¿por qué no quieres trabajar aquí, en Jacobsville?

—La DEA no tiene oficinas aquí.

—En este condado hay varias agencias de seguridad, y todos los pueblos tienen una comisaría. Cash Grier, el jefe de policía, es especialmente duro con los narcotraficantes, y el sheriff, Hayes Carson, también lo es; según Cy, los dos se quejan siempre de que no tienen suficientes detectives.

—¿Quieres decir que podría dejar la DEA y trabajar aquí? —le preguntó Sarina.

—Exacto, y yo podría pedirle a Eb trabajo en su centro. Soy un experto en interrogatorios, utilizo métodos que no aparecen en ningún libro de normas, y tengo una reputación en cuanto a recogida de información y a artes marciales. Creo que podría hacerme un hueco.

Sarina apenas podía creer lo que le estaba diciendo, pero Colby parecía completamente serio.

—Bernadette y yo podríamos venir a visitarte al rancho...

—Bernadette y tú podríais vivir conmigo en el rancho —la interrumpió él—. He cometido muchos errores en mi vida, y la mayoría te han hecho daño, pero ahora tienes que decidir si crees que puedes pasarte el resto de tu vida conmigo, aquí.

Sarina se quedó sin habla, porque era como un sueño hecho realidad. Aún existían obstáculos y preocupaciones, como el problema de llevar a Bernadette a un sitio nuevo, ya que tendría que renunciar a sus amigos y relacionarse con gente nueva, pero la propuesta era muy tentadora.

—Piénsatelo durante una o dos semanas, no tienes que decidirte esta misma noche —le dijo Colby—. Como ya te he dicho, hablaremos del futuro cuando zanjemos la misión que tenemos entre manos. ¿Te parece bien?

Sarina sonrió con todo su corazón.

—Muy bien —le dijo sin aliento, entusiasmada.

Con un gesto indeciso, alzó la mano y le acarició la mejilla con las puntas de los dedos antes de añadir:

—No me había atrevido a soñar que pudieras querer algo permanente.

Colby la tomó por la cintura, y la acercó a su cuerpo.

—Me gusta mucho la idea de que puedas estar embarazada —le susurró. Sonrió al ver que se sonrojaba, y añadió—: Podríamos aprovechar y tener varios hijos más, mientras a mí me queden fuerzas.

—Me gustaría mucho —admitió ella en voz baja.

—Estoy pensando en algo que me gustaría aún más en este momento —murmuró él.

Se inclinó hacia delante, y le rozó los labios con su boca en una ligera caricia que fue ganando en intensidad gradualmente.

Sarina sintió su cuerpo entero dolorido de deseo. Lo rodeó con los brazos, y gimió cuando él la abrazó con más fuerza y profundizó el beso.

Colby tuvo que apelar a toda su fuerza de voluntad para conseguir controlarse. Se apartó de ella con el cuerpo rígido y una expresión tensa.

—Aún no —dijo con firmeza.

—Aguafiestas —lo reprendió ella, sin aliento.

Colby se echó a reír.

—¡Estoy intentando convertirte en una mujer decente!

—Ya soy una mujer decente, pero eso no significa que no podamos tener relaciones sexuales. No pasa nada.

Colby se preguntó cómo había podido vivir tanto tiempo sin ella. La apretó contra sí en un abrazo cálido y cargado de ternura, y la acunó contra su cuerpo sin dejar de reír.

—Vas a darme muchos quebraderos de cabeza —comentó.

—Te lo vas a pasar genial —le contestó ella.

Con un suspiro, Colby la apartó lentamente y dijo:

—Tenemos que dormir un poco, mañana empezaremos a tantear el terreno y a lo mejor podremos conseguir que los traficantes hagan algún movimiento precipitado. Estoy deseando acabar esta operación.

—Sí, yo también —murmuró Sarina.

—Que duermas bien.

—Y tú también.

—Desayunaremos a eso de las siete, quiero empezar temprano —le dijo él.

—De acuerdo. Buenas noches.

—Buenas noches.

Colby no consiguió conciliar el sueño. Le había sorprendido mucho que ella estuviera dispuesta a vivir con él, y aunque no había mencionado el matrimonio, estaba convencido de que Sarina sabía que se refería a eso. Aún no le había dicho que seguían casados, pero decidió que tenía tiempo de sobra para hacerlo; de hecho, tenían todo el tiempo del mundo.

El dispositivo que Colby había puesto en el coche de Brody Vance dio sus frutos al día siguiente. Hunter llamó a su móvil para informarle.

—El chivatazo que te dieron se ha confirmado —le dijo. No sabía que el informador había sido Raúl, porque Colby no le había revelado su identidad a nadie—. Cara Domínguez se siente segura, y está pensando en trasladar la mercancía a Jacobsville esta noche, o mañana por la mañana. No sabemos dónde está, pero sospechamos cuál puede ser el posible destino. Por esa zona había un colmenar de abejas, ¿verdad?

—Sí, Cy me comentó que había uno en la parte posterior del rancho —le contestó Colby—. Según él, la compañía sigue siendo la propietaria, aunque está abandonado desde que se desmanteló el negocio de López.

—¡Bingo!

—Tendrías que decirle a Cobb que retire la vigilancia del almacén, al menos hoy y mañana. Y asegúrate de que Vance te oye.

—¿Estás loco?

—Hunter, no necesitamos saber dónde está mientras sepamos hacia dónde va, ¿no lo ves?

Tras pensárselo durante unos segundos, Hunter dijo:

—Supongo que tienes razón, pero es bastante arriesgado.

—No lo es tanto si Eb, Cy, Sarina y yo estamos aquí esperándolos, con los refuerzos que pueda enviarnos Cobb —a regañadientes, añadió—: Y no me importaría que Ramírez también viniera. Ese tipo no me cae bien, pero Cy dice que es un agente muy bueno, y yo mismo pude comprobarlo la última vez.

—Cy tiene razón —le dijo Hunter—. De acuerdo, lo enviaré hoy mismo, así estará allí cuando todo estalle.

—Cuida bien de Bernadette —le advirtió Colby—. Creo que Vance no dudaría ni un segundo en atraparla si pudiera llegar hasta ella, para poder chantajearnos; a estas alturas, seguro que sabe que Sarina es de la DEA.

—Oye, que estuve trabajando para la CIA varios años —le recordó Hunter.

—Sí, yo también, pero es mejor hablar las cosas para que no haya dudas, ¿no crees?

—Sí, supongo que sí. Nos aseguraremos de que Bernadette esté bien protegida, Sarina y tú cuidaos las espaldas. Estos tipos son peligrosos.

—Y nosotros también —le dijo Colby—. Pero por si acaso, tú también ten cuidado.

—No te preocupes.

Colby no supo si decirle a Sarina que había pedido que Rodrigo fuera a ayudarlos, porque aún seguía un poco celoso del cariño que Bernadette y ella le tenían al otro hombre; finalmente, decidió dejar que fuera una sorpresa. Así era más seguro.

Más tarde, sentados en la mesa del comedor, Colby les contó a Cy, Eb y Sarina lo que Hunter le había dicho.

—He hecho unas cuantas llamadas —añadió, mientras jugueteaba distraído con su taza de café—. Tendremos mucho apoyo de la policía local, y también vendrán los federales. Si Domínguez no se arrepiente a última hora y cambia de opinión, creo que en las próximas cuarenta y ocho horas vamos a poder desmantelar una de las mayores organizaciones de narcotráfico del sur de Texas.

—Espero que tengas razón —le dijo Eb, muy serio—. Es un negocio muy sucio, no lo quiero en mi país.

—Ni yo —comentó Cy—. Oye, ¿te ha dicho Colby que va a comprar el rancho de Hob Downey?

—¿En serio? —Eb sonrió, y le dijo de inmediato—: Entonces, ¿qué te parecería trabajar conmigo?, necesito a un instructor de artes marciales.

—Tú eres tan bueno como yo —le dijo Colby.

—Pero no tengo tiempo de enseñar además de ocuparme de la administración, sobre todo con un hijo. Te pagaré el doble de lo que te da Ritter, y puedes organizar tu propio plan de entrenamiento.

Colby frunció los labios. Aquello era mucho más de lo que había esperado.

—¿Tendré autonomía para hacer las cosas a mi manera?

—Completamente —Eb carraspeó, y añadió—: Siempre y cuando no intentes enseñar tácticas de interrogación a mis alumnos.

—Eres un aguafiestas —bromeó Colby.

—Al subdirector del FBI no le gustó nada tu actuación en África después del bombardeo de la embajada —comentó Eb. La expresión de sus ojos lo decía todo.

—Me mandaron a casa, pero no sé por qué —dijo Colby, encogiéndose de hombros—. Sólo hice unas simples preguntas.

—Fue cómo las hiciste, y con qué —especificó Eb.

—Conseguí resultados —protestó Colby, indignado.

—Sí, claro, y la agencia consiguió demandas. Nada de interrogatorios. Punto y final.

—Vale, pero si alguna vez necesitamos información de una fuerza hostil...

—Serás el primero de mi lista —le prometió Eb—. Bueno, ¿qué me dices?

Colby le estrechó la mano, y le dijo con firmeza:

—Trato hecho, pero tengo que darle a Ritter las dos semanas de aviso.

—De acuerdo —Eb se echó a reír.

Los ojos de Colby se encontraron con los de Sarina y, al ver su brillante sonrisa, él sintió que se le aceleraba el corazón y que lo invadía una gran calidez. No hacía falta preguntarle si le parecía bien su decisión.

Antes de que Colby pudiera hablar, llamaron a la puerta y Lisa fue a abrir. Segundos después, apareció un mexicano alto y guapo con unos ojos oscuros y risueños.

—¿Me esperabais? —preguntó Rodrigo.

—Sí, Colby le pidió a Hunter que te enviara —le dijo Cy, mientras le estrechaba la mano.

Sarina abrió los ojos como platos, y Rodrigo miró a Colby con las cejas enarcadas y sonrió.

—¿Le pediste que me enviara a mí en concreto? —le preguntó.

Colby se aclaró la garganta.

—Sí. Cy me comentó que ya habías participado en una... operación encubierta anterior —dijo, sin revelar que Rodrigo había sido mercenario. Tenía que ir con cuidado, porque Sarina podía reaccionar mal si él se chivaba de los secretos de la competencia.

—¿Ah, sí? —dijo Rodrigo.

—Conoces mejor que nosotros cómo actúan los narcos en la zona, así que sería una tontería dejarte fuera, sobre todo ahora.

Rodrigo intentó no parecer engreído, pero no lo consiguió del todo.

—Y ya puedes borrar esa mirada de tu cara, si no quieres que se me escape algo —añadió Colby, con ojos centelleantes.

Rodrigo entendió la indirecta, pero se limitó a soltar una carcajada.

—Creo que a estas alturas, ya no importa demasiado —confesó, antes de lanzar una mirada elocuente hacia Sarina. Ella estaba mirando a Colby como si fuera suyo, y de hecho, era así.

El enfado de Colby se esfumó al ver la dirección de la mirada de Rodrigo; se volvió hacia Sarina, y cuando ella se sonrojó al mirarlo a los ojos, se sintió divertido y mucho más relajado.

—Tienes razón —le dijo a Rodrigo—. Venga, vamos a ponernos manos a la obra.

Sarina envidiaba la camaradería que había en el grupo de antiguos mercenarios. Ella era buena en su trabajo y había estado en situaciones de vida o muerte, pero se sentía completamente fuera de lugar.

Miró al jefe de policía, Cash Grier, que parecía tan desplazado como ella misma. El hombre estaba de pie a un lado, mientras Colby discutía de tácticas con Eb Scott, Cy Parks y Rodrigo.

Cash la miró, y esbozó una sonrisa.

—¿Te sientes fuera de lugar?, ¿sola?, ¿innecesaria?

—¿Cómo lo has adivinado? —bromeó ella.

—Leo mentes.

—Debe de ser útil.

—La verdad es que es como me siento —confesó—. Nunca he formado parte de un grupo.

—¿No?, ¿a qué te dedicabas?

Él se inclinó ligeramente hacia ella, y le dijo:

—A hacer cosas malas, muy malas. Pero me he reformado, Tippy y yo estamos esperando un hijo —le dijo, con una gran sonrisa.

—¿Quién es Tippy?

—Mi mujer. Yo quiero una niña y ella un niño, pero estaremos encantados con lo que venga.

—Felicidades —le dijo Sarina, preguntándose cómo habría acabado casado un hombre que parecía un solitario nato.

En ese momento, un hombre alto y guapo vestido con uniforme de sheriff entró en la habitación, hizo una mueca al ver al grupo de hombres y fue directamente hacia Cash y Sarina.

—Me siento... —empezó a decir Hayes Carson, con su voz profunda.

—Fuera de lugar y poco valorado —acabó Cash por él—. Y te entendemos perfectamente. Ella es Sarina Carrington, de la DEA.

—Hola. Soy Hayes Carson, el sheriff del condado —le dijo, mientras le estrechaba la mano.

Cash se volvió hacia el grupo de hombres, y exclamó:

—¡Eh!

Los cuatro se volvieron a la vez, y se lo quedaron mirando.

—¿Es una misión cerrada, o aceptáis a forasteros?

Ellos se echaron a reír, y se acercaron a los otros tres.

—Perdonad, estábamos recordando los viejos tiempos —les dijo Eb Scott, antes de estrecharles la mano a Cash y a Hayes.

—No me lo digas, los cuatro estuvisteis juntos en África —bromeó Sarina.

—¿Cómo lo has sabido? —le preguntó Eb, con curiosidad.

—Lo he deducido —dijo ella, mientras miraba a Rodrigo con una expresión indescifrable.

Él se puso a su lado con las manos en los bolsillos, y le lanzó a Colby una rápida mirada.

—Colby no me ha dicho nada, pero está claro que encajas perfectamente entre ellos —le dijo ella con seriedad al que había sido su compañero durante tres años.

—No he sido siempre agente de la DEA —le confesó él.

—¿En serio? —dijo ella, con tono burlón.

—No le regañes —le dijo Cy—. Si no hubiera sido por Rodrigo, nunca habríamos conseguido desmantelar el negocio de López. Pidió una excedencia en la DEA y se infiltró en la organización, y la misión estuvo a punto de costarle la vida.

—¡No me lo habías contado! —exclamó Sarina, asombrada.

—¡Vaya, mira quién fue a hablar! —le contestó Rodrigo—. ¿Acaso me dijiste que habías estado casada?

—Daba por sentado que lo suponías, porque tengo una hija.

—Muchas personas tienen hijos sin estar casadas —espetó él.

—¡Yo no! —exclamó ella.

Colby se interpuso entre ellos, y comentó:

—Hemos venido para atrapar a unos traficantes.

—¿En serio? —rezongó Sarina.

—Tú no me dijiste que eras una agente de la DEA —le recordó Colby—. ¡Me enteré en medio de un tiroteo!

—En eso tiene razón —le dijo Rodrigo.

—Cierra el pico —le contestó ella.

—Oye, ¿no es ése vuestro jefe? —dijo Cash de repente, indicando hacia un hombre alto y serio con el pelo oscuro y los ojos verdes, que se acercaba a ellos.

Sarina y Rodrigo se volvieron de inmediato, y se cuadraron de hombros.

—Ah, ya estáis aquí los dos, perfecto —dijo Alexander Cobb. Recorrió con la mirada el resto del grupo, y añadió—: Supongo que todos vosotros vais a colaborar, ¿no?

—Conocemos el terreno, y al menos dos de nosotros participamos en la operación contra López —le dijo Cy.

Cobb lo miró con los ojos entrecerrados, y dijo con tono seco:

—Sí, ya me acuerdo. Os metisteis de lleno en mi operación sin que yo lo supiera, gracias a Kennedy... ¡que ahora está en la cárcel, por cooperar en la distribución de estupefacientes!

Rodrigo levantó la mano para interrumpir la discusión.

—¿Puedo decir algo? En aquel momento, yo estaba infiltrado en la organización de López, y ellos dos intervinieron para evitar que sus hombres me mataran.

La boca de Cobb se cerró en una línea apretada.

—Está claro que consiguieron salvarte, y tienes suerte de que me haya vuelto más comprensivo desde entonces —le dijo.

Rodrigo sonrió.

—No nos iría mal hacer unas cuantas prácticas de tiro —murmuró Cash con tono seco—. Mis hombres tienen que examinarse en el campo de tiro mensualmente.

—¿Por qué tan a menudo?, tus hombres no suelen disparar a blancos humanos —comentó Eb.

—Bueno, no queremos que fallen si alguna vez tienen que dispararle a alguien, ¿no? —le respondió Cash.

—¿A quién tienes vigilando el almacén de los traficantes? —le preguntó Cobb a Cy.

—A uno de mis hombres. Tiene unos prismáticos y un móvil.

—¿Y qué pasa si lo descubren?

—Lleva un traje de camuflaje.

Cobb se quedó sorprendido.

—¿De dónde has sacado un traje de esos? —le preguntó.

Cash levantó una mano, y comentó:

—No iba a usarlo en uno o dos días —miró a Sarina, y al ver su expresión de confusión, le explicó—: Me lo dieron hace años en Fort Bragg, en el centro de formación de francotiradores del ejército. No te preocupes, es el de repuesto —añadió, con una sonrisa.

Sarina no supo si reírse o echar a correr, y decidió que no podía estar hablando en serio.

Cobb miró a Cash con una expresión de perplejidad, pero no insistió en el tema.

—De acuerdo, entonces supongo que nos avisará en cuanto capte algún movimiento, ¿no?

—Exacto —dijo Cy—. Parece que va a ser una noche larga.

—O dos o tres —intervino Colby—. Hunter va a dejar que Vance se entere de que tiene vía libre, y tendremos que esperar a ver si Domínguez muerde el anzuelo.

—Lo morderá.

Se pusieron cómodos para esperar, pero al cabo de poco tiempo, Cy recibió una rápida llamada de Harley.

—Parece que los traficantes acaban de llegar con un cargamento de colmenas —comentó con ironía.

—Así que colmenas, ¿eh? ¿Abiertas o cerradas? —dijo Cobb.

Cy se lo preguntó a Harley, y cuando éste le respondió, dijo:

—Las llevan cerradas, y además hay hombres con armas automáticas a su alrededor, para vigilar que las abejas no se escapen.

Todos empezaron a comprobar las armas, las municiones y el equipo de comunicaciones, y a continuación sincronizaron los relojes.

—¿Todo el mundo está listo? —preguntó Cobb.

Los integrantes del grupo murmuraron su asentimiento. En ese momento, no había lugar para bromas o comentarios jocosos.

Colby se llevó a Sarina a un lado, y la miró con expresión solemne.

—¿Cómo tienes el brazo? —le preguntó, un poco preocupado.

—No me va a pasar nada, mientras os tenga a Rodrigo y a ti cubriéndome las espaldas —le dijo ella, con una pequeña sonrisa.

Colby soltó una carcajada, porque ya se había dado cuenta de que Rodrigo no suponía una amenaza para su relación con ella. Le guiñó el ojo, y susurró:

—Te besaría, pero empezarían con las bromitas.

—¿Te dan miedo los cotilleos? —le preguntó ella.

Colby miró de reojo a Cash Grier, que los estaba contemplando con una expresión de diversión malévola.

—¿A ti no? —le preguntó en voz baja, mientras le señalaba disimuladamente hacia el otro hombre.

—Bueno, a lo mejor un poquito —admitió ella, con una sonrisa.

Colby le puso el seguro a su arma, y la guardó en su funda.

—Después —le prometió, con ojos chispeantes.

—Sí, después —contestó Sarina, sin aliento.

—¡En marcha! —exclamó Cobb.

Los miembros del grupo de intervención se distribuyeron en varios vehículos, y salieron hacia el almacén.

Sarina y Colby estaban a punto de llegar al lugar fijado cuando el móvil de él empezó a sonar con insistencia, pero al ver en la pantalla que quien llamaba era Hunter, decidió que lo llamaría después de la redada y lo apagó.

—Será mejor que tú también apagues el tuyo —le dijo a Sarina—. No podemos arriesgarnos a que empiece a sonar cuando estemos en posición.

—Tienes razón —dijo ella, y se apresuró a hacerlo.

Aparcaron detrás de Cobb y Cy, en una carretera sin asfaltar que estaba a varios cientos de metros de la entrada del almacén.

Bajaron de los vehículos, comprobaron sus armas y se

prepararon para el asalto, pero antes de que el grupo pudiera ir hacia el almacén, Eb Scott se apresuró a ponerse al frente y levantó una mano.

—¡Un momento!, hay un problema —dijo con voz tensa, mientras miraba a Colby y a Sarina.

Colby soltó una maldición ahogada, y exclamó:
—¡Bernadette!

Eb se sorprendió de que lo supiera sin decirle nada, pero asintió.

—Cara Domínguez la ha secuestrado. Hunter y Jennifer se llevaron a las niñas a un restaurante, pero Bernadette fue al servicio y no volvió. Hunter está furioso consigo mismo, pero ya es demasiado tarde para arrepentimientos. Domínguez dice que, o nos retiramos, o... —no continuó la frase.

Colby bajó la mirada hacia Sarina, y la atrajo hacia sí.
—Todo va a salir bien, confía en mí —le dijo con suavidad.

—Sabes que lo hago, pero...

Él posó un dedo sobre sus labios, y se llevó a un lado a Eb y a Cy, a cierta distancia de los agentes oficiales.

—Necesito un rehén, alguien de peso —se volvió hacia Cobb y los demás, y les dijo—: Vosotros no estáis aquí en los próximos quince minutos.

Cobb, consciente de lo que estaba pasando, asintió con expresión tensa.

Los tres hombres se adentraron en la oscuridad mientras Sarina se quedaba con los otros agentes, mordiéndose el labio y rezando.

Diez minutos más tarde, Colby volvió con el rostro sombrío y los ojos llenos de furia contenida.

—La tienen en la vieja casa de los Johnson, cerca de donde vivía Sally Scott antes de casarse con Eb. Necesito dos voluntarios.

—Yo —dijo Sarina de inmediato.

—Y yo —dijo Cash Grier—. Llevo mi rifle en el maletero, y tiene visor nocturno. Colby, Sarina y yo entraremos juntos, y os daremos luz verde cuando tengamos a la niña a cubierto.

—¿Un rifle? —intervino Sarina, con preocupación—. Si la tienen cerca...

Eb Scott se acercó a Sarina, mientras Cash iba a por su equipo.

—No conoces a Grier y él no va a darte explicaciones, pero tienes derecho a saberlo —le dijo en voz baja—. Trabajaba de forma encubierta como asesino, y no hay nadie que tenga un equipamiento de francotirador mejor. Pero yo no te he dicho nada.

—Gracias —le dijo ella.

Eb asintió y se fue hacia Cy y los otros, que estaban sacando del maletero de su todoterreno más armas. Cash volvió al cabo de unos minutos con un chaleco antibalas y un pasamontañas, y con el rifle al hombro. Estaba completamente serio, como todos los demás.

Hayes Carson se acercó a él, y comentó:

—Ésta es mi jurisdicción.

—¿Puedes darle a un blanco en la oscuridad, a más de quinientos metros, con la vida de una niña en juego? —le preguntó con voz cortante.

—No —admitió Carson.

—Yo sí —le dijo Cash, con total convicción. Les hizo un gesto con la cabeza a Sarina y a Colby, y añadió—: Vámonos.

Se dirigieron a la casa de los Johnson en el todoterreno, y cuando estuvieron lo suficientemente cerca, Cash hizo que Colby detuviera el vehículo, se bajó con el rifle y le dijo:

—Enciende el tuyo si no lo has hecho ya, y no te acerques a la casa hasta que yo me encargue de quien tenga a la niña. Entonces te haré una señal, sólo una. Ve a por todas.

—Entendido.

Cash se adentró en el bosque, y Sarina se sorprendió al ver lo sigilosamente que se movía. Colby y ella se acercaron a la casa, y se detuvieron a una distancia prudente para que no los vieran.

—¿Cómo has sabido dónde la tienen? —le preguntó.

Él la miró en silencio durante unos segundos, y finalmente le dijo:

—Es mejor que no lo sepas. De verdad.

—¿Y si le hacen daño...?

Colby sabía que las personas a las que se enfrentaban eran capaces de cualquier cosa.

—No le harán nada, no tendrán la oportunidad —le dijo.

Cerró los ojos, esperando contra toda esperanza que su extraña conexión psíquica con su hija funcionara aquella vez, porque era posible que la vida de la niña dependiera de ello. En ese momento pensó en su padre, a quien había tratado tan mal en los últimos años, y le rogó en silencio que le ayudara a salvarla.

Como en un sueño, vio a Bernadette, vio sus ojos oscuros serios y sin pestañear. Vio a través de ellos la habitación, la ventana, el hombre que estaba tras ella con una pistola mientras una mujer morena, Cara Domínguez, hablaba por teléfono. Había otra mujer, armada con un rifle automático, y otro hombre con una pistola.

—Dios —susurró, con voz temblorosa—. Mantén la cabeza baja, cielo. ¡Mantén la cabeza baja!

Mientras pensaba aquellas palabras, oyó los tres primeros disparos. Fueron rápidos y deliberados, y aparentemente tan certeros, que los ocupantes de la casa ni siquiera pudieron reaccionar... porque su móvil dio la llamada de aviso.

—¡Vamos! —le gritó a Sarina.

Con las pistolas en ristre, corrieron hacia la casa para salvar la vida de su hija.

Colby no se paró a abrir la puerta, sino que la derribó de una patada. Él se agachó ligeramente y Sarina cubrió la zona alta, como si llevaran practicando el asalto toda la noche. Cara Domínguez estaba agachada con el brazo alrededor del cuello de Bernadette y el cañón apuntando a la cabeza de la niña. Los otros tres miembros del grupo estaban en el suelo; uno de ellos estaba muerto, y los otros dos malheridos e incapaces de intervenir.

—¡La mataré! —le gritó a Colby—. ¡No vas a poder impedirlo!

Colby respiró hondo, lentamente, pero no bajó su arma.

—Cielo, sabes lo que tienes que hacer —le susurró a la niña.

—Sí, papá —contestó Bernadette con voz temblorosa, pero sus ojos estaban llenos de valor.

—¿Qué? —exclamó la mujer, mientras le apretaba el cuello con más fuerza a la pequeña—. ¿Qué estáis...?

De repente, Bernadette cerró los ojos y fingió que se desmayaba. Era pequeña, pero su peso muerto fue suficiente para que Domínguez tuviera que ajustar su postura, y Colby aprovechó la oportunidad. Le perforó el pulmón a la mujer de un tiro en el pecho, y ella se desplomó con un gemido. Su pistola se disparó, pero hacia el suelo.

Al mismo tiempo, el hombre que estaba en el suelo consiguió alcanzar su pistola y empezó a levantarla, pero Sarina fue más rápida; su certero disparo dio de lleno en el brazo del hombre, y la pistola salió volando.

Colby se abalanzó hacia delante, levantó a su hija en sus brazos y la abrazó con tanta fuerza que la pequeña tembló mientras se aferraba a él. Sarina desarmó a la mujer que estaba en el suelo y alejó de una patada la pistola del hombre, y entonces se apresuró a ir junto a su familia. Rodeó a Bernadette con un brazo, y le dio un beso en el pelo.

—Estaba aterrorizada —consiguió decir.

—Por cierto, buen tiro —le dijo Colby, con una sonrisa—. Yo no habría podido reaccionar a tiempo.

—Gracias. ¡Dios, Colby, lo hemos conseguido por los pelos...! —empezó a decir, pero él la interrumpió con un beso apasionado.

—Bernadette y yo sabíamos lo que hacíamos, cariño, pero no podíamos decírtelo —le aseguró él. Miró a la niña con una sonrisa, y le dijo—: ¡Dios, estoy tan orgulloso de ti!, ¡tan orgulloso! Eres muy valiente.

—Y tú también. Te oí en mi cabeza —le dijo la niña, muy seria—. Me dijiste que mantuviera la cabeza baja. Alguien disparó a esas personas, antes de que mamá y tú llegarais, y entonces esa mujer...

Cash llegó de forma tan silenciosa, que nadie lo oyó hasta que estuvo dentro de la habitación, con el rifle al hombro. Recorrió con la mirada la escena, y asintió.

—Tengo que practicar más —murmuró con frialdad, al ver a los dos que sólo estaban heridos. Ellos le lanzaron una mirada aterrorizada.

—Pues nosotros creemos que has hecho un gran trabajo —le dijo Colby con sinceridad. Alargó la mano hacia él, y añadió—: ¡Gracias!

—Sí, ¡un millón de gracias! —le dijo Sarina, con una sonrisa llorosa.

Cash se encogió de hombros.

—No ha sido nada —les dijo, mientras le estrechaba la mano a Colby y sonreía a Bernadette, que hizo lo propio. Se volvió hacia Sarina, y añadió—: Pero llevo la cuenta de mis favores, y necesito con urgencia un inspector. Me ocupo sobre todo de casos relacionados con el tráfico de drogas, y estoy buscando a una mujer que está metida hasta el cuello en la organización de Domínguez. Sigue en libertad, y lo más probable es que ocupe el puesto de Domínguez, así que esto no se ha acabado ni mucho menos.

Después de intercambiar una mirada con Colby y después con Bernadette, Sarina sonrió y dijo:

—De acuerdo, le presentaré mi dimisión a Cobb hoy mismo —al ver la sonrisa entusiasmada de Colby, le preguntó—: ¿Dónde vamos a vivir?

—Alquilaremos una casa de momento, hasta que el rancho esté listo —le contestó él, con la voz ronca, mientras apretaba a Bernadette contra sí—. Cielo, ¿te gustaría vivir en un rancho en Jacobsville?, tendrías tus propios caballos.

—¡Me encantaría, papá! ¿Podemos hacerlo?

Miró a Sarina por encima de la cabeza de la pequeña, y el brillo ardiente de sus ojos podría haber provocado un incendio.

—Sí, claro que podemos.

—¿Vas a casarte con mi mamá? —insistió la niña.

—De eso hablaremos más tarde, ahora tenemos que ocuparnos de...

Lo interrumpió el teléfono de Cash. Éste hizo ademán de contestar, pero antes miró a Cara Domínguez, que no dejaba de maldecir, y murmuró:

—Cállate ya, hay una niña presente.

—Y habla español —añadió Colby, fulminando a la mujer con la mirada.

—De acuerdo —dijo Cash al teléfono. Cuando colgó, los miró sonriente y dijo—: Parece que el resto de los apicultores están bajo custodia, junto con sus productos. Serán huéspedes de las autoridades federales durante bastante tiempo.

—¿Cómo...? —empezó a decir Colby.

—Los llamé por teléfono. Vi por la mira que habías derribado a Domínguez y supuse que tenías la situación controlada, así que le di luz verde a Cobb. El resto del grupo se ha ocupado de acabar la misión.

—Ni siquiera nos han necesitado para hacerlo —suspiró Sarina.

—Yo no diría eso —dijo Cash, y añadió—: Tenéis buena puntería.

—No tan buena, no quería conformarme con el pulmón —murmuró Colby de forma deliberada.

La mujer dejó de maldecir de inmediato, y palideció.

—Puedes practicar en nuestro campo de tiro siempre que quieras —le dijo Cash—. Es una especie de regalo de agradecimiento, por dejar que tu mujer trabaje para mí.

—De acuerdo.

Colby miró a Sarina con una expresión llena de calidez. Aún tenía que contarle la verdad sobre la anulación de su matrimonio, pero esperaba que todo saliera bien.

16

Más tarde, después de que le explicaran a Cash cómo había conseguido Colby que Bernadette fingiera desmayarse en el momento justo, los llevó a su casa y les presentó a su mujer, Tippy, que estaba embarazada. Ella tenía el mismo don que Colby y Bernadette compartían, y no le sorprendió demasiado cómo habían rescatado a la niña; había sido modelo y estrella de cine, pero a pesar de su fama, era una mujer tan sensata y afable como su marido y su hermano pequeño, que vivía con ellos.

Colby y Sarina dejaron a la niña con los Grier y el pequeño Rory para ir al hotel a hablar del futuro, pero en cuanto la puerta se cerró, ninguno de los dos pudo pensar en nada coherente. Después del terror que habían sentido y de estar al borde de una tragedia, ambos necesitaban desesperadamente estar juntos, y acabaron en una de las enormes camas dobles en una maraña de brazos y piernas, mientras desataban tan rápidamente como podían corchetes, botones y cierres y bajaban cremalleras antes de lanzar la ropa a un lado.

Se unieron en una tormenta desatada de pasión, apenas capaces de tener algún pensamiento racional. Sarina se arqueó para recibir las violentas embestidas de su cuerpo, y se aferró a él cuando aquellos movimientos la precipitaron más allá de los límites del mundo. Mientras caía en un fuego ardiente, oyó el desgarrado gemido de Colby al oído, y la consciencia la eludió durante unos segundos en los que se quedó sin aliento.

Cuando volvió a abrir los ojos, ambos estaban húmedos de sudor y temblaban.

Sarina consiguió soltar una débil carcajada, que se convirtió en un gemido cuando su brazo protestó por el ejercicio al que acababa de someterlo.

—¿Te duele? —le preguntó él.

—Sí, pero no me importa —dijo ella. Lo miró mientras saboreaba la sensación de su cuerpo dentro del suyo, y con un estremecimiento, le rodeó el cuello con los brazos y le susurró—: No te pares.

—No sé si podría —contestó él, sonriente.

Sus caderas empezaron a moverse de nuevo, y en cuestión de segundos, el humor se desvaneció cuando volvió a encenderse la pasión. Colby oyó su voz al oído susurrándole que lo quería, que nunca había dejado de hacerlo, y el placer fue tan intenso, que lanzó un grito extasiado.

Después de lo que parecía horas después, permanecieron tumbados en la cama mientras intentaban recuperar el aliento.

—Volcánico —murmuró él.

—Febrilmente apasionado —dijo ella, somnolienta.

—No encuentro adjetivos adecuados —comentó él.

—Yo tampoco.

Colby acarició su pelo con la mejilla, y de repente le preguntó:

—¿Te acuerdas de aquellos papeles de la anulación que tu abogado me envió hace siete años?

—Sí, me había olvidado de ellos —murmuró Sarina.

—No llegué a firmarlos —le confesó él.

Sarina tardó unos segundos en asimilar aquello.

—¿Qué?

—Que no los firmé.

Ella se echó un poco hacia atrás y lo miró a los ojos.

—Pero, si no los firmaste...

—No se tramitaron. Nuestro matrimonio no se anuló, y Maureen y yo nunca estuvimos legalmente casados.

Ella se sentó en la cama de golpe, atónita.

—Pero, ¿cómo?, ¿por qué?

—El testamento de su primer marido estipulaba que si ella volvía a casarse, no recibiría ni un penique de su dinero, así que le pidió a un amigo suyo que fingiera casarnos. Nunca comprobé el contrato de matrimonio, si lo hubiera hecho, me habría dado cuenta de que era falso.

Sarina estaba intentando entenderlo.

—Aún estamos casados.

—Conveniente, ¿verdad? —sonrió él—. Familia instantánea, sólo hay que añadir la casa.

Ella se echó a reír, a llorar, y lo abrazó con fuerza.

—¡No puedo creerlo!

—He estado rompiéndome la cabeza, intentando encontrar la manera de decírtelo —le confesó él—. Sobre todo cuando parecía que Ramírez tenía las de ganar.

—Le tengo mucho cariño a Rodrigo, pero nunca podría enamorarme de él. Sólo es mi compañero —le dijo ella, con voz suave.

—Antiguo compañero —la corrigió él con firmeza.

—Ya lo sé, pero... —dijo ella, un poco preocupada.

—Antiguo compañero —insistió él—. Puede venir a ver a Bernadette de vez en cuando, realmente la quiere. Y viceversa.

—Es un gesto muy bonito de tu parte.

Colby sonrió de oreja a oreja, y comentó:

—Sí que lo es, ¿verdad?

—Creo que vamos a ser muy felices aquí —dijo ella, mientras se apretaba más contra su cuerpo.

—Yo también lo creo, cielo. Yo también.

Los Hunter fueron a visitarlos para ver su nuevo rancho, y se reunieron todos en casa de Cy.

—Siento mucho lo que pasó con Bernadette —le dijo Phillip a Colby—. No puedo creerme que me pillaran desprevenido de esa manera.

—Domínguez habría encontrado una forma de hacerlo, sin importar con quién estuviera —comentó Colby con sinceridad—. ¿Quién se habría esperado que secuestraran a una niña en un restaurante, a plena vista?

—Sí, supongo que tienes razón, pero de todas formas me sabe muy mal. Por cierto, adivina dónde estaba escondida la droga.

—¿La encontrasteis? —exclamó Colby.

—Encontramos dónde había estado —especificó Hunter—. ¿Te acuerdas de que los perros olisquearon por la pared? Bueno, pues resulta que durante el turno del guarda de seguridad que después fue arrestado, los traficantes construyeron una pared falsa con contrachapado y la pintaron. Hicieron muy buen trabajo, parece que uno de los hombres a los que Vance protegía es carpintero.

—Madre mía. ¿Qué ha pasado con Vance?

—Lo han arrestado, está acusado por colaboración. Supongo que Sarina se alegrará de saberlo.

—Claro.

—Domínguez está en el hospital, muy custodiada por la policía. Cuando le den el alta, se la llevarán escoltada de Jacobsville; no creo que tarden mucho en hacerlo.

—Estoy deseando que se la lleven, estaba dispuesta a matar a Bernadette —dijo Colby, con tono cortante—. Uno de sus amigos apuntó a mi hija con una pistola, no sé lo que habría hecho si Grier no hubiera estado allí. Nunca recibí entrenamiento de francotirador.

—Sí, fue una suerte que Grier estuviera allí —comentó Hunter.

—Una suerte inmensa. Es increíble que un hombre con su historial haya sido capaz de echar raíces en un sitio tan pequeño como Jacobsville.

—Ha aprendido a vivir con su pasado, es algo que todos hemos tenido que hacer.

—Algunos aún seguimos intentándolo —dijo Sarina al llegar junto a ellos, muy sonriente—. ¿No te han contado lo del traficante que le pidió protección al sheriff después de que Colby le interrogara?

—Tenía que averiguar dónde tenían a Bernadette —se defendió él. Tras llevarse una mano al corazón, añadió con una sonrisa—: Pero me estoy reformando, de verdad.

Todos se echaron a reír. Bernadette, que había estado jugando con Nikki, cambió de expresión de repente y fue hacia su padre; tras tomarlo de la mano, le dijo con tono solemne:

—Papá, tengo que hablar contigo.

—Claro. ¿Qué pasa?

Ella se lo llevó hasta la parte más alejada del porche

de la casa de Cy, le indicó que se sentara en el columpio y se sentó junto a él.

—No puedes interrumpirme, porque me lo aprendí de memoria y tengo que decirlo todo seguido. ¿Vale?

—Vale —le dijo él.

Cuando Bernadette empezó a hablar en apache, Colby empalideció. Conocía aquellas palabras, su padre se las había escrito mucho tiempo atrás. Había tirado la carta a medio leer, pero en ese momento escuchó atentamente a su hija; Bernadette pronunció las palabras curativas que dispersaron la bruma del pasado, y que construyeron el sendero que volvió a llevar a Colby junto al padre que había conocido de niño.

La pequeña sólo vaciló una vez, al final.

—Eres mi hijo —le dijo—, y siempre te querré, sin importar lo que hagas, ni lo que seas, ni adónde vayas. Conforme mis ojos se cierran para siempre, es a ti a quien veo tras mis párpados mientras camino hacia la oscuridad, donde me espera tu madre. Igual que un padre perdona a su hijo, el gran espíritu también perdona a todos los suyos, incluso a mí. Siempre estaré cuidándote, y a tu hija, y a los hijos de tus hijos. Y siempre te querré.

Bernadette dejó de hablar al ver que las mejillas de Colby estaban cubiertas de lágrimas, y se las secó con sus manitas.

—El abuelo me dijo que sabría cuándo tenía que decírtelo. Era el momento adecuado, ¿no?

—Sí, mi cielo —susurró él, mientras le besaba la frente—. Era el momento adecuado.

—Te quiero, papá.

Colby cerró los ojos mientras la apretaba contra sí y recordaba toda la soledad de su vida, el dolor, la angustia y la desolación que había experimentado y que había causado. Había recorrido un largo camino, pero por fin tenía a su hija contra su corazón y un futuro brillante junto a Sarina y ella.

—Papá, ¿estás triste? —le preguntó Bernadette.

Él siguió abrazándola y levantó la vista hacia Sarina, que lo miró con ojos inundados de lágrimas.

—No. Estoy increíblemente contento, rebosante de felicidad —le susurró. Le dio un beso en la mejilla, y añadió—: Yo también te quiero, Bernadette. Con todo mi corazón.

—¿Y a mamá también?

—Sí, a mamá también —admitió él.

Cuando la niña sonrió, su parecido con él resultó casi chocante.

—Ahora me comería una pizza enorme —le dijo Colby.

—¡Yo también! —exclamó la niña, antes de bajarse a toda velocidad del columpio.

Colby se levantó, sintiéndose más feliz que nunca en su vida, y deseó que su padre pudiera ver el pequeño círculo familiar de tres personas caminando juntas, unidas, rodeadas de amor; de hecho, estaba casi seguro de que lo estaba viendo. Al tomar una de las manitas de Bernadette en la suya y acercar a Sarina a su lado, decidió que un hombre que tenía amor no necesitaba nada más. Porque lo tenía todo.

Títulos publicados en Top Novel

La noche del mirlo — Heather Graham
Escándalo — Candace Camp
Placeres furtivos — Linda Howard
Fruta prohibida — Erica Spindler
Escándalo y pasión — Stephanie Laurens
Juego sin nombre — Nora Roberts
Cazador de almas — Alex Kava
La huérfana — Stella Cameron
Un velo de misterio — Candace Camp
Emma y yo — Elisabeth Flock
Nunca duermas con extraños — Heather Graham
Pasiones culpables — Linda Howard
Sombras en el desierto — Shannon Drake
Reencuentro — Nora Roberts
Mentiras en el paraíso — Jayne Ann Krentz
Sueños de medianoche - Diana Palmer
Trampa de amor - Stephanie Laurens
Resplandor secreto - Sandra Brown
Una mujer independiente - Candace Camp
En mundos distintos - Linda Howard
Por encima de todo - Elaine Coffman
El premio - Brenda Joyce
Esencia de rosas - Kat Martin
Ojos de zafiro - Rosemary Rogers
Luz en la tormenta - Nora Roberts
Ladrón de corazones - Shannon Drake
Nuevas oportunidades - Debbie Macomber
El vals del diablo - Anne Stuart

www.ingramcontent.com/pod-product-compliance
Lightning Source LLC
LaVergne TN
LVHW030341070526
838199LV00067B/6383